鳳(おおとり)は北天に舞う

金椛国春秋

角川文庫
22000

鳳は北天に舞う

西方への道

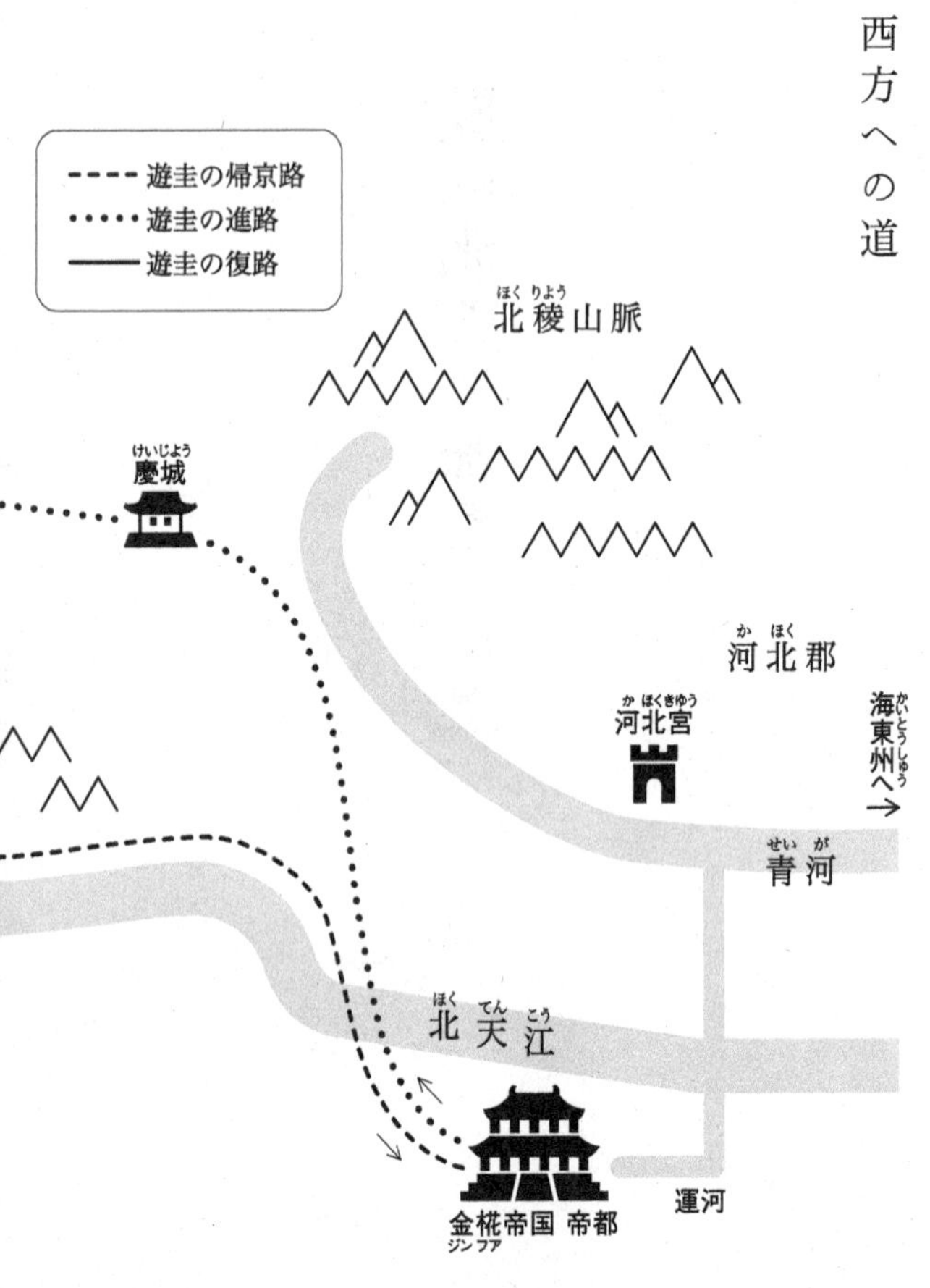

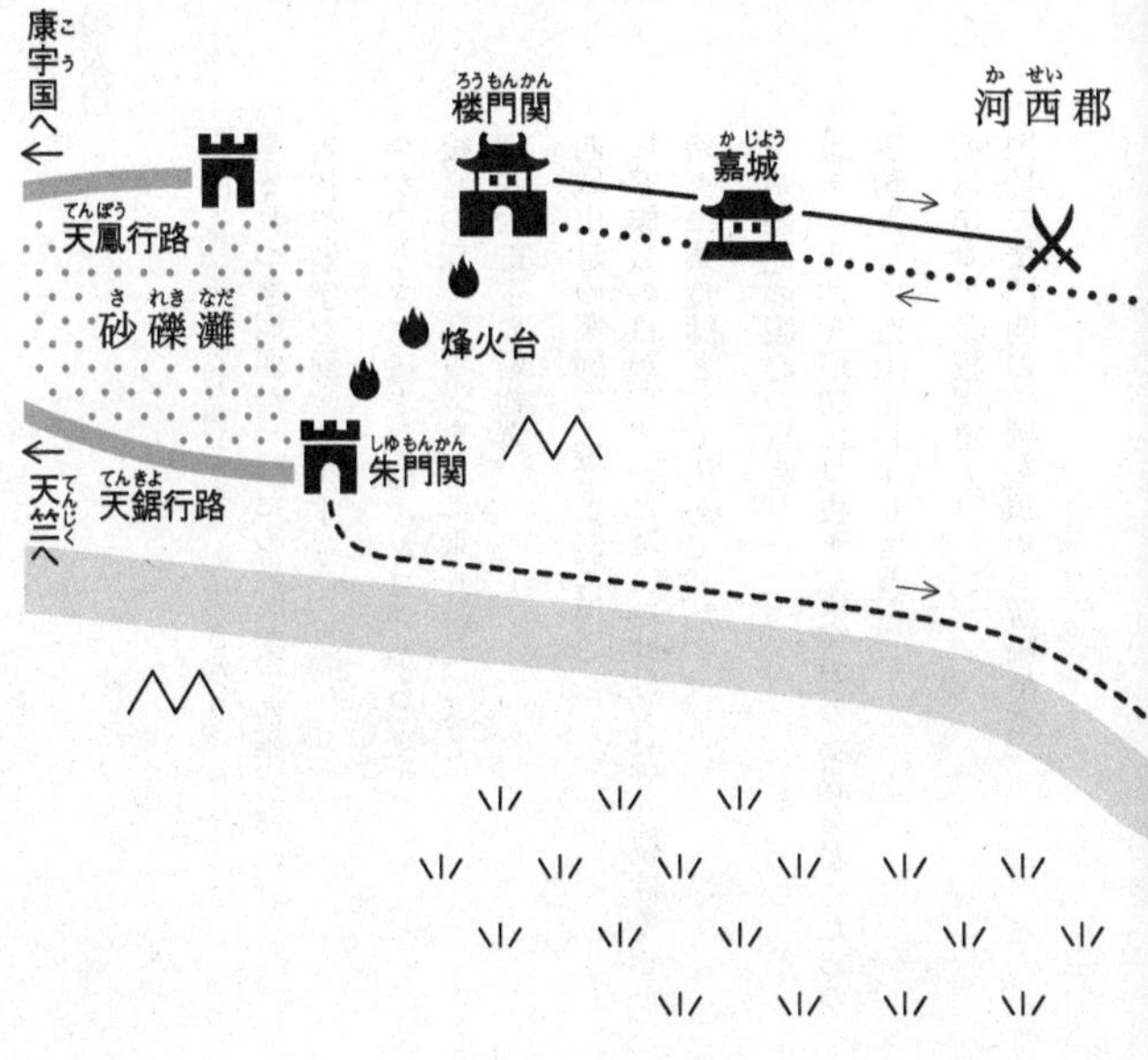

康宇国へ
天鳳行路
砂礫灘
天竺へ
天鋸行路
楼門関
烽火台
朱門関
嘉城
河西郡
N

おもな登場人物

星 遊圭（せい ゆうけい）……名門・星家の御曹司で唯一の生き残り。
生まれつき病弱だったために医薬に造詣が深い。
書物や勉学を愛する秀才。

明々（めいめい）……少女のときに遊圭を助けたことから、
後宮の様々な苦労を共に乗り越えてきた。
現在は遊圭の婚約者。

胡娘（こじょう）（シーリーン）……西域出身の薬師で、遊圭の療母。
星家族滅の日からずっと遊圭を助け、見守り続けてきた。
玲玉に薬食師として仕えていた。

陶 玄月（とう げんげつ）……皇帝陽元の腹心の宦官。
遊圭の正体を最初に見抜き、後宮内の陰謀を暴くための
手駒として遊圭を利用してきた。

ルーシャン……西域出身の金椛国軍人。
国境の楼門関の一城を預かる游騎将軍。

達玖（タルク）……西域出身の軍人。ルーシャンの幕僚。

劉宝生（りゅうほうせい）……劉源太守の長男。国士太学の優等生だったが、試験で不正を働いていたことが露見して、自主退学した。

星玲玉（せいれいぎょく）……遊圭の叔母。

司馬陽元（しばようげん）……金椛国の第三代皇帝。

麗華公主（れいか）……謀反の罪を犯した前皇太后永氏の娘。政略結婚で嫁いだ夏沙王国が朔露（さくろ）国に征服され、消息を断つ。

天狗（てんこう）……皇太子翔の愛獣。外来種の希少でめでたい獣とされている。

橘真人（きつまひと）……かつて遊圭を騙して命の危険に晒した、金椛国を放浪する東瀛（とうえい）国出身の青年。

王慈仙（おうじせん）……陽元に忠誠を誓った、玄月を筆頭とする青蘭（せいらん）会の宦官。

序

　無数の人馬の死骸が丸太と土砂に押し潰され、じわじわと泥に呑まれていく。

　夏の強い日射しの下、ゆるやかに腐敗し、溶けてゆく肉の下から白い骨があらわれ、ゆらりと起き上がった屍の、空洞の眼窩が星遊圭をじっとにらみつけた。

「おまえが！」

　太く掠れた声で罵られ、息が止まりそうになる。喉を締めつける息苦しさと、耐えがたい胸の痛み。近づいてくる死骸を避けることもできず、のしかかってくる死者の重みに、遊圭は両手を上げ、顔を覆った。

「ジン――」

　だが、命乞いや謝罪の言葉は出てこない。遊圭の正体を知らずに、親切にしてくれた朔露の敵将ジンを、罠にかけて命を奪ってしまった事実は、永遠に変えられない。

　劫宝城を発ってから、すっかりおなじみになった悪夢だ。

　塞がれた喉に、喘鳴が込み上げる。薬が欲しいのに、指一本動かすこともできない。まぶたを上げることも、寝返りを打つこともできなかった。

　遊圭が魘されていると、すぐに揺り起こしてくれる旅の連れは近くにない。

　このまま喘息の発作が起こったら、都へ帰り着く前に命を落としてしまうかもしれない。早く、目を覚まさなければ。

そのとき、かすかな歌声が遊圭の耳に届いた。

少年のように高く澄んだ声が、いつ息を継いでいるのかもわからないほど、深く静かに漂う。この男とも女ともつかぬ、しかし強靭な肺によって朗々と紡ぎ出される豊かな歌声には、聞き覚えがある。

覚醒しようともがく遊圭のまぶたに、彼を殺そうと企んで逃げた宦官、たぐいまれな美声と歌唱力を持つ、王慈仙の顔が浮かび上がる。

その端整だが特徴の欠けた顔に浮かぶ、優しく親しげな笑みが、唐突にゆがんだ嘲笑へと変わった。ジンと違って、まだ生きているはずの王慈仙の殺意に、遊圭は小さな悲鳴を上げて目を覚ました。

が、現実の遊圭は、たったひとりで薄暗い船室の寝台で仰向けになっているだけだ。寝台の手すりで休んでいた鷹のホルシードが、遊圭の急な目覚めに驚いて翼をばたつかせ、心配そうに主の顔をのぞき込んでいる。

夢の中で迫っていた喘息の発作は、現実まで追いついてはいないようだが、息苦しさは残っていた。遊圭は肌着の隠しから丸薬を出して服用した。

水筒の水を飲んで、ひと息つく。ぞくぞくする背筋は悪夢の後遺症と思いたかったが、汗の滲む額と首に触れて、微熱が続いていることを知る。

朱門関を過ぎて金椛帝国の領内に入り、北天江を下る快速船に乗り込んで、二日目の朝であった。

寝台の周りには、床に雑魚寝する陶玄月とラシードたちの寝具が、畳まれて隅に寄せられている。

朱門関から北天江を下って帝都を目指す快速船は、輸送だけでなく水上における駅馬の役目もある。重量を減らして船足を速めるため、艫に造られた乗客用の屋形には、余分な家具はない。しかし今回は特別に、肋骨を折って治療中の遊圭のために、寝台を持ち込ませた。

その判断は正解だった。

大柄で逞しい護衛の兵士たちの寝相は、おそろしく悪かったからだ。並んで雑魚寝していたら、眠っている間にかれらの太く筋肉質のごつい腕や脚の下敷きになって、遊圭のくっつきかけた肋骨は、ふたたびへし折られていたことだろう。

胸苦しさはおさまってきた。首や額に滲んだ汗を拭き取る。

あの歌声がまだ耳にこびりついているようで、遊圭は思わず耳をこする。手巾を水筒の水で濡らして顔を拭いたが、歌声はまだ続いていた。

顔を上げ、耳を澄ませた遊圭は、それが慈仙の声ではないことに気づいた。やがて澄んだ歌声は止み、続いて複数の男たちの、歌とも祈りともつかない唱和が流れ出す。

遊圭は不思議に思って腰を上げ、屋形の戸口から甲板へと、顔をのぞかせる。薄明に浮かびあがる船上の光景に、遊圭は思わず目をこすった。

舳先に近い甲板で、車座になって朝の祈りを捧げていたのは、楼門関の守将、游騎将軍ルーシャンの配下、ラシードを隊長とする雑胡隊の三人と、宦官の陶玄月だ。

ラシードとふたりの部下は、皇帝陽元の召還令に応えて、急ぎ帰京せんとする遊圭と玄月の護衛を務めている。

目の前で展開されているラシードたちの行動は、遊圭にも理解できる。

かれらが低い声で唱える祈りの言葉は、遊圭の療母であった胡娘が、早朝と就寝前にひとりで祈りを捧げるときの詠唱を思い出させる。

胡娘は本名をシーリーンと云い、ラシードたちと同じ胡人で、異国の宗教を奉じていた。かれらの言語はよく似ていて、宗派は異なれど崇める神は同じ、信仰の方法も似通っている。

遊圭は、異国の神に興味を持ったことは一度もないが、彼を慈しみ育ててくれた胡娘の信仰を否定したことはない。

だが。

いまラシードとともに、異郷の神に朝の祈りを捧げている四人目の人物が、金椛帝国皇帝の側近宦官である、という現実には目を疑う。

遊圭や玄月などの金椛人は、異国人の説く神というものを信じない。

かれらの頭上にある、天と天の定める理のみを信じる。

その玄月が、ラシードの唱える聖句を、少年のように澄んだ声で、静かに繰り返している。

寝覚めに慈仙の歌声と聞き間違えたのは、玄月の口ずさむ詠唱であったと知っても、安心する気持ちにはなれない。穏やかな表情と、澄んだよく伸びる声で異国の祭歌を詠(うた)う玄月は、遊圭の全く見知らぬ他人にしか見えなかったからだ。

理解を超える上に、自分自身が入り込むことを許されない空間を前に、遊圭は、甲板に顔を出せずにいた。

朝の礼拝を終えたラシードらが立ち上がり、鎗(やり)や剣の鍛錬を始めた。戦うことが職業である兵士らと、玄月は互角に武器をふるう。

ますます募る疎外感に、屋形から出て行きかねる遊圭であったが、朝の尿意は我慢の限界に達していた。

下流の水平線に、旭日(きょくじつ)が顔を出した。遊圭は曙光(しょこう)の眩(まぶ)しさに目を細め、おずおずと甲板に出て行った。

「星公子(シンコンツー)、起きて大丈夫ですか」

目敏(めざと)く遊圭の姿を認めたラシードが、朝の挨拶(あいさつ)と屈託のない笑顔を向けてくる。戦場においては、勇猛果敢かつ無慈悲な戦士へと豹変(ひょうへん)するラシードら兵士ではあるが、日常では親切で闊達(かったつ)な友人たちだ。

「ひとりだけいつまでも寝込みっぱなしで、申し訳ないです」

遊圭のぎこちない口上に、鍛錬でかいた額の汗をぬぐいつつ、玄月が応じる。

「まだ、完治はしていないのだろう。無理をせずに休むことだ」

彼特有の無表情と、言葉だけで遊圭をいたわる。

遊圭は、ふた月前の朔露南方軍との会戦で、敵将のジンと遭遇して肋骨を折った。

それだけではなく、各所の打撲と半年にわたる長旅、そして敵地潜入工作の疲労が重なり、もともと丈夫でない体質が音を上げ、最低二ヶ月の安静を必要とする身となった。

ところがその安静期間の後半は、皇帝の帰還命令のために移動しつつの療養となり、旅の疲労は蓄積される一方であった。さらに川下りの船酔いも手伝って、ここ二日間は船室に閉じこもって寝たきりだ。

遊圭はゆっくりと両腕を肩から回してみた。胸にも肩にも痛みはない。

「たぶん、骨は繋がっていると思います。もう痛みもありません。ただ――」

手持ちの全蠍や、遊圭に恩義のある戴雲国から贈られた、冬虫夏草などの生薬を根気よく摂り続けたこともあり、個々の怪我は尋常でない速さで修復されていた。

だが、真冬の砂漠縦断と、山岳と砂漠を真夏に往復するという苛酷な任務を遂行し、熾烈な体験を生き延びてきた心の傷は、稀少で高価な生薬ですら、癒せるものではない。

口ごもった遊圭の曇り顔に、玄月は淡々とした面差しで続きを待つ。

「動かないせいか、あまり眠れないので、運動した方がいいのかな」

「ジンのことか。毎晩魘されているようだが」

悪夢の中で、ジンの名を呼んでしまっていたのだろうかと、遊圭は嘆息する。

それにしても、玄月は周囲にまったく関心のなさそうな態度を貫きながら、しっかりと観察している。夜中に魘(うな)される遊圭を揺り起こしてくれるのも、おそらく玄月だ。真っ暗な屋形の中で顔は見えず、声もかけてこないので、しかとは確かめたことがないが、無言で起こして、何も話しかけずに放っておくところが玄月らしい。

遊圭は応えずにうつむいた。

「忘れろ。起きたことは、変えられん」

そんなことはわかっている。だが、この罪悪感はどうすれば忘れられるのか。

「玄月さんは、初めて人を殺したときは、すぐに忘れられたんですか」

金椛帝国の中心、禁城の奥深くに住まう皇帝の側近である陶玄月は、本職が文官でありながら、一事あれば騎兵のラシードたちと遜色(そんしょく)なく戦う実力を持ち合わせている。

玄月曰(いわ)く、本職の兵士ほどに鍛錬に時間を割けないため筋力と持久力で劣り、長くは戦えないらしい。しかし、杖術(じょうじゅつ)のほかは武器を操ることさえおぼつかない遊圭には、玄月という存在は超えられない壁のようなものであった。

玄月は遊圭の問いに、返す言葉を選んでから、ゆっくりと話し始める。

「殺さなければ殺されるという状況において、一瞬たりとも迷っている暇はない。まして、訓練された兵士を相手にせねばならないときは、一切の雑念を捨てて死に物狂いで戦うのみだ。戦闘が終わったときは、生きていることの驚きと、死ななかったという空虚な感慨のみが残る。日常に戻り、時が経てば、そうした戦闘が本当にあったことかどうかさえ、怪しい記憶になっていくものだ」

　玄月でさえ、戦うときは死に物狂いであったのかと、遊圭は素直な驚きを覚えた。

　しかし、遊圭の記憶は怪しくなるどころか、時が過ぎるほどに、ジンの憎しみと怒りに満ちた形相が鮮明に、そして強烈な映像となって甦ってくる。

　拳半分ほど上にある、無表情な玄月の顔を見上げる。何か言おうと思っても、何も思いつかない遊圭に、玄月は言葉を続けた。

「そなたも、一度その手で敵を殺めてみてはどうか。殺戮の片棒を担いだからといって、その罪を背負ってゆく必要はない。誰かがやらねばならなかったことだ。それができないのならば、敵が人間の形をした野獣にしか見えなくなるまで、実際にその手を血で染めてみるしかないのではないか」

　その容赦のない言葉に、遊圭は絶句してしまう。

　ジンに手を下したのは玄月だ。遊圭がジンの死に責任を感じて自分を責めることは、遊圭を救うために、躊躇なくジンを殺害した玄月を責め続けるのと変わらない。

　罪悪感に苛まれる理由について、遊圭は考え続けた。

　玄月のように、やむにやまれぬ戦闘においてジンの命を絶ったのではない。遊圭を無力な尼僧とジンに信じ込ませ、その厚意を逆手にとって罠に嵌め、破滅させたのが、遊圭自身であったからだ。

　誰にも誇ることのできない、卑怯な行為ではなかったか。

「自分を信用していた相手を、死地へ向かわせて陥れたのです。わたしのやったことは、慈仙と変わらない」

だがそのような後味の悪さも、玄月は問題にしなかった。

「同じではない。そなたは、祖国と家族を守るために敢えてそうした。慈仙は、己の野心のために、そなたを踏み台にした。ジンは味方には親切であったかもしれんが、敵には容赦のない朔露の将だ。ジンひとりの手によって、何十人の金椛兵が殺されたか、それを考えろ。まして彼が率いたであろう朔露の兵士に、何千、何万という民間人が殺戮され、陵辱されていたか。イルコジの軍が都を襲えば、辱められ虐殺された金椛の民のなかには、シーリーンも、明々もいたであろうな」

もっとも大切に思う人々の名を出され、遊圭はうつむいて唇を噛んだ。それだけは食い止めたくて、策を考え出したのだ。

だが、なんという後味の悪さだろう。

「生き延びて大切な者たちを守るためには、手段は選べぬ。牙がなければ爪を研ぐ、爪がなければ策を弄するしかあるまい。話し合うこともできぬ殺戮の鬼に対抗するには、己も闘いの鬼となるだけだ。悩んだところで、何も始まらぬ。場数を踏んでいけば、敵を見れば勝手に身体が動くようになる」

珍しく雄弁な玄月に、遊圭は圧倒されて黙り込む。

「朝からなんて話をしているんですか。さあ、飯を食いましょう」

平べったい麵麭と白湯の入った瓶を抱えたラシードが、陽気な声でふたりの間に割って入った。雑胡隊の面々が、焙った干し魚、炒り豆と乾果、玉葱や根菜などを、酢と香辛料で煮詰めた酸辣醬の壺を持ち寄り、甲板の一隅に並べる。

干し肉が魚に替わっただけで、朱門関を出てからもう何日もこの食事が続いていた。

遊圭は干し魚を白湯に浸して、柔らかくしてからホルシードに与える。ホルシードは嘴の先で不満げにつついてから、しぶしぶといった調子で餌を啄んだ。

初秋の青い空の下、風は西から東へ吹く。大河の流れはゆるやかだが、追い風に櫂をおろす必要もないほど、船は速歩で帝都を目指し、ひたすら河を下る。

爽やかではあるが、退屈な水上の一日の始まりだ。

一、淡きこと水のごとく

朝の礼拝と鍛錬を終えたラシードたちは、ほどよい空腹に食事も進むが、夢見の悪かった遊圭は食欲もわかない。

「星公子、まだ船酔いが続いていますか。吐いてしまうにしても、少しでも食べないと体力持ちませんよ」

「はい」

遊圭は逆らわずに、差し出されたバサバサの麵麭を口に入れる。

睡眠不足と船酔いの二重苦のため、乾いた麺麹を吞み込むのは拷問であったが、食べられるときは食べておかないと、旅を続けられない。

そんな遊圭の不調をよそに、夏の終わりは気候も安定していて、船は快調に北天江を下って行く。

この春に皇帝の召還令を守るため、気候の不順な時季に河を下らねばならなかった玄月一行の苦労を、ラシードが面白おかしく聞かせてくれる。

「いつ転覆するかわからないような、悪天候のなかを下っていったんですよ。誰も彼も船酔いで動けなくなって、一日中舷側から身を乗り出しては、胃の中身が空になるまで吐いてました」

涼しい顔で白湯を飲んでいる玄月の横顔を、遊圭はちらりと盗み見る。

「玄月さんもですか」

「もちろんです」

ラシードは即答した。見たかったな、と遊圭は思ったが、口にはしない。

「せっかく楼門関から連れてきた選り抜きの駿馬が、みんな船酔いで使えなくなってしまいましてね――」

ラシードの舌は滑らかで、かといって押しつけがましくはない。雑胡隊と半年も行動をともにしていれば、玄月といえど彼らの陽気さに影響されるのだろうか。ラシードたちの祈りに加わることを、是とするほどに。

そして、ラシード隊といるときの玄月は、帝都や楼門関にいたときの張り詰めた緊張感がない。

遊圭は、これはとても貴重な機会ではないかと考え始める。

外戚の遊圭と、皇帝の側近である玄月は、どちらかが先に頓死でもしないかぎり、皇太子の翔を間にはさんで、この先もずっと関わり合っていかねばならない。これまで都合よく利用され続けてきた遊圭にとって、陶玄月はできる限り距離を取っていた人物であったが、いつまでも避けていられる存在でもなかった。

この本心の見えない宦官と、そろそろ腹を据えて向き合うときかもしれない。

朝食を終えて、ラシードたちが武器の手入れを始めると、船上は静かになる。

都にもっとも近い河港へ直行するために借り切った快速船は、遊圭たちのほかに客はいない。

西風による帆走で速く進めていることもあり、漕ぎ手は水から櫂を上げて休んでいる。

舳先と艫、そして帆柱の下に立ち、船の針路と速度を操る船主と水夫のかけ声が、定期的に甲板を滑っていくだけだ。

舷側によりかかって、ひとりで手帳になにやら書き付けている玄月を見つけた遊圭は、近寄っていった。

「あの、お話があるんですが」

顔を上げた玄月は、筆を置いた。無言で遊圭の言葉を待つ。

「あのですね」

話しかけたものの、なにから始めていいのかわからない。

玄月に対して思ってきた諸々のことを、どのように伝えればいいのか。

劫宝城を発って、ひと月半を連れだって旅をしてきたが、必要な会話しかしてこなかった。遊圭が気合いを入れて話しかけても、簡潔な受け答えのあとは、沈黙に陥りやすい玄月がつくる間を、ラシードとその部下が埋め尽くしてきた感がある。

「あの、ジンに殺されそうになって助けてもらったお礼を、まだ言ってませんでした」

玄月は下を向いて書き付けに視線を戻した。

「礼は天狗に言え。天狗が来なければ、我々はそのまま西へ向かっていたことだろう。我々は、そなたが劫河の西岸から天鋸山脈へ入り、騎馬道を通って東へ戻るだろうと聞かされていたので、行き合うまで西へ進み続けようと考えていた。ジンの一隊を見つけて追い始めたために、その目的を一時忘れていたが」

玄月はぱらりと手帳をめくって軽く振り、墨を乾かす。

「でも、間に合ったし、助けてもらったので、感謝しています。どうも、ありがとうございました」

「感謝の必要もない。そなたを捜し出して救ったのは、帝都へ連れ帰って私自身の冤罪を晴らすためだ。そなたのためにやったことではない」

手帳に目を落としたまま言葉を返す玄月に、遊圭はむっとなった。思わず言い返す。

「玄月さんの本意や目的がなんだったとしても、助けてもらったのは事実です。ジンのことだけじゃなくて、後宮に逃げ込んだときから、今日までわたしの命があったのは、玄月さんのお陰なんです！　親友の尤仁も助けてくれて、見逃してもらったことで一生分の借りがあるのに、また絶体絶命のところを救われたんです。そのわたしが感謝していると言っているんですから、玄月さんは素直に『どういたしまして』って言ってくれたらいいじゃないですか！」

　玄月は顔を上げて、言い募るあまり額まで赤くなった遊圭の顔を見つめた。

「謝意を表しているにしては、怒っているようだな。『どういたしまして』は腹を立てている人間に返すには、適切な言葉ではないと思うが」

　頭が熱くなって破裂しそうな遊圭は、深呼吸してやりすごす。結局は玄月の掌に乗せられて、いいように操られてしまう。

「わざと怒らせて、何を言っているんですか！　そんなんだから、慈仙に裏切られたんじゃありませんか」

　ふたりの間に沈黙がおりて、遊圭の首筋を涼しい風が撫でていった。玄月の表情が変わったというわけでもないのに、虎の尾を踏んだような緊張感が漂っている。失言に気づいた遊圭は、甲板に穴を掘って入りたい気持ちになったが、踏みとどまった。

「すみません。言い過ぎました」

「謝らなくていい。おそらくそなたの言うことは正しい。私と慈仙がまだ通貞であったころ、わざと怒らせようとしたことはなかったが、慈仙はたびたび、私の言動に腹を立て、いまのそなたのように私を罵ることがあった。あそこでは上席には絶対服従だ。理由や原因がなんであろうと、師父や兄弟子を怒らせたら、すぐに謝罪し、罰を受けねばならん」

なんと応じたらいいのかわからない遊圭は、黙ってしまった。玄月は片手を上げ、揃えた指で、かれの少し前の床を指した。座れということらしい。

たったいま気がついたことに、声をかけてから、立ったまま玄月を見下ろす形で話をしていたのだ。

話し相手の目線の上から述べた感謝の言葉など、伝わるはずがないではないか。そして伝わらないからといって、声を荒らげて責めたてるなど恥ずべき行為ではないかと、遊圭は耳を赤くする。

遊圭は膝を折って腰をおろす。玄月は手帳を閉じて、膝の上に置いた。

「何を言っても相手の気に障るのなら、必要最低限なことだけを伝えて、あとは黙ってやり過ごすしかない。そうしているうちに、慈仙に叱咤されることはなくなったが――人間というものは、そうそう変われるものではないようだ。外部の者で、言い返しても危険のないであろう相手には、言いたいことを言ってみたくなる」

「それがわたしですか」

少し間を置いてから、遊圭は憮然として応じた。

「それから、あの連中などもそうだ」

玄月は、艫の広いところで矢の手入れをしているラシードらへと、目だけを動かして示した。

「ラシードは私が何をどう言い返しても、面白がって笑うばかりだ。私の言うことの何が面白いのか、よくわからんが。思ったことをそのまま話しても、腹を探られたり、怒らせたりする心配がないのは、気楽なものだな」

「それで、胡人の神への祈りも、いっしょにしてるわけですか」

玄月は眉を少し上げて、難しい顔の遊圭へ向き直った。

「見たのか」

遊圭の顔には、憂慮の色が濃い。異国の宗教に入信した宦官は、免職とまではいかずとも、陽元の側近で居続けることは難しい。

「宮城からの脱出に失敗していれば、手を貸したラシードたちは厳罰に処される。国賊となる危険を冒して、天鋸行路までつきあってくれたのだ。互いの背中を預ける以上、ある程度の連帯や妥協は、必要だと判断した。そなたに口止めはしない。大家に申し上げたければ、そうしてもかまわん」

遊圭はかぶりを振った。それから、玄月と同じ目の高さまで腰を浮かせて、きっぱりと言った。

「だから、そういうところです。玄月さん。いつわたしが陛下に告げ口するって、言いましたか。というか、見損なわないでください。命の恩人を売るようなことは、目玉をくりぬかれたってしませんから」

玄月は遊圭の瞳をじっと見つめ返すこと数秒、小さくうなずいた。

「感謝する」

そして、話は途切れる。

遊圭は必死で頭を回転させた。どうすればラシードのように、たわいのない雑談を続けられるのか。

相性は良くないとはいえ、遊圭は敵ではないし、これからも敵対したくないと思っていることを玄月に知って欲しかった。

どの疑問や話題から持ち出せば、会話が続くかと思案していると、玄月は背筋を伸ばして座り直した。

「話は、それだけか」

「え、あの」

遊圭は慌てた。ここで立ち去られると、また話しかけるのに勇気を絞り出さなくてはならない。しかしその心配は杞憂であった。玄月は遊圭を正面から見つめた。

「そなたに、言っておくことがある」

「はい」

遊圭は無意識に畏まる。

「明々のことだが」

予期しない人物の名前が出て、遊圭は思わず身構えた。

明々は遊圭の年上の婚約者だ。行方不明の遊圭を捜すために、都を飛び出し国境を越え、天鋸行路まで追いかけてきた。女性が家から離れることのない金椛国では、稀に見る勇気と胆力、そして決断力の持ち主といえる。

「楼門関にそなたの消息を尋ねてきたとき、私の大家への忠誠心について、疑問を呈した。私が大家の背後で、妃嬪の誰かと不義を犯していると誤解している」

話の趣旨が、遊圭にとってはかなり意外であったために、明々と玄月、そして後宮におけるいずれかの妃嬪との関係性について理解するのに、少し時間がかかった。

「まあでも、玄月さんは女官のみなさんに人気がありますよね。わたしが安寿殿にいたときも、けっこう浮名を流していたという噂を聞きましたが」

遊圭としても、成人して三年だ。この手の話についていけないわけではない。

「掖庭局の帳簿係は、女官のご機嫌取りも職務に含まれる。だが、私が大家を裏切ってまで、妃嬪と懇ろになるような人間であると、そなたは思うか」

「思いません」

遊圭は心底からそう思ったので、即座に否定した。明々は何を勘違いしたのだろう。

玄月は口の両端を上げた。これは遊圭としては見慣れた玄月のよくない方の微笑だ。脳のうしろで警鐘が鳴る。

「では、明々がおかしなことを言い出すようであれば、未来の夫としてたしなめることだ。中傷は禍のもとでしかない。ましてそれが事実無根であれば、なおさらだ」

「は、はい」

丸め込まれている気がして、遊圭の背中に汗が滲む。

「あの、玄月さんには、意中の方がいるんですよね。小月さん、とかいう」

玄月が目を細めたので、遊圭は余計なことを口にしなければ良かったと後悔した。まさか明々は、玄月を糾弾したときに、小月の名を出してしまったのだろうか。

しかし少しの間を置いて、玄月はあっさりと小月の存在を認めた。

「小月は私の許嫁だ。陶一族が断罪されたときに婚約は解消されたが、小月は他家に嫁がずに、私の官位が上がるのを待っている」

最年少記録で国士太学に合格した玄月の許嫁に選ばれたということは、さぞかし才色を具えた名家の令嬢であろう。陶家が弾劾されたのちも、嫁ぐ先に困ることはなかったはずだ。

ほとんどの宦官は、後宮の官舎か宮城の内側に住み込み、宮城から出て行くことなく一生を終える。

宮刑を受け官奴に落とされた許嫁を想い続けて、求婚を断り続けるのは、小月という女性にとって、大変な覚悟であったろう。格式のある家柄であれば、官奴に娘を嫁がせることは、まずありえない。

とはいえ、高位につくことのできた一握りの宦官は、宮城の外縁を囲む皇城内に邸を持ち家族と住み、そこから後宮に通うことが許されていた。玄月の父、陶名聞は司礼太監という内侍省の最高位に就き、官僚であったときよりも豪壮な邸を、皇城の一等地に構えている。

特異な早さで出世を続ける玄月は、おそらく数年のうちに太子内房の少監に進み、後宮の外に住むことを許されるだろう。父の名聞が築き上げた人脈と莫大な財産をも相続することを思えば、その許嫁が他家に嫁がず玄月を待ち続けたのは、先見の明といえるかもしれない。

もちろん、先がどうなるかもわからないときに、人生のどん底にあった相手を見捨てずにいることは、誰にでもできることではない。純粋にひたむきな想いがあったからこそ、貫けたことだ。

しかし、この旅の別れ際に、明々がひどく敵意のこもった目つきで玄月をにらんでいたことを思い出し、誤解をとくのは大変そうだと考える。お互いに必死の冒険を積み重ねた果てに、一年ぶりに劫宝城で再会できた明々とは、緊急の帰還を要請する勅命のために、たった半日で引き離されたのだ。遊圭でさえその場で祝言を挙げたいくらいだったのだから、旅程に使える馬の数を口実に、劫宝城に置き去りにされた明々が恨み骨髄となっても不思議ではない。

都で再会したときに、どう説得すれば誤解がとけるのだろう。

「あの、すみませんでした」

とりあえず、明々の代わりに謝っておく。

「でも、あの。陶家が弾劾されたのは、玄月さんが十二歳のころですよね」

明々と出会ったのは、遊圭が十一か二のころであったが、婚約や結婚など、まったく思いも寄らないことだった。なんと早熟な、いや、自分が未熟なのか、と遊圭は頭の中がぐるぐるする。

「官家同士では、幼いうちに親の決めた許嫁がいることは、別に珍しくはあるまい？」

玄月にそう言われても、親の決めた許嫁のいなかった遊圭にはなんとも答えかねる。

「わたしは、いつ死ぬかわからない体質だったので、そういう話は、なかったですね」

どうやら順調に世間話――にはほど遠いが、会話を持続できている。遊圭は少し緊張のとける思いで、《なごやか》に話を続ける流れを作ろうとした。

宮城に戻れば、このように他人に漏れ聞かれる心配もなく、話すことはできなくなる。外戚と宦官が親しげに話しているというだけで、癒着を疑い勝手な邪推を働かせる連中はいるものだ。

宦官の特務機関である、東廠の李綺という宦官がそうだった。遊圭の周辺を嗅ぎ回り、玄月の身辺を見張って、糾弾の種を探し出そうとしつこかった。

あと四日も河を下れば、都の最寄り港に着く。その前に、玄月に対する苦手意識を克服して、友好的な関係を構築したい。

遊圭が玄月に対して抱いている一方的な罪悪感と被害者意識は、必ずしも単なる思い込みではない。

玄月も遊圭もどちらも名門官家に生まれ、かつては国士太学に進んでやがて官僚となり、国政にかかわる未来を期待されていた少年だった。

しかし、陶玄月は親戚の罪に連座させられて宦官に落とされ、遊圭は外戚族滅法のために一族を滅ぼされた。

どちらも若くして人生の栄光と転落を知り、どん底から這い上がってきたという共通点があり、そして決定的な違いがあった。

それは、遊圭は運と努力次第で、失われた未来を取り戻せる可能性があるが、玄月は生涯、皇帝の影である宦官以外の存在にはなれない、ということであった。

出会って間もない頃、病弱ながらも男子としては健全な遊圭に対する嫉妬を、玄月が剝き出しにしたことがある。まだ体も小さく世の中を知らなかった遊圭は、背も高く、武にも長けた玄月にぶつけられた憎悪から、逃げ道を持たなかった。

そのときに胸に植え付けられた恐怖を、遊圭は容易に忘れることも、取り除くこともできないまま、今日まで引きずっている。

面倒見のよい兄弟子であったという慈仙が、先を越して出世していく玄月を妬んで陥れようとしたように、あのどす黒い怒りを胸の奥に抱えた玄月が、この先遊圭を裏切らないという根拠は、どこにもないのだ。

だがそれは、まだ先のことだと信じたい。できるだけ先延ばしにするために、遊圭はどうしても玄月には言っておきたいことがあった。自分を嫌っているかもしれない、政局が変われば、対立するかもしれない相手だからこそ、伝えておかなくてはならないことが。

「明々が何を言ったかは知りませんが、わたしは、玄月さんが陛下を裏切ることは絶対にないと信じています。だから、信義忠を大切にされる玄月さんが、翔太子の教育係になれば、とても安心です。叔母上――皇后陛下のことも、玄月さんにお任せしていたら、間違いないと思います。わたしがお願いしなくても、ちゃんと務めてくれるひとだって、わかってますけど」

謀略に長け、手段を択ばない玄月を警戒したこともあったが、ふり返って思い返せば、どれだけ陰険な策略であれ、私利私欲が玄月の動機であったことは一度もなかった。

遊圭は、話しながらも玄月の顔を真っ向から見ることができずにいた。どんな表情で遊圭の話を聞いているのか、見るのが怖いような気がしたからだ。

「まだそんなに長く生きてないのに、こんなこと言うのもなんですが、しんから信じられるって思える人間って、なかなか出会えませんけど――」

玄月がみじろぎしたので、遊圭は顔を上げた。

立ち上がって舷側から身を乗り出し、船の行く手を見つめている。

話の最中に、と水をさされた気分の遊圭だが、水手が帆を下ろし、櫂を水にさして船の速度を下げていることに、遅まきながら気がついた。

「朔露の、攻撃ですか」

唾を呑み込みつつ、遊圭が訊ねる。忘れていたわけではないが、北天江の北岸は、いつ朔露可汗国に攻め込まれるかわからない状態であった。

「いや、金椛国の船だ。停船を要求している」

前方に浮かぶ、複数の渡河船が、銅鏡を煌めかせて、停止の合図を送っている。

「なんでしょう。軍船ではないですよね」

そう遊圭がつぶやいたときには、異変を察したラシードがふたりの側まで駆けつけていた。舳先の船主へ状況を訊ねに行ったラシードの部下がすぐに戻ってくる。

「金椛の偉い人物が、乗船を要求しているそうです。官職と氏名はもう少し近づかないとわかりませんが、赤い官服が遠目に見えました」

玄月と遊圭は、思わず目を見合わせた。

緋衣の官僚となれば、五品以上。地方行政官であれば県令以上の長官である。

それが、なぜこのような場所で、決して多いとは言えない数の船で、河を渡っているのか。領内の見回りにしては、随身の数が少な過ぎる。

遊圭の目の端に、舷側を強く握りしめるあまり、白くなった玄月の拳が映る。遊圭は、眉間に皺を寄せて前方をにらむ玄月の顔を見上げた。

「あれは、劉太守の一行だ」

遊圭は、だんだんと近づいてくる船の、こちらに手を振るひとだかりの中に、緋衣金帯と左右に笄の張り出した冠を認めた。

「まずいな」

珍しく、焦慮のまざった苛立ちを露わに、玄月はつぶやいた。

「劉太守って、楼門関の劉源太守ですか。ルーシャンの舅になった」

十一年前に、玄月の陶一族を弾劾したのがこの劉源である。

つまり、分家にすぎない無関係の少年であった玄月も巻き添えになり、宦官に落とされた原因を作った人物だ。いまはどちらも今上皇帝に仕える身として、共闘せねばならない立場であるが、玄月にとって、劉源は顔を合わせるのも不愉快な人物であろう。

「楼門関から避難してきたんでしょうか。少ない供回りで前線から引き返さねばならないほど、西沙州の状況はまずいのでしょうか」

「まずいのは前線でなく、いまこの状況だ」

玄月の声には、いつもの落ち着いた低さはない。

「劉宝生が同乗している。青い衣が見えるか」

額に手をかざし、目を凝らした遊圭は、ヒッと息を呑んだ。

「まずいですね。どうしましょう。わたしは船室に隠れましょうか」

うろたえつつ、屋形のある艫へとあとずさる。

陶家と劉家の古い確執とは別に、遊圭と玄月はどちらも、劉宝生とは距離を置きたい理由がある。

　劉宝生は、遊圭が国士太学の学生であったときの先輩だ。同窓の親友が宝生から嫌がらせを受けたことがきっかけとなって、遊圭は国士太学の試験における劉一族の不正に気がついた。

　相談を受けた玄月は、遊圭に指示を与えて調査を進め、ついに証拠をつかんで劉宝生を退学に追いやった。

　宝生は国士太学から自分を追放させた黒幕が、誰であるかは知らないはずである。しかし、ともに国士太学に通っていた遊圭が、どういうわけで楼門関の監軍使を務めていた宦官の玄月と、借り上げた船で北天江を下っているのかと怪しむであろうし、劉太守にも詮索されることは必至である。

「劉太守は、わたしが流刑になっていたことは、知っているのでしょうか」

　遊圭が青ざめて訊ね、玄月は首を横に振る。

「そなたの罪状は、軍機上の問題もあって公にはされていない。流刑先も、官人でなく庶人扱いとしたので、太守を通さず決定されたはずだ。都でそなたの退学理由を調べられれば別だが、こちらから言わない限りは、あのふたりに知られることはない」

　玄月はさらに小声で続ける。

「屋形は太守の一行に明け渡さねばならないだろう。我々は船倉か甲板で寝起きすることになる。そなたが寝台を使えるよう、交渉はしてみるが」

かつて遊圭が不正の罪を暴いた宝生と、その父親で辣腕家の太守と、あと数日を同じ部屋で過ごすなど、ぞっとしない。

「もう、骨は接いだようです。痛みもそんなにないので、みなさんと雑魚寝するのはかまいません。それより悪夢の寝言を聞かれる方が危険です。わたしが天鋸行路にいた理由を、知られない方がいいのではありませんか」

「相手が太守であろうと、真っ先に大家に復命すべき職務に関しては、詳しく話す必要はない。そなたは、西方の知識を買われて、天鋸行路へ派遣されていたことにしろ。公主のことには触れるな。行方不明になったそなたを連れ戻すために、私が都から呼び返されたことにする。それ以外は適当にはぐらかせ」

遊圭の捜索に、最前線で重要な任務についていた玄月が選ばれた理由は、どう説明するつもりなのだろう。

太守一行の船は、劉宝生の端整だがやつれた顔も、はっきりと見分けられるほどに近づいてきた。

船主が投げやりな声でこちらへと叫ぶ。

「太守権限でこの船を接収すると言ってきてます」

玄月は船主の側まで行って指示を出した。

「言われた通りにするしかあるまい。どうせ、目的地は同じだ」

「あの人数じゃ、船足が遅くなっちまいますよ」

船主が面倒くさそうにぼやく。玄月は淡々と応じた。

「公権力には逆らえん」

背後で、ラシードたちが落胆の声で「気楽な旅も終わりかぁ。短い休暇だったな」とぼやくのが聞こえた。


快速船に乗り込んできた劉太守と宝生は、乗船に手を貸したのが玄月とルーシャン配下の騎兵であったことに、驚きのを声を上げた。

「このような場所で監軍使殿に再会するとは！　玄月殿は皇帝陛下の命で、都へ呼び戻されていたのではなかったのか」

玄月が劉太守に答える前に、舷側にもたれていた遊圭を見つけた宝生が叫ぶ。

「遊圭！　どうして星公子がここにいるのだ？」

「宝生さん。お久しぶりです。こちらは、お父上の劉太守だそうですが、皆さんは楼門関から来られたのですか」

遊圭は宝生に声をかけてから、ラシードの肩にすがるようにして数歩前に出た。なるべく重傷を装うことで、長話を避ける口実をつくるためだ。

「お初にお目にかかります。星遊圭と申します」

劉源太守に最上級の揖礼(ゆうれい)をしてから、立っているのもつらそうにして、ふたたびラシードの差し出す腕によりかかる。

「星遊圭？　皇后陛下の甥にあたられる、星公子か。お加減が悪いようだが、どうされた」

初対面なのに、名乗っただけでどこの誰か言い当ててしまうとは、劉太守の脳内紳士録はたいしたものだ。

「その星公子と玄月殿の取り合わせとはまた……」

劉太守は続ける言葉が出てこない。玄月が一歩前に出て、説明する。

「星公子は、西方の公用語に堪能であることを見込まれて、天鋸行路の諸国へ派遣されていたのですが、春頃に消息を絶ってしまわれました。そのため、私が捜索に向かうよう命じられたのです。負傷して劫宝城で療養されていた星公子と運良く再会でき、こうして帰路にあるところです」

「しかし、なぜ玄月殿が、星公子のために呼び戻されねばならなかったのだ」

宝生がすかさず疑問を呈する。玄月は平然と答えた。

「捜索隊を出そうにも、星公子はこれまで公の場にお出になられたことがなく、宮廷において公子の顔を知っている者はほんの一握りです。私は以前、星皇后陛下に仕えておりましたので、その縁で公子との面識があったことから選ばれたのでしょう。楼門関における勤務で、砂漠にも慣れていたことも、考慮されたと思われます」

遊圭は玄月の弁舌に感心する。

出来事を少し言い換えただけで、はじめからそうした成り行きであったように、ひとつも矛盾がない。しかし、遊圭が西沙州に流刑になっていたことを劉親子が知れば、辻褄合わせに手こずることだろう。下手な情報を与えて細かいところを突っ込まれないよう、遊圭はなるべく口を利かないのが得策だ。

宝生はまだ納得しかねていたようだが、遊圭は最後に乗り込んできた胡人の少年と青年のふたり連れに注意を引かれた。

玄月が足早にそちらの二人へと歩み寄る。

「郁金、無事でいたか。ルーシャン将軍は良くしてくれたか」

背丈はあるが、成人前らしく髪を総角に結い上げた少年は、目や肌の色は淡く胡人のようである。しかし、よく見れば彫りの深すぎない顔立ちから、ルーシャンの息子の芭楊や、遊圭の無二の親友、史尤仁のように、金椛人の血を引いていることがわかる。

「玄月様」

郁金と呼ばれた少年は、ぱっと顔を輝かせ、玄月に駆け寄った。

楼門関にいたとき、玄月の侍童を務めていた少年の姿を、幾度か見かけた遊圭ではあるが、口を利いたことはない。

このとき初めて耳にした郁金の声は、すでに変声期を過ぎていた。

玄月の侍童が、若くして宦官にされた通貞ではないことを察して、遊圭は少なからず驚く。蜀葵を諱とする林凜々や、玄月のかつての侍童であった菫児のように、植物の名を与えられていることから、玄月に個人的な忠誠を誓う舎弟であることは、間違いなさそうではあるが。

郁金は一歩横に引いて、背後の胡人を紹介した。

「ルーシャン将軍のご長男、ラクシュさんです。都までご案内するよう、将軍に仰せつかりました」

遊圭はもちろん、玄月やラシードたちも、初めて対面するルーシャンの息子に戸惑いと驚きを見せた。髪と髭は黒に近い褐色で、瞳は鳶の羽を思わせる赤みがかった褐色をしている。ルーシャンの赤毛と砂のように淡い瞳は受け継がなかったようだが、顔立ちは父親によく似ていた。

時間を巻き戻し、色を濃くしたルーシャンといった風情で、ラクシュは遊圭たちに微笑みかけた。

「はじめまして。玄月さんですね。父から聞いています。そちらは、星遊圭公子、ラシード隊長」

予想外の人物の登場に戸惑う遊圭一行に、劉太守が説明を加えた。

「ラクシュ殿は朔露内部の情報を持って、ルーシャン殿を訪れたのだ」

ラクシュは親しみやすい笑みを浮かべ、あとを引き取る。

「私は康宇国が征服されて以来、朔露に捕らえられて可汗たちの通訳を務めていました。父が金椛の将軍であることは知っていたので、再会を願い脱走の隙を窺っていましたが、機会に恵まれず」

申し訳なさそうに視線を落とし、いちど言葉を切ったラクシュは、息を継いで話を続けた。

「楼門関の陥落に喜ぶ朔露兵らの隙を見て、逃げてきました。父とともに朔露と戦うには遅きに失したようですが、撤退する父に合流することができたのは、幸運でした」

「とりあえず、お疲れでしょう。こちらへどうぞ」

玄月が舳先近くに設置された長椅子へと、劉太守を誘導する。

「楼門関が陥ちたという話は聞きました。西沙州はいま、どうなっていますか」

玄月に緊迫した口調で訊ねられた劉太守は、顔色も悪くかぶりを振る。

ここで星家の当主と皇帝の宦官が船旅をしている謎よりも、朔露に楼門関を陥落された戦況を共有する方が、切羽詰まった案件である。

「方盤城を脱出したのちは、ルーシャンと河西軍は慶城まで下がって防戦している。我らは、戦況を報告するために、できるだけ急いで都へ向かっているところなのだが、大きな船はみな、南岸や下流へ逃げてしまって手配できず、立ち往生していたところだ。ここで渡河して、駅馬で帰京するつもりであったが、この船が来合わせたのは、まことに運が良かった」

玄月の差し出す白湯をひと息に飲み干した劉太守は、ようやく人心地ついたらしく、濡れた髭をぬぐって話し始めた。

二、和して同ぜず

金椛（ジンファ）帝国の北西部に位置する西沙州河西郡、その西端にある方盤城は、西方諸国へ続く天鳳（てんぽう）行路への出入り口、楼門関（ろうもんかん）を擁する。この方盤城が朔露（さくろ）軍に攻められ、陥落する少し前、劉太守は真夜中の丑（うし）の刻にたたき起こされた。

城の防衛を預かるルーシャン游騎将軍は、劉太守に方盤城を放棄し、慶城へ撤退することを進言した。

「城内に潜入した朔露の間諜（かんちょう）に、大門を内側から開かれた。即座に懸門（けんもん）を落とさせ、敵兵の侵入を防いではいるものの、敵はすでに濠（ほり）を渡り、楼門に取りつき始めた」

方盤城のどの門にも、城攻めに備えて二重三重の防御が施してある。門扉に衝車（しょうしゃ）や破城槌（はじょうつい）を打ち込まれぬよう、門の前にも城壁を築いた護城墻（ごじょうしょう）や、城壁の一部を半円に張り出させた甕城（おうじょう）は、壁上からの死角をなくすだけでなく、外側の門と内側の門で敵の侵入を二重に防ぐ。

だが、西方への玄関である楼門関は、その重厚で堅牢（けんろう）な門扉を敵の攻撃にさらけ出していた。

城内に潜んでいた間諜が、警備の隙を突いて内側から門扉を開いた。それを合図に、朔露兵が濠に橋を架けるため楼門に殺到する。楼上から雨のように降り注ぐ矢を盾で防ぎ、続々と濠を渡っているという。

轟音（ごうおん）とともに、門上の滑車によって懸門（けんもん）が滑り落とされ、間一髪で朔露兵の侵入を防ぐ。橋が渡された以上、この懸門がやがて衝車によって突き破られるのは、時間の問題であった。

しかも、取り逃がした間諜の手によるものか、城内の各所で付け火が発生し、ほかの門もいつ内側から破壊され開かれるか、予断を許さない状況だったという。


ルーシャンが朔露を迎え撃つための兵を出し、敵の注意を引きつけている間に、劉太守らは住民を率いて撤退した。

「ルーシャン殿は、城門が破られるまで住民の避難を指揮し、殿（しんがり）をつとめて翌日には追いついてきた。慶城の防戦態勢は整っていたので、そこで軍を立て直して朔露を迎え撃つ準備をしていたところへ、後方からの援軍がかけつけてくれた。余裕ができたので我々は楼門関陥落の釈明のために、都へ向かうことになったというわけだ」

劉太守の顔色は悪い。国境の防壁を破られた太守の罪は、非常に重いためだろう。失脚はおろか、弾劾され斬首（ざんしゅ）刑の怖れすらある。防衛の責任者はルーシャンではあるが、国土を預かる行政の長としての責任もまた、前線の総司令官に等しく重い。

船主に頼んでおいた湯が沸いたので、遊圭は朱門関で買い求めた貴重な茶を淹（い）れて、劉太守の一行に勧めた。

ここまでの道のりで、手間をかけて淹れた茶を飲むゆとりもなかったのだろう。劉太守一行の面々は、口内に満ちる豊かな香り、甘みと苦みが絶妙に溶け合った茶を、喉を鳴らして飲み干した。

「これは変わった風味の茶であるが、美味いものだな。それとも、星公子が茶を淹れる名手であるのか」

劉太守の称賛に、遊圭はにっこりと微笑み返す。

「名手ではありませんが、茶を淹れるのは慣れています。不安を取り去る大連と、甘みを足すために、心身の緊張を解く甘草を少量ずつ加えてあります」

「どうりで、ほっとするわけだ。星公子は、薬草に詳しくておられるのだな」

「生来病弱なために、知らず知らず、いくつかの病や、壮健に効き目のある多少の知識を蓄えたようです」

「国士太学ではなくて、太医署に進んだ方が良かったのではないか」

宝生が口を挟む。嫌みや皮肉で言っているわけではなさそうだ。遊圭は薄い笑みを返した。

「わたしもそう思います」

遊圭は劉太守へ向き直り、慶城の近況についてさらに訊ねた。

「慶城には楼門関から退かせた兵と、河北郡からの援軍を併せて六万。さらに海東州の沙洋王が五万を率いて進軍中という。楼門関を押さえた朔露軍が東進をはじめる頃には、防戦の態勢は整っていることだろう」

「五万とは、沙洋王のほぼ全軍ではありませんか」

玄月が驚きを滲ませる。劉太守は重々しくうなずいて同意を示した。

「国が危ういのだ。出さないというわけにはいくまい」

地方に領地を与えられた宗室の分家は、少しずつ力を蓄え、数世代後には軍閥化して独立してしまう傾向がある。沙洋王は朔露軍と皇軍の戦を眺め、どちらも弱ったところへ出ていって、漁夫の利を得ることも可能な位置であるが、金椛軍に味方して戦うことを選んだようだ。

「楼門関攻略で、かなりの兵数を消耗した朔露軍は、方盤城を占拠して補給を整えることにしたらしく、夏の間は慶城へは進軍してこなかった。楼門関を落とした勢いで攻め込んでくると思っていたが、朔露の大可汗は意外と慎重な男であるようだ」

天鋸行路の、劫河の戦いにおけるイルコジ小可汗の敗戦が伝わり、金椛国の国境を挟撃する作戦を変更したのかもしれない、と遊圭は思った。

ただ、どんなに急いでも、死の砂漠に隔てられた劫宝城から楼門関へ伝令がたどり着くには、何ヶ月もかかる。遊圭はその可能性は低いだろうと考え直した。

「ところで、星公子が天鋸行路へ派遣された理由は、やはり朔露軍の侵攻に関してであったのか」

話題が自分に振られて、遊圭は内心で焦った。玄月の方へ視線がゆきそうになり、ぐっとこらえる。

「そうなのですが、わたしのかかわってきた案件については、皇帝陛下に復命する前に他言することは許されておりません。ただ、天鋸行路から朔露南軍が朱門関へ進軍する可能性は、年内はないと思われます」

そう言ってから、それ以上は話せないという具合に、遊圭は口の端をぐっと上げて微笑んでみせた。

こころもち、にらみつけるような宝生の目つきが、少し気になる。ここで皇帝の権威を笠に着ていると思われたか、あるいはひとまわり以上も年下の遊圭が、父親や玄月と対等に話し合っていることに、不満を抱えているのか。

遊圭はわざとらしく咳き込んでみる。

「星公子、風に当たりすぎたのではないか」

玄月がラシードに目配せして、船室で休ませるように言いつけた。

「星公子は体調が思わしくないのか」

宝生に訊ねられ、遊圭は小さくうなずいた。

「この天鋸行路の旅の無理が祟ったようです。成人してからは、あまり大きな病気にかからなくなって油断していました。怪我が治るまで動けなかったこともあって、すっかり弱ってしまったようです」

「星公子は運悪く撤退する朔露の伏兵に襲われ、肋骨を二本折る重傷を負われました。

それを押して帰還の勅命を果たそうとされたので、かえって快復を遅らせてしまったようです」

玄月があとを引き取り、遊圭を下がらせる。

楼門関やルーシャンの話を聞きたいのは、喉から手が出るほどであったが、劉宝生に玄月との長いつき合いがバレることの方が恐ろしい。決して親しいわけでもなく、まして肝胆相照らすというにはほど遠い関係であるが、互いの気質は理解している上に、共有している情報が多すぎて、どこで疑いを持たれるかわからない。

それに、今日は朝からいろいろあって疲れたのは確かだ。微熱は去っておらず、目眩なのか船の揺れなのか、区別がつかないときがある。

太守の職にある劉源を甲板に寝かせるわけにもいかない。寝台で眠れるのもこれが最後かと思い、夕食の声がかかるまで、遊圭は体を横たえて休んだ。

翌日、三倍に増えた乗客の食糧を補給するために、船は最初に通りかかった港に寄った。

玄月が手配した快速船は、都にもっとも近い港まで一度も停まる必要のないよう、予定の日程に合わせた人数分の水と食糧のみを積み込んでいた。そのため、太守一行と合流した翌朝には、水瓶も食糧庫も空になってしまった。

もともと遊圭を含めた五人が、快適に下れる大きさの快速船だ。

船に乗せられる人数には限りがあり、雇われていた漕ぎ手を太守の護衛と入れ替えても、劉太守の一行はその大半を渡し場に置いてこなくてはならなかった。

玄月とラシードも、食糧の補給のため港に下りてしまったので、船上に残ったのは遊圭と劉親子、太守の幕友で力仕事に向かなそうな、事務系の側近だけであった。

舷側に沿って積み重ねた寝具にもたれ、医経を読んでいた遊圭は、甲板を近づいてくる人物へと顔を上げた。顔色のあまりよくない宝生だ。

「遊圭、体調がすぐれないというのに、船室を占領して申し訳ないことをした」

遊圭は読んでいた書を閉じて、首を横に振った。

「いえ、気候は良いのですから、外で新鮮な空気を吸っていた方が、夜はよく眠れるようです。甲板で眠ると星がとても美しく、なぜもっと早く外で寝なかったのかと、後悔しているところでした。太守のご加減はいかがですか」

宝生はかぶりを振って、屋形へと目を向けた。

「心臓は強い方だが、十日を超える籠城戦から命がけの脱出劇、酷暑の夏を耐えて急ぎの帰京に疲労が溜まっていたようだ。父に寝台を使わせてくれて、感謝する」

遊圭が屋形と寝台を譲ろうとしたとき、劉太守は辞退した。遊圭は劉源の脈を取って、本人が自覚する以上に肝と腎が弱っていることを告げ、良質の睡眠と休息が必要であることを勧めた。

肝は怒りに、腎は恐怖や驚きに冒されやすい臓腑だ。楼門関の陥落が、劉太守にはかなりの心の重荷になっているのだろう。

「いえ、お役に立てたのなら、それでいいです。一番若いのに、ひとりだけ寝台を使うのは、実はずっと心苦しかったので。玄月さんやラシードさんは、過保護なところがあります」

「玄月といえば」

宝生は口にしかけてから、横に座っていいかと身振りで訊ねた。遊圭はうなずき、どうぞと応える。

「遊圭はいつから玄月を知っているのかな」

遅かれ早かれ訊かれることだ。遊圭は考え込む振りをして、打ち合わせた通りの話を諳んじる。

「族滅法が廃止されて、官籍を回復されたおりに、両陛下の使者として内府から遣わされたのが玄月さんです。それから時々、宮城からのお使いとして、下賜品や書簡を運んでもらっていました」

嘘ではない。宝生はあたりを見回し、肩を寄せてくる。

「遊圭、君は玄月がどういう人物か、知っているのか」

「陛下と職務にとても忠実な宦官です。用件以外のことを話すこともなく、あまり生真面目な人なので冗談も言えないのですが、賄賂も要求されませんし、世話になっているのに、無官の身ではたいした心付けも差し上げられないのが、心苦しいくらいです」

これも本当のことなので、宝生を牽制(けんせい)するのに、良心は痛まない。

「そうではなくて、玄月の出自や生い立ちのことだ」

遊圭は少し首をかしげた。ここからが正直者の遊圭としては難しいところだ。

「噂で知った限りですが、もとは官家のご子息だったそうですね。本人は自分のことは何も語ろうとしないので、真相を訊ねたことはありませんが、族滅の憂き目に遭って命拾いした身としては、他人事(ひとごと)とは思えません」

「負傷した遊圭を劫宝城まで迎えに行くために、わざわざ楼門関から玄月を呼び戻すほどだ。互いによく知っているのではと思ったのだが」

探りを入れてくる宝生に、遊圭は注意深く応えてゆく。

「個人的にはそれほどではありませんが、叔母(おば)の皇后陛下が信頼されている宦官ですから、なにかと頼りにはさせてもらっています」

「しかし、二ヶ月も天鋸行路から北天江を下って旅を続ければ、かなり親しくはなるのではないか」

宝生はしつこく食い下がった。

「ええ。朔露軍の動向と我が国の為(な)し得る対策については、毎日のように話題になります。歴史にも兵法にも詳しく、宦官にしておくのは我が国の損失だと思いますね」

あまり玄月を持ち上げるのもどうかと思ったが、宝生と玄月、劉家と陶家の過去に横たわる確執に巻き込まれないためにも、宝生とは玄月よりもさらに距離を置きたい。

「それは興味深い話題だな。私も話を聞かせてもらえるだろうか」

望ましくない方向に話を持って行ってしまったかと遊圭は思ったが、朔露軍の侵攻は誰にとっても最大の関心事であり、狭い船の上で、まったく互いを無視し合うのも不自然なことであった。

——舵取り(かじと)りは玄月にしてもらおう。わたしは黙って聞いていればいいのだから。

遊圭はそう考えた。

「ところで、玄月は私や父について、何か言ってなかったか」

「楼門関では、仕事でよくお会いになっていたそうですね。そういえば、宝生さんは、どうして楼門関に？」

宝生は言葉を詰まらせた。遊圭と宝生は、ほぼ同時に国士太学を去ったのだが、どちらも不名誉な理由で慌ただしく都を出たため、互いの消息を知ることがなかったのだ。宝生は冴(さ)えない顔色で咳払(せきばら)いをすると、言いにくそうに適当な理由を告白する。

「官僚登用試験に受かる気がしなくなってな。学問に飽きたというか。楼門関で実務のできる人間が足りぬというので、気分転換に父のあとを追ったのだ。まさか戦争に巻き込まれるとは——いや、そのことはともかく、玄月と私が国士太学の同窓生であることは、かれの口から聞かなかったか？」

「そうなんですか、でも玄月さんは十二のときから宦官だと聞いてますし、わたしの兄と同じ歳だそうで、その、宝生さんとは、ずいぶんと年齢が——」

遊圭は少し考え込むふりをしてから、パッと顔を上げる。

「あの、もしかして、宝生さんが童試に合格したのと同じ年に、十二歳で首席合格したという神童が、玄月さんなんですか」

この話は国士太学の書院で、宝生が弟たちの前でしたことがある。

「どうりで、とても物識りで、学問に造詣が深いと思いました。朔露が攻めてくるこのときに、楼門関に派遣されるわけですね。それをわたしごときのために、楼門関から天鋸行路へと走り回らされて――この国難のときに！」

遊圭は頭を抱えてみせる。

「でもどうして、そんなすごい神童が――」

遊圭はそこで声を低め、言葉をとぎらせた。あとに続く『宦官になっているのか』という疑問は自明のことだ。

宝生としては、劉家と陶家の因縁や、首席を奪われた腹いせに玄月に嫌がらせをして国士太学から追い出したことは、自分からは告白できない。

「うむ。気の毒なことだ。だが、皇帝陛下の信頼も厚く、内侍省では出世しているようだな。合格に何年かかるかわからぬ官僚登用試験のために、朝から晩まで勉強漬けになり、若い時を浪費するよりは、むしろ良かったのではないか」

だったらあなたも三十を過ぎて無官でいるより、いっそ宦官になってはどうか、という台詞が喉元まで出かかった遊圭だが、かろうじてこらえた。

宝生は、遊圭が玄月から何も聞かされていないことにほっとしたらしい。言葉を濁らせると、遊圭の膝もとに視線を移した。

「何の書を読んでいたのだ？」

「薬学医術の書です。長旅にも日常にも、必要な知識であると痛感しましたので、暇があれば目を通すことにしています」

「勉学の邪魔をしてしまったようだな」

遊圭の記憶している宝生と違い、微妙に腰が低い。父親について辺境で過ごしたせいだろうか、国士太学で羽振りの良かったときの傲慢さは、削り落とされたようだ。

「いえ、天気が良いので、文字を追うほどに眠くなるばかりで、昼寝しようかと思っていたところです。宝生さんも、休めるときに休んだ方がいいですよ。船を下りたら、駅馬を乗り継いでの強行軍になりそうです」

宝生は青ざめてぶるっと震えた。

「父には、無理ではないかな。馬車を手配した方がいいだろう」

劉太守の体調は素人目から見ても思わしくない。顔の赤みが退かないところを注意して観察しているが、船旅で休息が取れなければ、陸路はかなりの負担になることだろう。

陸路は別行動になりそうで、遊圭はほっとする。

桟橋に大勢の人間が集まってきた気配がする。食糧を買い付けに行った連中が帰ってきたようだ。

遊圭は立ち上がって、昇降口へゆく。宝生もついてきた。

ラシードたちは手分けして、大きな鍋と戸外用の鉄竈をふたつずつ担いでいる。船上では小さな鍋で湯を沸かすほかは、火を使った料理ができずにいたが、人数が増えたこともあり、滋養のある食材と大鍋を購入してくるように頼んでおいたのだ。

「羊の腿肉とバラ肉は手に入りましたか」

「三頭分、買ってきました。言われたとおり、肉屋にカンナ屑みたいに薄く切ってもらいましたよ。あと、豆腐は手に入りませんでした」

ラシードは満面の笑みで応えた。

次々と運び込まれる野菜、酒や調味料の壺に、宝生は目を丸くして訊ねる。

「何を始める気だ」

「ここ数日、固い平麵麭と干し魚の焙ったのばかりでしたから、飽き飽きしていたんです。劉太守も皆さんもお疲れのようですし、わたしたちも精のつく食事をするべきだと意見が一致しました。これからわたしの療母がよく作ってくれた、生薬入りの羊肉鍋を作ろうと思いまして」

川を下りながら、遊圭は大鍋を火にかけさせた。

湯を沸かして酒をどぼどぼ加え、羊肉だけでなく、市場で手に入った青菜や白菜、韮花の塩漬け、もやしに太い麵もざくざくと鍋に入れてゆく。にんにくと生姜はもちろん、棗や人蔘、松の実なども気前よく入れた。

胃が弱っていた遊圭は、自分や劉太守にも食べやすいようにと肉を薄く切らせたが、大人数で食べるのにも向いていたようだ。

羊の肉からよい出汁が出て、塩で味を調えるだけでみな喜んで食べ始めた。

その中で、玄月ひとりが肉には手をつけず、湯にちぎった麺麭を浸して食べ、たまに青菜を口にいれている。遊圭は気になって、碗に肉を盛って差し出した。

「玄月さん、食が進んでませんね。羊の肉は、いい筋肉になるって胡娘がいつも言ってます。この羊肉は臭くなくて柔らかい、消化も良い上肉です」

玄月は碗から目をそらした。

「羊の肉は、苦手なのでな。上肉も受けつけぬ」

と短く言うと、遊圭の差し出した碗を断った。

遊圭は困惑して首をひねる。夏沙王国へ遣わされたときも、楼門関で食事をともにしたときも、玄月が羊料理を避けたことはなかった。

「羊肉がお嫌いだったのなら、献立を相談したときに言ってくれたらよかったのに。鶏でも豚でもよかったんですから。このあたりなら羊が手に入りやすいと思ったので、そうしただけなので」

「ラシードたちが喜んでいるのだから、それでいい」

胡人は羊の肉が好きだ。だからといって玄月ひとりが我慢する必要もないと遊圭は思うのだが、船を出してしまったあとでは、どうしようもない。

釈然としないまま、遊圭は玄月のために碗に盛り上げた肉を眺める。とても食べきれる量ではないと悩んでいると、玄月は考えを変えたらしく、その碗を片手で取り上げた。しかし箸をつけることなく、玄月とラクシュの間に座っていた郁金にそのまま渡してしまう。

主人が食べないために遠慮していたのだろう、碗を受け取った郁金は、目を輝かせて肉を頬張った。

すっかり意気投合したらしいラクシュとラシードたちは、郁金の横で盛り上がっている。胡語で冗談を言い合っているらしく、ときおり爆笑する彼らの話は、聞き慣れない訛りが強いのと早口すぎるために、遊圭には聞き取れない。

遊圭は、劉太守用の鍋も見に行った。こちらも順調に減っているようでほっとする。しかし、それぞれに火種を抱えた者たちが、一艘の船の上に会するなど、病み上がりの遊圭にとっては精神の削られること甚だしい。

「わたしみたいに、うかつな人間には、とてもじゃないが無理が過ぎるよ」

遊圭はひとりごちて嘆息する。できることなら、甲板の隅で病気を装ってずっと寝ていたい。

玄月もまた、劉親子との距離を慎重に取るだけでなく、遊圭にも話しかけることは控えた。ラシードたちとも離れ、舳先に立って波を切る音にまぎれるように、ラクシュと小声で話している姿をよく見かけた。郁金が近くにいて、誰も近づけない空気を作っていた。遊圭はラシードを捕まえて、玄月とラクシュが何を話しているのか訊ねてみた。

「ルーシャン将軍の伝言じゃないですかね。楼門関陥落の責任を取らされて、都のご家族が拘留されたり、処罰されたりしないよう、皇帝に嘆願を取り次いでもらうつもりなんでしょう」

劉親子も、ラクシュと玄月が額を寄せ合っていても気にしたようすはない。つまりはそういうことかと、遊圭は納得した。

水や食糧の補給のために、何度も港に寄らなくてはならず、七日目にしてようやく都にもっとも近い河港へ着いた。

劉太守の具合はますます悪く、起き上がることも難しくなっていた。港町の医師を呼んで診断させ、さらに下流へ航行し、運河を使って都へゆくことを決める。遠回りではあるが、馬車や馬に揺られるよりは、その方が体に負担がないだろうとの医師の判断であった。

船をおりた遊圭一行にラクシュと郁金が加わり、劉太守の一行を置いて先を急ぐ。ラクシュは劉親子とは姻戚にあたるのだが、これまでまったく消息を聞いたことのないルーシャンの長男は、劉親子とはそれほど親交は深めていなかったようだ。先にゆくことを告げられた劉源も宝生も、どこかほっとした面持ちであった。

駅逓で宿をとるたびに、玄月とラクシュは外出して遅くなるまで帰ってこない。船上では明らかに初対面であったのに、ラシードたちにも聞かれたくない込み入った話をしているのかと、遊圭は気を揉んでしまう。
ルーシャンとその家族に、どんな運命が迫っているのだろうかと。

帝都の宮城に帰り着いたときは、都はすでに秋になっていた。

「一年と、何ヶ月ぶりかな」

北大門が遠くに見えてきた遊圭は、馬上で指を折る。

馬を下りることなく北の大門を通り、街の喧騒を眺めながら宮城へと進む。

流刑によって去った日とは季節が違うだけで、首都の賑わいは遊圭の記憶と何ひとつ変わらない。

人混みのなかを、ゆっくりと馬を進めながら、遊圭は玄月に話しかけた。

「どの門から宮城へ入りましょうか」

遊圭は官位を持たず、玄月は内廷に仕える宦官である。玄月の帰還は玄武門から内侍省のある延寿殿へと通知すべきであろうが、遊圭は後宮に入ることができない。

陽元の帰還令は、遊圭と玄月の両方を名指したものであるから、別々に登城しては手続きが面倒になりそうだ。

「外廷の紅椛門から陛下のお目通りをお願いする門符は、皇城の星邸に保管してあります。いったんわたしの家に寄っていただければ、ラシードさんたちにも休んでいただけます。そうしませんか」

「そうしてもいいが、私も実家に寄らねばならん。その後、ラクシュをルーシャン将軍の邸に案内してから、私がそちらへ行くまでの間、そなたの邸でラシードたちをもてなしてくれると助かる」

玄月はそう提案し、皇城の門をくぐる。郁金とラクシュを連れて、馬首を陶太監の邸のある通りへと向けた。

ルーシャンは都に住むことはないが、劉源の娘を娶って正妻としており、正妻の邸には次男が人質として暮らしている。ラクシュは異母弟と、会ったことのない継母に対面し、父ルーシャンの直面している問題を説明しなくてはならない。

遊圭は、ルーシャンとともに慶城にいるであろう、幼い三男の芭楊を思い出して、暗澹とした気持ちになった。都にいるのと前線にいるのと、どちらが家族として気が休まるのか。

遊圭がラシードたちを伴って星邸に帰宅すると、家政を預かっていた趙夫妻以下の使用人たちが、諸手を挙げて遊圭の帰還を歓迎した。

「今夜さっそくお祝いのごちそうを作りますね。お客様にお出しするお酒を、すぐに買いに行かせます」

趙婆は、泣きながら遊圭の膝に取りすがって、同時に使用人たちに差配する。

「うん。ラシードさんたちに、たくさん都の美味しい料理とお酒を召し上がってもらって。だけど、わたしはすぐ宮城へ上がらないといけない。いつ帰宅できるかもわからないから、わたしを待たずにラシードさんたちをもてなしてくれ。それから、官服ではない衣裳で、一番上等な袍と冠を出してくれるかな」

「はいはいただいま」

趙婆はうきうきとした足取りで邸を飛び回った。

季節ごとに風を通し、きちんと畳まれていたであろう淡い緑の袍に、大急ぎで香を焚きしめる。

遊圭は手早く沐浴をすませ、衣裳を整えた。家廟に祀られた両親の位牌に、帰宅の報告をすませてからラシードたちと軽食を摂っていると、やがて玄月が宦官帽に薄墨色の袍をまとって姿を現した。

見慣れた姿のようで、どこか別人のようだと、遊圭は思った。

「陶太監の体調は、いかがでしたか」

遊圭は、慈仙の策によって難しい立場に立たされ、玄月の出奔によって心労を募らせていたであろう陶名聞の健康を気遣う。

「いっそう、老いたようだ。劉太守より、ひとまわりも年下であるというのに」

淡々とした静かな語調であった。

玄月は、遊圭の亡兄である伯圭と同じ年齢だ。であれば、遊圭の父と陶太監は同じくらいの年頃で、せいぜい四十代であろう。宦官は老いるのが早いとは聞くが、五十をとうに過ぎた劉太守よりも老いたと聞けば、ここ数ヶ月の心労が忍ばれる。

「白髪は増え、量はずいぶんと減った」

やはり、感情のこもらない話しぶりであったが、家族のことを話題にしたことのない玄月が、社交辞令を超えて詳しく陶太監の状態を話さずにはいられないということに、遊圭は胸が痛む。

「登城はされておいでですか」

「体調もすぐれぬので、正午前後の二刻ほど参内して、帰ってくるという。ちょうど帰宅したところだったが、これから星公子と参内すると言ったら、ついてくると言って聞かぬので、落ち着かせるのに手間取った」

「医師には診てもらっているのですか」

「寝込んだ当時は、大家が侍御医を遣わしてくださった。床上げしてからは、馬延先生が通ってくれている」

馬延は、遊圭も世話になった宦官医だ。慈仙の一件が片づいたら、挨拶に行かねばならない恩師でもある。

馬延が診ているのならと安心した遊圭は、話題を変えた。

「玄月さんが無事お帰りになって、嫌疑も晴れたのですから、お喜びになったでしょう。じきに良くなられますよ。ところで先ほど、蔡大官の家に、帰京を伝える遣いを出しました」

蔡大官は遊圭の父と浅からぬ縁のあった官僚で、遊圭とは一族を失ってから知り合い、それからは陰に陽に遊圭の立場を支えてくれている。

短いやりとりのあと、ふたりは連れ立って星邸を出て、宮城へ向かう。

既に午後も遅く、皇帝は政務を終えて内廷でくつろいでいる時間だ。

遊圭たちは外朝から手順を追って、外廷と内廷を隔てる紅椛門で拝謁を願い出た。門符を出して名を名乗るなり、門番はふたりを中へ通した。

「わたしも、内廷に入っていいんですか」

遊圭は、驚いて念を押す。門番の報せを受けて迎えに出てきた宦官が、玄月に深い揖礼をしてから、遊圭に請け合った。

「陶監軍が同伴されているので、問題ないです」

后妃の診察のため、後宮へ通う侍御医や、特別な事情で女官に面会の許された親族が、宦官に付き添われて後宮を出入りすることはある。

通されたのは皇帝の住まいである紫微宮であった。陽元の私室に迎えられることは、流罪中の遊圭と、逃亡中の玄月には過ぎた応対だ。不安になって玄月の横顔を見上げた遊圭だが、白皙の宦官の表情に驚いたようすはない。

宮室に足を踏み入れるなり、黄色い袍が目に入った遊圭は、さっとひざまずいた玄月にならって叩頭拝を捧げた。しかし黄袍の主は、拝礼が終わるのを待たずにカツカツと床を鳴らして近づき、ふたりの前に立った。

「游が無事に戻ってくれて良かった。玲玉もどれほどそなたを心配したか」

陽元は近侍に命じて、遊圭を玲玉の永寿宮へ案内するように命じた。

「私もすぐに永寿宮にゆく。游は先に行ってくつろいでいるといい」

玄月と話すことがあるのだろうと、遊圭は素直に近侍について退室した。

三、功禍と恩仇

近侍に人払いを命じた陽元は、玄月にそばの榻椅子を示す。

「とにかく、座れ」

「大家、しかし」

ゆっくりと立ち上がった玄月は、戸惑いがちに言葉を濁す。

「遠慮するな」

それでも腰を下ろそうとしない玄月に陽元は苛立ち、部屋を横切って炕に座り、靴置きの台を指さす。

「ここならいいのか。とにかく座れ」

玄月は言われるままに炕に歩み寄り、靴置きに腰を下ろした。

陽元からは玄月の宦官帽と肩しか見えない。これでは、双方立ったまま話した方がよかったのではと陽元は思ったが、むしろ互いの顔が見えない方がいいのかもしれないと考え直す。

「そなたには、申し訳ないことをした」

玄月は即座に靴置きからおりて、床に膝と両手をついた。

「おやめください。天子が奴僕に謝罪するなど、あってはならないことです。大家のお許しもなく都を離れた奴才こそ、お詫びを申し上げねばなりません」

「人払いはした。誰も聞き耳など立てておらん。そなたは黙って、私の言いたいことを聞け」

「しかし」

「黙れ。私が即位したとき、そなたは私の影になると言ったな？　私は自分の影に話しかけているだけだ。あと、床に這いつくばらず、靴置きでも椅子でも、楽な方に座れ」

迷ったように、椅子から炕にかける陽元へと視線を移した玄月は、靴置きに座り直す。

玄月が自分の前では椅子に座らなくなったのは、いつからだろうかと陽元は考えたが、思い出せない。宦官が皇族の前で同じ高さの椅子に腰かけるということは、宮廷の作法として許されないことである。だからこそ、人払いをしたというのに、目の前に置かれた恩寵を拒む玄月の頑なさには、苛立ちすら覚える。

「怒っているのか」

陽元の問いに、玄月はふたたび床におりて膝をついた。

「大家に対して、そのような感情は抱えておりません」

陽元は嘆息し、炕からおりて床に座り込んだ。正面から玄月の顔をのぞきこむ。

「私がそなたであったら、怒るぞ。半月で楼門関から帰ってこいと命じられて、その通りにしたのに、帰還してすぐに会おうとしなかったのだ。それも、慈仙の一方的な言い分を信じてそうしたのだから、腹が立たないはずがない」

玄月は視線を陽元の膝に落として、首を横に振った。

「その件に関しましては、大家に責任はございません。慈仙が奴才を陥れようと謀ったのであれば、どのような手を使ってでも、大家と私が顔を合わせることのないよう、策を巡らしていたことでしょうから」

「いや、そなたは外廷から帰還した。慈仙が知る前に、私にはそなたを引見する機会はあったのだ。だが、慈仙の言葉を信じた私には怒りや迷いが強く、そなたの話を聞く準備ができていなかった」

陽元は、変化のない玄月の表情を見つめ、話を続ける。

「だが、誓って言うが、私は内廷に運び込まれたそなたが倒れたと報告を受けたときは手当てと休養を命じただけで、牢に放り込めとは言わなかった」

申し訳なさそうに眉間に皺を寄せる陽元に、玄月は淡くほほ笑みかける。

「李万局丞の話から、牢に入れられたのは慈仙の策だと察しましたので、すぐに逃走したのです。大家に申し開きをするまえに、獄中で始末されることは確実でしたから」

「旅の疲れで昏倒した直後に逃走するとは、慈仙も李万も予期していなかったようだな。そなたのしたたかさには、いつも驚かされる。ところでどうやって逃げ出したのだ。ラシードという、胡人兵の手引きか」

陽元の問いに、玄月は牢から出してくれた女官の小月や、脱走にかかわったラシードに累が及ばぬよう、慎重に事実を包み込んで答える。

「李万の目を盗んで牢の錠を開けたのは、奴才の舎弟のひとりです。あとは、暗渠へ降りて自力で逃げました」

「即位前に、何度かそなたとふたりで城下へ抜け出した、あの地下の通路か」

玄月は「はい」とうなずき、陽元は懐かしげに笑い声を上げた。しかし、玄月は陽元の笑いに同調せず、脱走劇の顛末を報告する。

「宮城を脱出してからは、父の家は慈仙の配下に見張られているであろうと考え、護衛の任務を終えて楼門関へ帰るばかりであったラシードに協力を求め、天鋸行路へ赴いて遊圭を捜し出す方法を相談しました。どうか、ラシードとその部下が奴才のために犯した国外逃亡の罪については、不問にしてくださいますよう、お願い申し上げます」

床に両手をついて頭を下げる玄月の肩を、陽元は両手で押し上げ、体を起こさせる。

「私の大事な伴友を救って、甥を捜し出すのを助けてくれた者を、どうして罰するものか。むしろ望みの褒美を取らせるべきであろう」

「寛大なご処置、感謝いたします」

玄月は額を床にこすりつけるようにして、礼を言った。

「いつまで、私を床に座らせておくつもりか」

玄月は顔を上げたが、皇帝が先に立ってからでないと、宦官は立ち上がれない。

　陽元は床から腰を上げると同時に、玄月の右肘をとって引き上げた。炕に座らせて、その横に陽元も腰をおろす。己を助けた者たちが、誰も罰を受けないという言質を得て安心したのか、玄月はおとなしく陽元の隣に座ったまま、次の言葉を待つ。

「本心では、すぐにでも慈仙に厳重な罰を下したいところだが、そなたの話を聞いてから、と考えていた。シーリーンとの引見を手配した蔡大官にも、片方の話だけで真偽の判断を下すのは、公平でないと釘を刺されたのでな」

「慈仙は、どうしていますか」

「慈仙の味方をする宦官の手が届かぬよう、後宮ではなく、錦衣兵の懲罰房に入れた」

　玄月はかすかな驚きに眉を上げる。

「軍における懲罰房での扱いは苛酷だと聞いています。シーリーンの告発からの留置でしたら、長すぎるのでは」

　懲罰房に何ヶ月も入れられたら、命にかかわりかねない。

「錦衣兵には、目的は懲罰ではないことと、食事や寝具も与え、その他の待遇も審判中の罪人と同じにするよう命じてある」

　その言葉に、玄月はほっと息を吐いた。慈仙の境遇に安堵したようすの玄月に、陽元は不思議そうに訊ねる。

「そなたらは、いつから対立していたのだ。まったく気がつかなかったぞ」

　玄月は唇の右端に苦笑を浮かべる。

「奴才も、こんなに早く自分の番が来るとは、考えておりませんでした」

「それは、慈仙に陥れられた宦官は、そなたが初めてではないということか。なぜいままで黙っていた」

陽元の口元が不機嫌にゆがむ。

「後宮では、太子や大家のお気に入りであるということは、それだけで、ほぼあらゆることが許されるのです。加えて慈仙はひとあたりが良く、上には従順で配下の面倒見も良いので、親切にされている間はその本性に気づかされることはありません。慈仙の、排除すると決めた相手に対する容赦のなさを奴才が知ったのは、太子宮へ移るより少し前のことではありましたが、それを誰かに話しても、信じる者はいなかったでしょう」

陽元は深く嘆息し、かぶりを振った。

「紹は、慈仙の裏の顔を知っていて、私に警告をしなかったのか。それは臣として不忠ではないか――といっても、私も信じなかっただろうな。慈仙が私を喜ばせることには誰も及ばない。いつも苛々させられるばかりのそなたとは大違いだ」

「申し訳ございません」

玄月は肩を丸めるようにして頭を下げる。陽元はその肩に手を置いた。

「誰も言おうとしない正論を吐き、私を不快にさせるとわかっていて諫言するのが、そなたの役目なのだから、仕方あるまい。そなたの代わりはいないというのに、この国難の折りに、私情にとらわれてつまらぬ過ちを犯した私を、見捨てず帰ってきてくれたことは、どれだけ天に感謝してもしきれない」

「もったいないお言葉です」

吐く息とともに、うつむいたままで応えた玄月は、胸の前に両腕を抱えるようにして、右手で左の肘を握りしめる。

嫡母であり、育ての親でもあった先の皇太后、永氏に裏切られた陽元は、自宮してまでも味方のいない皇太子であった自分を支えてきた陶親子を、誰よりも頼りにしている。

そのことは、少年期をともに育った玄月自身がよく知っていた。だからといって、玄月はその寵に甘えたことは一度もなかった。しかし、今回のように一時の感情に流されやすい陽元の性質を利用して、陶親子を排除しようとする者は後を絶たないことだろう。

『情の厚さは太子の美点であり、同時に短所でもある』

玄月が国士太学に合格して少し経ったころ、父は息子にそう語った。当時の名聞は、国士の官位を授かった玄月を、皇太子の学友とする手続きを進めていた。

永氏の目的は、陽元を暗愚な傀儡の皇帝とすることにあった。皇太子が十歳となり、学問の師を任じられた名聞は、短絡的で気ままな性質を矯められることなく、放埒に育てられた陽元の教育に頭を抱えたという。学問のみならず、しつけから始めなくてはならなかったからだ。

しかし名聞は、陽元の仁愛に富み、ものごとにこだわらず、人の話に耳を傾けるといった素質が、永氏の放漫な養育にもかかわらず損なわれていなかったことに、希望を持った。

名聞は皇太子に帝王学を学ばせるために宮中に入り浸った。そのために玄月は父親と顔を合わせることも稀な少年時代を過ごさねばならなかったが、だからこそ、かれら親子が払った犠牲を無駄にはできなかった。

陽元の治世を盤石とすることが、陶家と小月を守ることだと玄月は考えてきた。しかし国の存亡にかかわる外患と、いまだ落ち着かぬ主君の資質のために、先行きが見えないまま、同時にルーシャンに託された任務も果たさなくてはならないのだ。

「大家、奴才は監軍使の任が半ばでございます。楼門関陥落の調査には、どうか奴才を遣わしてください。途中で同船した劉太守から聞いた話では、楼門関の攻防戦はかなり激しかったもよう。ルーシャン将軍が最善を尽くしたことは疑いがありません。敗戦の責は免れないとしても、どうか寛大な処置をお願い申し上げます」

主君の顔をまともに見ることもできずに、玄月はふたたび床におりて平伏した。

この日の保険とするために、ルーシャンは玄月を胡人の信仰に引きずり込んだのか。そうとわかっていても、玄月にはルーシャンの助命あるいは、敗戦責任の減免を嘆願しないという選択はなかった。

いっぽう、遊圭は近侍の宦官に導かれるまま、叔母の宮を訪れた。

永寿宮では、すでに報せを受けていた玲玉が、宮殿の階まで迎えに出てきていた。翔皇太子も瞭皇子も、元気よく駆けだしてきて、遊圭の袖にぶら下がる。乳母のひとりに抱かれた、玲玉によく似た幼女が蓮華公主だ。順調であれば、叔母にはもうひとり赤ん坊がいるはずであるが、姿は見えない。

遊圭は膝をついて平伏し、皇后の叔母に帰京の挨拶を告げる。

甥の姿を目にした瞬間から、涙をあふれさせ声も出せない玲玉は、遊圭に立ち上がる隙も与えずに肩を抱き寄せ、「生きていて、くれましたか」と声を詰まらせて、何度も同じ言葉を繰り返した。

遊圭のまぶたにも涙がにじむ。背景がぼやけてしまいそうになって、五年前に再会したときと、まったく同じやりとりを繰り返していることに、胸の内で苦笑してしまう。霞んだ視界の向こうに、微笑む胡娘と菫児の姿を見つけて、自然と微笑みがこぼれた。

「叔母さま、そんなに簡単に死にません。わたしは星家を再興するまでは、どんな大病を患おうと、危地に陥ろうと、死なない定めなのですから」

いつまでも体を揺らして遊圭の肩を抱き、頬を撫でる叔母を助け起こして、その頬の涙を自分の袖で拭き取る。

「ほら、太子も瞭皇子も、驚いておいでではありませんか。叔母さまは、どうか笑っていてください。蓮華公主もお健やかそうでなによりです。わたしの従妹を、この腕に抱かせていただけませんか」

　永寿宮に招き入れられた遊圭は、懐かしいひとびとに囲まれて茶菓を楽しむ。

　胡娘と越えた死の砂漠と、砂漠の奥地に佇む伝説の郷。麗華公主とその息子の消息。高山の懐に抱かれた戴雲国における、少年賢王との出会い。玲玉や子どもたちには聞かせられないところは端折って、命からがら朔露軍から逃げ延びて、天狗と玄月に救われた、半年を超える冒険を語った。

「天天？　天天はどうしたの？　連れて帰ったの？」

　天狗の話に、翔皇太子は辺りを見回し、遊圭へと身を乗り出して、かつて後宮で飼っていた獣の消息を訊ねる。

「天狗は、仔を孕んでおりましたので、体に障らないよう、ゆるゆると帰還させる手配を整えてきました」

「仔天狗が生まれるの？　母さま、翔と瞭と蓮華と一匹ずつ飼っていい？」

　意気込んで頼み込む翔皇太子に、玲玉はにっこりと微笑む。

「それは、游の判断に任せなくてはなりませんね。成獣となれば、牝でも仔熊ほどの大きさになるのでしょう？　きちんとしつけられず、人に害を与えるようになっては、かえって可哀想なことになります。游の話によれば、幼いときからひとの手で育てられていれば、主人を忘れるようなことはなさそうですが、牡はどうなのでしょうね」

「まずは、産まれてからですけどね」

　遊圭は苦笑して応えた。隅に控える菫児が、そわそわしていることに気がつく。しかし、永寿宮に仕える菫児に、遊圭が勝手に紫微宮へ行けと言えるはずもない。間を見計らって菫児を招き寄せ、玄月が無事で相変わらずであることを耳打ちした。

主と仰ぐ人物の最新の情報に、安堵と不安の入り交じった泣きそうな顔でうつむく菫児に、遊圭がしてやれることはそれだけだ。

やがてすっかり日が暮れて、遊圭は暇乞いをしなくてはならない刻限に、陽元がふらりと永寿宮を訪れた。随伴の宦官に玄月の姿がないことに、菫児はあからさまに落胆の表情を見せる。

一同が膝をついて陽元を迎え、それぞれ言葉を賜った後、遊圭は気を利かせて訊ねた。

「玄月さんは、どうしました」

「名聞の体調がすぐれぬというので、今日のところは家に帰した。明日、名聞と共に参内させる。游も明日の正午を回った頃、北斗院に待機していてくれ」

北斗院は、紅椛門に近い外廷に小さな庭園を持つ書院で、皇帝が私的な客をもてなす建物だ。

三年前の重陽の季節、陽元が冠親を務め、遊圭はその北斗院で加冠の儀を迎えた。一年と半年前にそこで陽元を待ったときは、芍薬の花が満開であったが、秋のいまは菊が見頃であろうか。

「かしこまりました」

その後もなお引き留められた遊圭は、しばらく皇帝一家と歓談したのち、輿を用意されて宮城を退出した。

星邸に帰宅したのは、すでに深更であった。

「坊門が閉じられても、大家はお帰りにならなかったから、今日は宮城にお泊まりかと思いました」

趙爺が眠たい目をこすって邸の門を開けた。城内の居住区は条坊に区切られ、夜間の外出は禁じられている。各坊の門が閉じられた後に城下を歩き回るには、特別な通行許可証が必要であった。

「主上と叔母様に引き留められてね。通行証をだしていただけるというので、すっかり遅くなってしまった」

「玲お嬢様は、お元気でおられましたか」

玲玉が子どもの頃から星家に仕えてきた趙爺は、老いた顔に期待を込めて訊ねる。

「お元気でおられたよ。皇子方も潑剌としておいでで、公主様はぽっちゃりと可愛らしくお育ちだ」

もうひとりいるはずの赤子については、紅椛門まで見送ってくれた胡娘が、ひと月の命であったと教えてくれた。

赤ん坊が最初の誕生日まで生き延びないことは、珍しいことではない。それでも時に母親が、おのれの命と引き換えにして産み出さねばならない新しい命が、そうも脆弱であることは、理不尽にすぎると思えてしまう。

『女児であったそうだ』

胡娘の言葉を耳の奥で反芻した遊圭は、叔母の悲しみを思い、そっと目を閉じる。

趙爺には話さないことにして、ラシードたちのようすを訊ねた。

「みなさま、客室でお休みいただいています。陽気な方たちですね。このお邸がふたたび大家のお客様であふれる日が来るとは。この爺、生きていて良かったです」

「いいことばかりじゃないけど、生きていれば、また良いことは巡ってくるさ。趙爺、明日は早く起こしてくれないか。午前中に挨拶に回るところが何件かあるんだよ。正午には宮城に参内しなくてはならない」

「それはお忙しいことです。朝食は、辰の刻で間に合いますか」

「ラシードたちの朝食はそれでいいけど、わたしのは半刻ほど早くしてくれ」

「かしこまりました」

遊圭はさらに、就寝前の茶を淹れるための湯を、寝室へ運んでくれるように頼んだ。

慌ただしさと緊張に満ちた一日であったことと、自宅に落ち着いた安心感からか、久しぶりに夢も見ずにぐっすり眠れたはずだが、朝の目覚めはすっきりしない。まぶたと体が重く、熱っぽい。軽い頭痛もする。遊圭は顔に触れてみた。頬は温かいと熱いの中間で、まぶたは思った通り、やや腫れぼったい。

大きな旅を終えるたびに熱を出すのは、すでにお馴染みのことではあったが、問題はまだこれからが本番なのだ。寝込んではいられない。遊圭は膠で寝床に貼りつけられたかのような背中を、無理矢理引き剝がして起き上がった。

くらくらする。

趙爺が起こしにきて、手水の盆を差し出した。遊圭は冷たい水で顔を冷やす。寝間着のまま書斎へ移動して、薬棚の引き出しを開き、解熱に効く生薬をいくつかつまみ出した。指に触れた感触で生薬の劣化を感じ取り、遊圭は嘆息した。においも嗅いでみる。どれも保存状態が良くない。

さすがに衣裳の手入れと違い、生薬の保存と管理ができる者がいないまま、一年半も留守にしていたのだ。それでも、使えそうな生薬を調製して、解熱用の散薬を一日分だけ用意した。

効くかどうかというより、腹を壊したらどうしようと考えたのは、服用したあとのことだ。遊圭は趙婆の出してくれた粥で口直しをしつつ、胃をさすった。

今日の一日がもてばいい。そしたら明々たちが帰京するまで、ひたすら寝込んでも許されるだろう。ひと月ぐらい寝床から出なくていい資格が、自分にはあるはずだと遊圭は思った。

どちらにしても、恩師である馬延医師に帰京の報告もしなくてはならない。そのときに診察を受け、治療が必要なら鍼を打ってもらおう。

衣裳を整え、外出の支度を終えたころ、ラシードたちが客室からぞろぞろと出てきた。

召喚されているのは遊圭と玄月だけだ。

「みなさんは、この邸で好きにおくつろぎください」

「おれたちも、都に来たら来たで、やることがありますので。ご心配なく」

ときおりのぞかせる、抜け目のない目つきと微笑みに、遊圭はラシードがルーシャンの部下でもあることを思い出す。

まだ早い時間ではあったが、遊圭は蔡大官の邸を訪れた。

遊圭の生存と、慈仙の企みを報せるために、先に帰京した胡娘と菫児を、皇帝に引き合わせてくれた礼をするためだ。

早すぎる時間帯に訪問することの無礼を詫びる遊圭を、蔡大官は鷹揚に迎え、無事の帰還を喜ぶ。そして、遊圭の巻き込まれた災難に見舞いの言葉を述べた。

「宦官同士の諍いに外臣が口を出すのは、分を弁えぬことではあったが、星公子を巻き込んでということであれば、後宮で良からぬことが進行している可能性もある。陛下にはそのことにも気づいていただきたかった」

形の良い口ひげを撫でつつ、蔡大官は嘆息した。遊圭は息を呑んで問いかける。

「それは、皇后陛下の安寧を脅かす案件が、後宮で進んでいるということですか。まさか、公二主が身罷られたのは」

遊圭はかすれ声で、生まれてまもなく薨じた従妹のことを思う。蔡大官は首を横に振って遊圭の疑惑を否定した。

「公主であれば、さほど問題にならぬ。おそらく新生児によくある自然死であろう。そなたの訃報で、いちどは流産の危機に見舞われた皇后陛下の心身に、負担が大きかったのだと思う」

遊圭は袖の中で両方の拳をぎゅっと握った。

ずいぶんと前に、足の引っ張り合いや泥のなすり合いに明け暮れる官界に愛想がつき、さらに劫河戦では、望まぬ人殺しに良心を削ぎ落とされる戦争にうんざりしていた。できることならば、すべてのしがらみから逃れ、争いから遠ざかり、明々といっしょに田舎に隠遁して、ふたりで診療所と薬種屋など始めて穏やかに暮らしたいと、本気で願っていた。

だが、外戚族滅法が廃止されたいま、陽元の男子を産んだ妃嬪とその外戚が、一族を失った皇后とその皇太子の地位を狙って暗躍するであろうことは、充分に予想される。外戚族滅法は、皇子を擁する妃とその外戚の野心を封じ、同時に後宮内の政争を防ぐことで、身寄りのいない皇后と皇太子を守る盾であった。それが、遊圭ひとりの命を救うために廃されたいま、玲玉と翔たちはまったくの無防備にさらされているのだ。丸裸同然で後宮に取り残された叔母と従弟たちを置いて、遊圭だけが安全な場所へ逃げるわけにもいかないし、行けない。

「皇后陛下が身重であるときに、流産を引き起こしかねない甥の訃報が届く。慈仙は行き当たりばったりにわたしを始末し、玄月さんを失脚させようとしたわけではなかったんですね。慈仙の後ろ盾となる妃嬪がいる」

もっとも可能性があるのは、皇后の次席である曹貴妃だ。玲玉が流産で命を落とせば、自動的に曹貴妃が翔の養母となる。

「今日の昼から、宮城に上がらねばなりません。王慈仙の裁判に立ち会うために」

蔡大官は重々しくうなずいた。

「おそらく、間を置かず判決が下されるだろう。星公子は証人として事実だけを述べればいい」

「裁判官は、誰になるのでしょう」

かつて刑部の侍郎であった蔡大官であれば、どんな人物が裁きを行うか見当がつくのでは、と遊圭は思った。曹貴妃の近親の官僚であれば、慈仙の刑罰に手心を加えるであろうし、逆に遊圭や玄月を弾劾する口実を、用意しているかもしれない。

「内廷の裁きは内侍省の刑司が行う。最終的な判決は、陛下がおくだしになるだろう」

「国法は、適用されないのですか」

遊圭の問いには、驚きと憂慮が込められる。蔡大官はかぶりを振った。

「建前上は、もちろん。だが、だれにわかろう。後宮内の犯罪が表に知れることはない。今回はたまたま後宮の外で行われた犯行で、星公子が被害者であったことから、証言を必要とするために呼び出されたのだ。見たくもない密室裁判の内幕を、見せられることになるかもしれぬ」

食道に鉛を流し込まれたように、遊圭の胃は重たく苦しい。

五年も前ではあるが、玲玉の殺害を試み、やがては陽元も取り除き、翔を擁して帝国の実権を握ろうとした永皇太后の弾劾裁判を思い出す。その野望は未然に防がれたが、そのときも証人であった遊圭は、永氏が己の罪を認めるまで生きた心地がしなかった。できれば参内したくない遊圭だが、それはできない相談である。

蔡大官は遊圭を励まそうと、言葉を続けた。

「皇帝陛下を信じなさい。陛下とは、玄月が逃亡した後に、諫言を聞き入れていただく機会をもった。慈仙の罪は赦されるものではないが、感情に任せたお裁きは、下されぬことと思う」

遊圭は、そうであることを願うしかない。

四、万古の凄涼

昼前に参内した遊圭は、北斗院で宮中から迎えが来るのを待った。

露台に置かれた菊の鉢植えや花壇を眺めつつ、加冠の儀の日を思い返していた遊圭は、ふと心にかかることを思い出しかけた。袖の端からほつれ出た、糸の切れ端のようなその記憶の断片を手繰り寄せようとしていたところへ、突然声をかけられる。

「座ったまま寝ていたのか。旅の疲れが溜まっているようだな」

遊圭を迎えに来たのは玄月であった。何度か名を呼ばれていたらしい。

「いえ、ここで成人の儀を催していただいたことを、思い出していたのです。親族のいないわたしに、菊の鉢植えを贈ってくださった方々のこととか。蔡大人のご一族には、とてもお世話になったので、一件が落着したら、皇后陛下にお願いして、蔡才人にもご挨拶できるよう、計らってもらおうと考えていました」

玄月は軽くうなずいて、遊圭についてくるように促す。

紅椛門を過ぎて内廷に進めば、すれ違うのは宦官か女官ばかりだ。

「あの、菫児には会いましたか」

玄月は肩越しにふり返る。

「今朝、話をした。そなたにはとても世話になったと言っていた。礼を言う」

「いえ、菫児が助けを呼んでくれたので、助かったようなものです。礼を言うのはこちらの方ですから」

玄月は前を向いて、遊圭の一歩先を歩く。遊圭はふたたび話しかけた。

「慈仙の企みを証言するのは、菫児だけで大丈夫でしょうか。もうひとりの証人を連れてくるべきだったかもしれません」

「橘子生か。かれは異国人で前科もある。呼ばぬ方が賢明であろう」

かつて橘子生と名乗っていた偽学生は、本名を橘真人という東瀛国出身の旅人だ。後宮の女官、周秀芳と駆け落ちして捕らえられ、玄月に尋問されたことがある。温情により死罪を免れ、三千里の流刑を科されたのち、遊圭とは西沙州の嘉城で再会した。それからは遊圭の旅の道連れとなり、死の砂漠を越え戴雲国に囚われ、朔露南軍との戦闘をともに生き延びて戦友にもなった。

「あ、橘さんのこと、覚えていたんですね」

楼門関で真人と顔を合わせたときに、玄月は女官と駆け落ちした大胆な外国人のことを思い出しもしなかった。

「劫宝城で会ったときに思いだして、話をした。戦況を覆した伝令の褒美に、駆け落ちした女官と会わせてもらえるかと訊かれたが、おそらく無理だろうと答えておいた」

玄月は淡々と橘真人との再会について語る。相手が玄月であろうと、図々しく自分の望みを要求できる真人を想像して、遊圭は思わず笑いそうになった。

「おそらく、ということは、尽力してくださるつもりなんですか。楼門関で玄月さんが橘さんに会ったときに、気づかなかったのは意外です」

「たった一度尋問した相手のことなど、いちいち覚えていない。まして顔つきもすっかり変わり、訛りも複雑になっていた。思い出せという方が無理というものだ。恩賞に関しては、その働きに応じた公正な評価をされてしかるべきと思う」

驚異的な記憶力で定評のある玄月でも、何もかもを覚えているわけではないことは、遊圭にとって慰めになる。

「伝令は褒美目当てでしたが、菫児と引き返してくれたのは善意からです。どちらも命がけで働いてくれましたから、充分な報酬を賜るよう、わたしからも陛下にお願いするつもりです。橘さんは、自分の手柄が周秀芳さんの耳に入るだけでも、嬉しいとは言ってました」

「それくらいなら、難しくはないだろう」

玄月の柔軟さに、いくらか心が軽くなった遊圭だが、連れてこられたのが、かつて永皇太后が裁かれた内閣書院ではなく、皇帝陽元の私的な鍛錬場の青蘭殿であったことに、心臓の縮むような不安を覚えた。

居並ぶ宦官も、青蘭会の若い宦官ばかりで、内侍省の重鎮である十二太監はそろっていない。宦官では最高位の司礼太監であり、玄月の父親でもある陶名聞とふたりの太監だけだ。

そのほかには、玄月側の証人である胡娘ことシーリーンと、菫児のみ。

青蘭殿の北側には、一段高いところに皇帝の椅子が置かれ、広間の東側に椅子が二脚、用意されている。

遊圭は、この裁判が公式の記録に残ることはないのだろうとおののきながら、胡娘の横に用意された椅子に着席した。

壇下に立つ宦官が、皇帝のおなりを呼ばわる。殿内の全員が床に膝をつき、叩頭したところへ、龍袍を身にまとった陽元が姿を現した。陽元が壇上に着席してから、一同に顔を上げるようにとの皇帝の言葉を、さきほどの宦官が声を張り上げて繰り返す。

青蘭会の面々は起立したまま、壇下に並ぶ太監らは、着席を許されて腰かけた。遊圭は、膝をついたままでいるべきなのか、立ち上がったものか、わからない。

それに、慈仙を告発する側は四人であるのに、椅子は二脚しかない。戸惑っていると、玄月は胡娘の手をとり、菫児が遊圭の袖を引いて、椅子にかけるようにと促した。

玄月と菫児は、遊圭と胡娘の両脇にそれぞれ起立する。

待つほどもなく、両手に手枷を嵌められた慈仙と義仙が、刑司の宦官に引き出されてきた。石畳が剝き出しになった床の中央に、ひざまずかされる。うつむいているので顔ははっきり見えないが、頰から顎の線は、記憶よりもやつれているようだ。

宦官帽も薄墨色の袍も、汚れたところはないものの、くたびれた印象である。

太監のひとりが進み出た。布帛の巻物を広げ、慈仙と義仙の罪状を読み上げる。

一つ、皇后の甥、星遊圭公子の殺害を試みた罪

一つ、星公子の救出に向かった菫児を、口封じのために殺害しようとした罪

一つ、同僚の宦官、陶玄月を陥れようと、虚偽の報告をした罪

一つ、その虚偽の報告において、皇帝の名を騙った罪

さらに、不確かな星遊圭公子の訃報をもって、皇后星氏とその胎児の命を危機にさら

したこと、を並べた。

肋骨にこすりつけてくるような、年を取った太監の甲高い声に、遊圭は身震いする。

いっぽう、冷たい床に平伏した慈仙の背中は、静かな呼吸にわずかに上下しているのでなければ、石の置物かなにかと間違えそうだ。

生き証人の遊圭が戻った以上、慈仙にはどの罪状をも否定することはできない。

「星公子、右の告発に、間違いはございませんか」

進行役の太監に発言を求められ、遊圭はどきどきしながら起立した。

「間違いありません」

短く答えて、着席する。菫児と胡娘も、確認を求められて是と答えた。

続いて、太監は別の訴状を受け取った。

「次に、王慈仙、林義仙の釈明状を読み上げる」

遊圭は無意識に肘掛けを握りしめた。

どのような申し開きを試みるつもりだろう。百歩譲っても、皇帝に嘘をついたという一点だけで死に値する。他の罪に酌量の余地があったとしても、言い逃れはできないはずだ。

慈仙の肩が少し上がったが、面は伏せたままだ。どんな表情でいるのかは、わからない。義仙にいたっては、目を包帯で覆っているので、顔を上げたところで思惑や動揺を読み取ることは無理と思われた。

しかし、読み上げられる釈明を聴くうちに、肘掛けを強く握る遊圭の拳は、徐々に白くなっていく。

釈明状の中で、慈仙はすべての罪状を否定したのだ。

思わず腰を浮かせ、「嘘を――」言うな、と叫びかけた遊圭の肩を、傍らに立つ玄月がぐいと押し下げる。

遊圭は我に返って口を閉じた。背中にどっと冷や汗が噴き出す。最後の悪あがきだとしても、冷静を欠けば相手の掌の上で踊らされるだけだ。

太監が遊圭に声をかける。

「星公子。発言されることがあれば、どうぞ」

遊圭は呼吸を整えてから、起立した。

「慈仙さん、あなたは戴雲国に囚われたわたしが処刑されることを知りながら、置き去りにして逃げたてではありませんか」

慈仙はゆるりと身を起こして、遊圭を見上げた。その白い面は穏やかに微笑んでいる。

「確かに、私と義仙は星公子とシーリーン殿を置いて、いったん王宮を抜け出ました。それは、王宮を探索して逃走路を確保し、脱出を果たすためでした。しかし警護が厳しく、全員で逃げ出すのは無理とみて、身軽な我らでいったん山を下り、天鋸行路に駐屯する金椛軍に救援を求めることにしたのです。決して、星公子を見殺しにしようとしたわけではありません」

滑らかに反論する。遊圭と胡娘は顔を見合わせて、同時に唾を呑んだ。

「しかしあなたは、戴雲兵に拉致されたわたしたちを追ってきた菫児と橘真人をも、殺害しようとしたではありませんか。わたしが戴雲国に処刑されることで、陶玄月殿を陥れることができると、菫児に話したでしょう」

慈仙は菫児へと流し目をくれ、口の端でじわりと微笑む。

「それこそ、菫児の作り話です。もしも、私がそのような企みを抱えていたとして、菫児に漏らすということがあり得ますか。第一、なぜそこに菫児が居合わせることができたのでしょう。麗華公主とともに、行方知れずになっていたはずの宦官が」

開き直った相手に、苛立ちを感じては負けだと、遊圭は意識的に息を深く吸ってゆっくりと吐く。陽元へと視線を向けて、麗華公主の消息について口にして良いか確認する。

陽元は小さくうなずいた。

「菫児がわれわれといっしょにいた理由は、慈仙さんもご存知でしょう。麗華公主の代理として、われらを見送るために同行していたことを」

慈仙は動じることなく微笑み続ける。

「もちろんです。ですが、我らを見送ったあと、麗華公主様のもとへ戻ったはずの菫児が、なぜ我らのあとを追ってきたのでしょうか。ちなみに私は菫児にあとをつけられていたことは知りませんでした。菫児は公主様のもとへ戻ると約束したものの、里心がつき、近侍の任を放棄して引き返してきたのではないでしょうか。しかし、私たちとすれちがった上に、戴雲兵に捕らわれて進退に窮し、星公子を欺き利用して帰国するために、適当な話をでっち上げたのではありませんか」

激昂した董児が、思わず身を乗り出して慈仙を非難した。

「あなたは！　いまさらしらばっくれることができると、思っているんですか」

「しらばっくれてなんかいませんよ、董児。あなたこそ、都帰りたさに嘘をついて星公子に取り入ったのではありませんか。たとえ、董児の言うことが本当だとしても、この私が董児ひとりを仕留め損ねるということが、あり得るでしょうか。董児が聞いたという私の企みとやらが、真実であると証言できる者を、ここへ呼んでください」

　遊圭は落ち着いて反論した。

「董児の要請に応じて山へ入った、当時は駱駝夫の橘真人が、あなたの企みを聞いてましたよ。そのために、義仙さんと慈仙さんの両方から一太刀ずつ浴びて、重傷を負いました。かれは呉将軍の通訳として、戦後処理のために劫宝城に残りましたので、ここへ呼ぶことはできませんが」

「その橘真人とやらが、董児と語らって、星公子を欺いたのではありませんか。あの駱駝夫は、野心的で油断のならない男でした。助けを求めに山を下りようとした我々は、戴雲国の兵と思われる山賊に襲われ、義仙が負傷し、天鋸行路へ達するので精一杯でした。星公子を救出できなかった罪は認めますが、いわれのない濡れ衣をおとなしく着せられるわけにはいかない」

慈仙は強い調子できっぱりと言い切る。

「星公子、あなたは菫児の作り話に欺されているのです。菫児は玄月の寵童。主人を庇うためなら、どのような嘘もつき、作り話もするでしょう。この弾劾こそ、私を陥れようとする玄月の罠。菫児が証人としてふさわしいとは思われない」

慈仙の挑発に、菫児は顔を真っ赤にして歯ぎしりした。

太監たちや青蘭会の、ざわりとした反応が肌に感じられる。言われてみれば、菫児の証言だけが、慈仙の企みの根拠である。

遊圭は、慈仙のあがきに付き合わされることにうんざりしつつも、丁寧な反駁を続けた。

「わたしを欺そうとしているのは、慈仙さんです。確かにわたしは、あなたが菫児と橘さんを襲うところは見てませんし、私を殺して玄月さんを失脚させようという、あなたの企みも、菫児の話を信じたままで。しかし、わたしはあなたに斬りつけられた橘さんの創傷を治療しました。鋭利な刃でつけられた傷の状態から、鋳造された戴雲国の鎗や剣ではなく、見慣れた慈仙さんたちの、金梳製の鋼の武器によってつけられたものだと断言できます」

そして遊圭は、陽元に向かって拝礼しつつ、話を続けた。

「戴雲国の調べによって、王慈仙が戴雲兵士を語らって、わたしを拉致させたことも明らかになっています。こちらについては、すぐに証人を用意できます」

進行役の太監が、陽元を見上げた。肘掛けに頰杖をついて成り行きを見守っていた陽元は、太監に目配せをする。

「戴雲国の使節から、その件については調書を取ってある。星公子の証言と一致する。証人の必要はない」

戴雲国の使節が入貢していたことは寝耳に水であったらしく、慈仙の面には不安と焦りの色が閃いた。

もはや、慈仙が意図的に遊圭を拉致させ、殺害しようとした事実は隠しおおせない。すると慈仙は、急に主張を変えた。証人が菫児ひとりであることから、まだ言い逃れられると考えたのだろうか。それまでの発言を撤回して、慈仙は遊圭を殺害するつもりであったことを突如として認め、それがすべて玄月の指示によるものだと主張しだしたのだ。

遊圭には、慈仙の意図が読めてきた。断罪されるならば、玄月ももろともに引きずり込もうとしていることに。

太監に証言を求められた玄月は、短く「そのような事実はない」と否定した。

「帰国までに星公子を亡き者とするよう、私を唆したではありませんか！」

いきなり立ち上がった慈仙は、怒りに燃える目で玄月をにらみつけた。枷を嵌められた腕を上げて、人差し指を突きつける。

「なんのために？」

玄月は眉ひとつ動かさず、問い返す。

「そんなことは、自分がよくわかっているでしょう！　この小生意気な豎子が目障りだと、常日頃から言っていたではありませんか。異国にさまよいでたところで殺してしまえば、後腐れがない。取り除くよい機会だと」

遊圭は思わず、かたわらに立つ玄月の横顔を見上げた。慈仙の主張を本気にしたわけではないが、ふだんから目障りと思われているのではないかという不安はある。

「そうなんですか、あの、前半についてですが」

視線だけを動かして、遊圭を流し見た玄月は、口元をゆるめる。

「前半に関しては、星公子に対する私個人の心情に関して、慈仙に語ったことはない。後半の主張については、大家と娘々に必ず守れと命じられたそなたを殺害して、私に何の利がある？」

そうだろうな、と遊圭は思った。内心がどうであろうと、玄月が陰口を叩くところは想像できない。舌禍になりかねないことは黙して言わなそうである。

死の砂漠行から戴雲王国、そして朔露南軍との会戦については、すでに詳細を陽元には報告してある。また、戴雲王国の使節としてすでに陽元と対面したツンクァ賢王は、遊圭を長期に拘留したことを、陽元に謝罪もしている。

内廷における宦官の処罰は、皇帝が恣意的に裁くことも珍しくない。いまこの場で、陽元が慈仙を死ぬまで棒で打てと命じれば、即座に実行される。あるいは、楼門関から召還された玄月を、李万に引き渡したときに慈仙がそうするつもりだったように、拷問にかけられて獄死する運命もまたあり得たのだ。

罪人は火葬されて宮城の片隅で処分され、家族がかれの消息を聞くこともない。

わざわざ釈明の場を設けたのは、陽元の慈仙に対する慈悲の表れであった。

率直に罪を認め、非を悔いれば、まだ減刑の余地はあったであろう。

衣擦れの音とともに、陽元が立ち上がった。階段を下りて慈仙らの前に立つ。

「義仙よ、慈仙の言うことは真実であるか」

雷に打たれたように身を起こした義仙は、声のした方へと見えない目を向ける。何度も唾を呑み込み、震える声で答えた。

「ご、ご下問にお答えします。陶阿哥と王阿哥の間で、どのような会話が交わされたか、奴才にはわかりません。奴才は、王阿哥の指示通りに動きました。知らずに罪を犯していたのであれば、謹んで罰を受けます」

責任逃れのためにそう言ったのか、あるいは慈仙にそう答えるように言い含められていたのかは、周りからは推し量れない。実際、途中から合流した義仙には、慈仙の言葉のほかに信じて従うものはなかったのだから。

「慈仙、他に言いたいことはあるか」

陽元の下問に、慈仙は叩頭してから顔を上げた。

「すべては、玄月の企みです。奴才はそれに加担しました」

梢が風に揺れるように、周囲の宦官が静かにざわめいた。

陽元はふり返り、控えていた太監に命じた。

「議論は尽くされた。審議に入り、明日のこの時刻までに判決を出せ」

慈仙と義仙は連れ去られ、内侍省の高位宦官は退出した。あとには、遊圭たちと青蘭会の宦官が残る。

笏を二、三度握り直してから、陽元は遊圭に話しかける。

「相反する主張をどちらも譲らぬ限り、誰が真実を語っているか、見抜くのは難しいものだ。ひとつ気になることがあるのだが、慈仙が言うには、游よ、そなたは紹を怖れているそうだな。紹がそなたを嫌っているので、話すのも緊張するために、親しい会話もしたことがないそうだが。それは事実か」

急に問われて、遊圭は戸惑った。事実かと問われれば確かに事実だ。

「緊張は、します」

躊躇しながら、正直に答えた。陽元は笏の先を顎に当てて考え込む。それから玄月に向き直った。

「そなたは、游を嫌っているのか」

玄月は袖の中で組んだ両手を上げて頭を下げ、即座に答える。

「ご下問にお答えします。奴才は、娘々の甥公子を個人的な好悪の対象として、捉えたことはございません」

「游よ、なぜ玄月がそなたを嫌っていると思うのか」

遊圭は答えるのが難しい質問だと思った。

勝手に玄月の境遇を憐れみ、遊圭が同じ立場であれば自分を妬み嫌うかもしれない、という憶測が脳裏を離れず、緊張してしまうのは、むしろ遊圭自身の問題だ。

もちろん、遠い昔に明らかな敵意と憎悪を向けられたことは事実だが、あれから色々とあった。しかし、いまさらそれをこの場で言うのも不適切な気がする。

「あの、玄月さんは用件しか話されず、笑うのもあまり見たことがないので、なんとなく嫌われているのではないかな、と勝手に思っていました」

陽元はふたたび笏をもてあそび、考えに沈んだ。

「そういえば、紹は私の前でも笑うことはない。しかも、呼び出されたときか、用件のあるときにしか参内せぬ。そして用件のみを話して退出する。游の考えだと、この私も紹に嫌われていることになる。そうなのか、紹よ」

玄月が言下に否定しなかったために、青蘭殿にぎこちない沈黙がおり、遊圭は緊張した。慎重に言葉を選んだ玄月が、返答しようと口を開いたとたん、陽元は背後に控えていた青蘭会の宦官らへと笏を向けた。

「そなたらはどうだ。紹と笑って話す者はいるか」

青蘭会の会士たちは、うつむいたり、視線を泳がせたり、あるいは互いに視線を交わしたりした。勇気ある者が一歩進み出て一礼する。

「ご下問にお答えします。陶阿哥が我々と笑いながら話をすることは、たまにあります。学問所や鍛錬では、成績の良い者を笑顔で褒めることもあります」

陽元は傍目にもわかるほど顔をしかめた。不機嫌そうに遊圭に笏を向ける。

「青蘭会の宦官は、紹によって推薦された者たちだ。紹に嫌われている者が、選ばれることはない。その中でも、あまり笑わぬそうだから、游が気にすることはない」

最後に、玄月に笏を向ける。

「とはいえ、あまり無愛想なのも、考えものだ。女官らに向ける愛想笑いの半分でよい、我々に向けてみても、減るものではないだろう。努力しろ」

「御意」

玄月は短く答える。

陽元は青蘭会に解散を命じた。近侍も去らせて、青蘭殿は陽元と玄月、遊圭と胡娘、そして菫児の五人だけになった。

発言する機会のなかった胡娘が、陽元に話しかける。

「慈仙はどうなる」

「刑司の掟によって裁かれる。游とシーリーンは謀殺されかけたのだから、刑罰の種類に希望があれば、考慮する」

「法に則って裁くのなら、我らが口を出す必要はない。だが最後のあれは、偽証をさらに積み重ねただけであったな」

「蔡大官が、両方の言い分を聞け、と諫言してくれたが時間の無駄であった。言い繕うはしから、辻褄が合わぬことになる」

陽元が解散を命じようと笏を上げたとき、宦官と女官がひとりずつ、青蘭殿に駆け込んできた。

陽元の前に滑り込むように膝をついて叩頭し、用件を切り出す。

「大家！　蔡才人が」

「シーリーン様。すぐに永寿宮へお越しください」

宦官は陽元に、女官は胡娘に訴える。

「何事だ」

陽元と胡娘が同時に問えば、女官と宦官がほぼ同じ言葉で返答した。

「蔡才人が、密かに煎じた堕胎薬を服したかどで、曹貴妃に罰を受け、娘々の宮に引き取られました」

胡娘は即座に、迎えにきた女官とともに青蘭殿を飛び出し、玲玉の宮を目指した。

「大家、どういうことですか」

遊圭がいままで耳にしたことのないほど低く張り詰めた声で、玄月は陽元に問う。陽元は困惑しているようだ。

「安寿殿の蔡才人が、懐妊していたのは聞いていたが、なぜ堕胎など」

「いつ、どうして、蔡才人を閨にお召しになったのですか」

声の低さを保つことも忘れて、玄月は詰問を重ねる。

「懐妊が知れたのが半月前だから、二、三ヶ月前ではないか。知りたければ敬事房太監に聞け。誰をいつ召したかなど、いちいち覚えておらぬ。なぜ紹が気にする」

陽元が不審そうに玄月の顔を見た。玄月の怜悧で秀麗な面は、ひどく青ざめている。

「おい、蔡才人はもしかして――」

「蔡才人は安寿殿の『耳』です。御即位時の後宮編成のおりに、そう申し上げたはずです。どうしてお召しになったのですか」

主人に対し、官奴にはあるまじき剣幕で詰め寄られた陽元は、後退りながら反論した。

「私は敬事房太監が差し出す方盤から、内官の名を記した緑牌を一枚選ぶだけだ。閨に上げられた妃嬪が誰であるかなど、どうして知るというのか。あるはずのない蔡才人の牌が、まぎれ込んでいた理由は、むしろ私が知りたい」

陽元が弁解を終える前に、玄月は血相を変え、足早に青蘭殿を出て行った。

遊圭は、目の前で展開された陽元と玄月の言い争いに呆然とする。視界の片隅に、菫児が所在なげに立っているのを見つけて少し気を取り直した。

遊圭は菫児に近づきささやいた。

「蔡才人が『耳』って、どういう意味？」

菫児はからくり人形のようにぎこちなく首を曲げ、遊圭を見つめる。

遊圭の問いに答えたのは菫児ではなく、陽元だ。

「『耳』とは、各妃宮を監視する女官のことだ。『耳』を務める内官を、閨房に召すことはしない。他にも『耳』の牌がまぎれ込んでいるかもしれん。緑牌をすべて調べさせなくては」

急報を告げに来た宦官に、陽元は敬事房太監を呼び出すように命じる。

蔡才人は、かつて遊圭が女官に扮して、後宮に隠れ住んでいたときの主人であった。寵争いに興味がなく、閨に召されないことを喜び、賭博や実家から取り寄せた化粧品を内官に売りつけて、蓄財に励む変わり種であった。

後宮の華やかな暮らしを満喫していた、享楽的な蔡才人が、そのような裏の仕事を請け負っていたとは。

「陛下、蔡才人はわたしを引き立ててくれた恩人でもあります。見舞いの許可をいただけますか」

「うむ。菫児、游を永寿宮へ案内しろ」

遊圭は陽元の許可を得て、永寿宮へと急いだ。

門から門へと、日の傾いた内廷を移動しつつ、遊圭は菫児から話を聞き出す。

「玄月があそこまで取り乱すのを、わたしは見たことがない。蔡才人が安寿殿における陛下の密偵だという話は、本当なのかい」

菫児はためらいながら、曖昧にうなずく。

「外戚族滅法が廃止される前は、産まれて間もない皇子が薨ずることが続いたそうです。

曹貴妃の皇子も、死因は知りませんが、大家のご即位前にお亡くなりになっています。どのような理由があろうと、貴種に手をかけることは大罪です。蔡才人は皇族男子を生した妃を監視する、重要な役目を託されていたと、玄月さまに伺っています」

「侍童になってすぐ、そんな秘密を知らされるなんて、菫児はとても玄月に信頼されていたんだね」

遊圭は感心して菫児を褒めた。菫児のひたむきな忠誠心こそ、使える駒の少なかった当時の玄月が、喉から手が出るほど必要としていた人材であったのだろう。

菫児は頬を染めて、嬉しそうに微笑したが、すぐに下唇を噛む。

「短い間でしたが、蔡才人との連絡係を務めさせていただきました」

「他の宮で『耳』を務める内官に会ったことは？」

菫児は首をかしげる。

「僕が知っているのは蔡才人だけですが、『耳』は内官に限りません。娘子兵の凜々さんも、そのおひとりですし。玄月さまだけでなく、青蘭会の宦官はそれぞれに『耳』を持っているということです」

陽元が即位した当時は、かれを傀儡に仕立てようと企む皇太后とその一党の勢力が強く、信頼のできる女官と宦官の数は非常に少なかった。そのために、族滅法を逃れ、後宮に下働きとして隠れ潜んでいた遊圭は、玄月に出自の弱みを握られ、密偵として働かされる羽目になったのだ。

「でも、外戚族滅法がなくなったいま、蔡才人は曹貴妃を監視する必要がなくなったわけだろう？　寵を避ける理由がない」

董児は首を横に振る。

「ますます警戒する必要がでてきます。族滅法がなくなってから、なぜか男子皇族が無事に生まれ、つつがなく育つようになっていますから」

「それはそれで、伝統的な問題が復活するということか」

遊圭は嘆息した。朝方に訪れた蔡大官との話題にものぼった、お定まりの後継者争いだ。皇子を擁する妃とその親族が野心を抱え、後宮で暗躍し始める。それを心配したからこそ、戴雲国に捕らえられたときの遊圭は、玲玉と翔皇太子を守らせるため、胡娘を先に帝都へ送り返したのだ。

曹貴妃は皇后に次ぐ地位であり、族滅法廃止直後に皇子をもうけていた。要警戒対象であるという。

「蔡才人は慈仙が曹貴妃に接近していたことを、察知していました」

あとは想像してくれとばかりに、董児は口をつぐむ。永寿宮の門が見えてきた。

五、火坑苦海

永寿宮は落ち着きのない静けさに包まれていた。

　皇后の居間に通された遊圭は、王慈仙の裁きの一部始終を叔母に報告した。

「わたくしは、陽元さまのお気に入りであった慈仙が、そのような悪事を犯したことがいまだに信じられません」

　玲玉は袖でまぶたを押さえて、胸の痛みに耐える。

「紹が、主上の言葉を偽って、游を死の砂漠に追いやったなどと、いまにして思えばあり得ない報告を信じてしまったのも、それが慈仙の言葉だったからです」

　遊圭はうなずき同意する。

「わたしも、慈仙にふた心があるとは、思いも寄りませんでした。駱駝夫の橘真人など、辺境での交易を生業とする、非常に猜疑心の強い男ですが、かれも慈仙には心酔していたくらいです」

「ひとは見かけによりませんね。そなたにはつらい思いをさせました」

「いえ、本当に信頼できる人間を知ることができましたから、それはそれで収穫です」

　玲玉はまじまじと甥の顔を見つめ、やわらかく微笑む。

「そなたは、強くなりましたね。体の調子はどうですか」

「喘息の発作は、このごろではほとんど起きません。息苦しくなることはありますので、予防薬は常に携帯していますが」

　肋骨を折って以来、発熱しがちで不眠に悩まされていることは、伏せておく。

「ところで、蔡才人の災難を耳にしたのですが、叔母様の預かりになっているとか」

「ええ、大変なことになりました。主上の御子(みこ)を自ら葬ろうとするなど、蔡才人はいったい、何を考えていたのか」

「堕胎を試みたというのは、本当のことですか」

玲玉は身震いしつつうなずく。

「旃那(せんな)を煎(せん)じて、服用したということです。曹貴妃に見つかり、動機を尋問されたものの理由は語らず、非常に弱った体で養生院へ送られるところだったのを、こちらに引き取ったのです。まだ、子は流れていないということでしたので、侍御医に処置させておきました」

「蔡才人は、陛下が皇太子のときは、叔母様の宮官を務めていたのですよね。叔母様を愛称で呼ぶことも、お許しになっていたとか」

ふたたびまぶたを押さえて、玲玉はうなずいた。

「いつも明るくてよく働く、笑いの絶えない女官でした。翔が生まれたときも、とてもよく仕えてくれました。ご即位のときに内官に推薦したのも、それまでの働きに報いることができればと思ってのことでしたが」

遊圭はそっと周囲を確認して、声を低める。

「叔母様、ひとつお訊(き)きしたいことがあります。蔡才人が宮官であったとき、なんという名でお呼びになっていましたか」

玲玉は甥の顔を見つめて、不思議そうに答える。

「小月と呼んでいました。わたくしの宮に上がったとき、幼名をそのままで呼んで欲しいと願い出たので、聞き届けました」

それがどうしたのか、という面持ちで見つめられて、遊圭はどっと汗が噴き出しそうになる。まさか小月が後宮にいたとは。しかも小月の正体が、自分のよく知った女官であったことに、遊圭は思いもよらなかったからだ。

「いえ、蔡才人の名は、月香であったことを思い出しまして」

元服の祝いに蔡才人から贈られた菊の鉢植えに、蔡才人の姓名が添えてあった。

北斗院で菊を眺めていたとき、記憶の袖からほつれ出た糸をたどれば、蔡才人にいきつくはずであった。その思考を遮ったのが、遊圭を迎えに来た玄月だ。

「あの、お見舞いをすることは叶いますか。蔡才人には、わたしも明々も、とてもお世話になりました。役に立つことがあれば、力になりたいのです」

「ええ、もちろんです。いま、紹が見舞っています。少し待てますか」

玲玉は蔡才人がこれ以上の面会に耐えられそうかと、女官を遣わせる。間もなく、女官が玄月を伴って現れた。玄月の顔色はひどく悪く、優雅とは言い難いぎこちない動作で玲玉の前で膝をつき、頭を下げる。

女官が、蔡才人はよく眠っていると報告した。

「まあ、紹が見舞いに来たのに、目を覚まさなかったのですか」

半ばからかうように浮かびかけた笑みをぴたりと止め、玲玉は慰めの言葉を玄月にかける。玄月と蔡才人が言い交わした仲であることを、玲玉は知っているのだろうか。

玄月は口を開いたが、言葉が喉にからんだかのように咳払(せきばら)いをする。

「お目覚めになるのを待っておりましたが、娘々のお遣いが来たので、明日にでも出直すことにしました」

表情は硬く、声はかすれている。

「では、わたしも日をあらためてお見舞いに上がります」

遊圭は暇乞(いとまご)いをして、立ち上がる。

「玄月さん、紅椛(ホンファ)門まで送っていただけますか」

後宮をひとりで歩くことを許されない遊圭には、玄月を誘いだす絶好の口実である。

遊圭は玄月と連れだって永寿宮を退出した。

永寿宮の門を出て、あたりにひと気がないことを確認した遊圭は、玄月に話しかける。

「蔡才人が小月さんだったんですね」

少し間を置いてから、玄月が低い声で問い返す。

「どうして、そう思う？」

「玄月さんの配下で、ひとりだけ植物の名前でないということは、後宮に来る前からの知り合いだからでしょう。玄月さんの字(あざな)は、蔡才人の名から一字を採ったのかと」

玄月は顔色も変えず、無言で数歩先を行く。否定しないということは、そういうことなのだろう。

『玄月』とは太陰暦九月の異称ではあるが、許嫁の『月』に『玄』を被せて字としたところに、感傷的な少年であったころの玄月が垣間見える。

「それが、どうしてこんなややこしいことに」

「大家が成人され、太子宮の拡充のため女官を募集したときに、小月は親の反対を押し切って、自ら後宮に乗り込んできた」

「玄月さんに、会うためですね。蔡才人らしいです。玄月さんは知っていたんですか」

玄月は首を横に振る。

「それは、驚いたでしょう。ものすごく」

遊圭は天鋸行路の城市で、明々に名を呼ばれたときの衝撃を思い出して言った。

かすかにうなずいただけの反応が、当時の玄月の驚きを想像させる。再会を約していた遊圭と明々とは反対に、すでに縁が切れ、二度とふたたび会うことのないはずであった許嫁が、後宮まで追いかけてきたのだ。再会の瞬間の、驚愕する玄月の顔が見たかったと遊圭は思った。

うろたえたであろう当時の玄月を想像し、親近感が増したものの、事態はそれどころではない。

「どうして、はじめから陛下にお話しして、お願いしなかったのですか」

学友であり側近の玄月の頼みならば、陽元は蔡才人を内官にしたり、閨に召したりはしなかっただろう。時が到るまで、小月をそっとしておいたはずだ。

「そなたは、明々と再会したとき、女装していたそうだな」

逆に訊き返される。

「はい。あの、朔露の陣に潜入するためには、戴雲王の母妃の侍女に化けるのが、もっとも効果的な変装と思ったので」

戴雲人の兵士では、外見や訛りから異国人であることがばれやすく、無理があったからだ。侍女であれば化粧で顔の印象を変えることもでき、朔露側の兵士に気安く声をかけられることはないだろうとの、苦肉の策であった。人質の接待役であった敵将のジンには、やたらとつきまとわれて、神経を削られたが。

ふたたび女装して人目を忍ぶところを明々に見られた遊圭は、再会の喜びを相殺するほどの羞恥心に襲われ、逃げ出したい衝動にも駆られた。

「もしかして、玄月さんも女装していたんですか」

成人前の通貞で見目の良い者は、美しく化粧させられ、公主並みに艶やかな衣裳や装飾品で着飾らされて、宮殿の生き人形のように扱われる。置物のようにただ一日中座っている通貞もいれば、若かった頃の慈仙のように、歌や舞で妃嬪に奉仕する通貞もいる。

宮刑を受ける前は、神童の誉れ高かった少年にとって、変わり果てた自分の姿をかつての許嫁に見られることは、最悪なかたちの再会ではなかっただろうか。

「はじめは小月に気づかれないよう、ずっと避けていた。大家のお側仕えの私と、世婦に仕える宮官では、こちらが気をつけていれば顔を合わせることはない。だが、小月は積極的に宦官に話しかけ、私を捜し続けた。太子宮はそれほど広くない。見つかるのは時間の問題だった」

「蔡才人は、玄月さんがどんな姿でも、気にしなかったと思いますよ」

むしろもっと美しくなれとばかりに、化粧や衣裳に口を出し、髪や肌の手入れ指導に熱を入れそうだ。

「我々の感情よりも、難しい問題もあった。太子の側近であろうと、無官の通貞が宮官と通じるのは厳禁だ」

遊圭は後宮の掟には明るくない。その中にいた玄月でさえ、宮官との恋愛沙汰がどのような結果を引き起こすか、充分な知識を持たなかったであろう。

「ただでさえ、私は父の子ということで太子の側近に引き立てられ、注目や嫉視を集めがちであったから、何事につけても目立たぬように努めていた。大家はああいうご性格なので、お若い当時であればなおさら、無造作に内官から小月を取り上げ、私に下されるという、常道に外れたことをなさるかもしれない。それは後宮内の調和を乱し、やがては誰のためにもならない不幸を生み出すのではと、当時の私は怖れた。私が宮官を賜ることのできる地位に登るまで、小月のことは秘密にしておくほうが良いと考えたのだ」

その判断が正しかったかどうかは、誰にもわからない。

再会から三年が無事に過ぎ去り、先帝が崩御した。陽元が新帝として即位したとき、小月が内官の世婦に昇格し、才人の位を賜ったことは、玄月にも予想外のことであったという。

「内示が下った以上は、どうすることもできない。蔡才人には、大家のご寵愛を得ることがあっても、私の心は変わらないと言い聞かせたが、閨に上がるのは絶対に嫌だと言い張る。大家に正直に申し上げることも考えたが、ご即位と同時に掖庭局の局丞に昇進したことで、私に対する周囲の風当たりもいっそう激しく、内官と通じたなどと言い立てられては、私はもちろん、蔡才人も罰を蒙るであろうし、大家のご一存で司礼太監に進んだばかりの父の立場も、難しくなる。当時は皇太后の言いなりであった大家に、余計な心配をおかけしたくなかった」

「そこで、皇帝の寵愛の外に置かれた、妃嬪を監視する『耳』として、蔡才人を陛下に推薦したんですね」

玄月はうなずく。

滅多にないことだが、内官を下賜される前例が、全くないわけではない。忠実に職務に励んで、地位を上げていけば、陽元は玄月の功績に応じてくれるだろう。

ただそれには、蔡才人が皇族を出産しない、という前提があった。

「後宮内に潜む『耳』という存在は以前からあった。男子がふたりも夭逝している曹貴妃は、格好の配置先と思われた」

「それじゃ、いつになったら結ばれるか、わからないじゃないですか」

遊圭は、玄月と蔡才人の気の長さに、ため息をつく。

「蔡才人は、どうなるんですか」

玄月はかぶりを振った。

「わからぬ。故意に貴種を流そうとしたのだ。ただではすまぬだろう。無事に赤子が生まれれば、いくらか希望は持てるが」

蔡才人が皇族の母になれば、処罰は免れても玄月と結ばれる望みは絶たれる。常に明るく楽しげに振る舞っていた蔡才人の裏の顔を知り、また、露見すれば死罪に問われる堕胎を試みたほどの絶望に、遊圭でさえ胸を締め付けられる思いだ。

玄月の抱える痛みはどれほどか、想像して余りある。

ここまで詳しく、玄月が自らの過去や、そのときどきの心情を打ち明けたことに、遊圭はひどく感動していた。小月の正体を看破され、蔡才人の陥ったのっぴきならない状況に、秘密を保ち続けるのは限界であったかもしれない。

「あの、わたしにできることがあったら、何でも言ってください。蔡才人はわたしにとっても恩人です」

暮れかかる太陽が城壁の向こうに隠れて、薄昏(うすぐら)い宮城の中では話し相手の表情が見えにくい。玄月は立ち止まって、遊圭を見下ろした。

「へたにかかわれば、そなたも破滅する。誰も巻き込むつもりはない。いまの話を聞かなかったことにしてくれれば、それで充分だ」

開かれた扉が、鼻先で閉じられたような空気に、遊圭は戸惑う。

「もちろん、誰にも話しません」

遊圭は固く誓った。

紅椛門を出てしばらく進んでから、遊圭はうしろをふり返った。

門の柱に寄りかかるようにして、玄月はまだこちらを向いて立っていた。

遊圭は袖(そで)の中で組んだ両手を上げて、浅い揖(ゆう)をする。門の影の中に立つ玄月の表情も細かい仕草も、遊圭からははっきりと見てとれない。

遊圭は前を向いてふたたび歩き出した。

蔡才人との浅からぬ縁を遊圭に話してしまったことを、玄月は後悔しているのだろうか。

秘密を抱えて生きるのはつらい。すべて告白してしまえば、いっときは楽にはなる。だが、話し終えたとたんに、秘密が漏れて拡散してしまう恐怖に苛(さいな)まれる。

まさか遊圭の口を塞(ふさ)ぐことを玄月が考えるとは思えないが、秘密を打ち明けられるほどの信頼を勝ち得たのだと、単純に喜んでもいられないことに、ため息が出る。

遊圭の知る玄月は、隠し事は多く、策を巡らし、相手を煙に巻いたり、目的を達成するためには他者を利用することを躊躇(ためら)わない人物ではあるが、嘘はつかないのだ。憶測でさえ口にすることを避ける玄月は、事実を曲げたり偽ったりすることをひどく嫌う。

さんざん利用されながらも、遊圭が玄月に信頼をおき続ける理由だ。

青蘭殿での陽元と玄月のやり取りを思い起こせば、陽元が蔡才人を召したのは、およそ三ヶ月前。玄月が濡れ衣を晴らす手段がなく、宮城から逃亡を図った直後のことだ。それまでは、敬事房には蔡才人の名を記した緑牌は、存在しなかった。

慈仙が玄月と蔡才人の関係を知っていたかどうかは、遊圭には知りようもないが、これまで誰の関心も引かなかった蔡才人が、急に災難に巻き込まれたことは不自然だ。

玄月が夏沙王国や楼門関に派遣され、宮城を不在にしていた間でも、蔡才人が閨に召されたことはない。ということは、玄月が脱走し、蔡才人を庇護する存在がいなくなってから、誰かが蔡才人の緑牌を作って、敬事房の方盤に置いたのだ。

玄月を取り逃がした王慈仙が、陽元と玄月の間に亀裂を生じさせるために行った工作かと、遊圭は考える。玄月が蔡才人の懐妊を知ったときの剣幕は、ただごとではなかった。文字通り、皇帝に食ってかかったのだ。他の宦官が退出したあとだったから良かったものの、太監や青蘭会の面々が残っていれば、その場で取り押さえられて、慈仙が期待した通り、政治生命を絶たれていたかもしれない。

慈仙自身が敗北したあとも、いつか効いてくるであろう巧妙な罠。陰湿な置き土産を残してくれたものだ。

あるいは別人の意思が働いていたことも考えられる。

蔡才人が『耳』であることを知った曹貴妃が、その存在を目障りに思い、取り除こうと手を回した可能性もある。

どちらからの指示だったとしても、蔡才人を陥れた者が敬事房にいる。

「これは、根が深い。明日永寿宮に参内したら、胡娘とよく話し合わなくては」

玄月の告白を遊圭が口外することは決してないし、頼まれもしないのに、余計なお節介をするつもりもない。だが、秘密を抱えて苦しんでいるのは、蔡才人もまた同じだ。胎児と母体の健康のためにも、蔡才人は心の荷を軽くする必要がある。

翌日、午前中に永寿宮へ伺候した遊圭は、蔡才人を見舞った。

立ち会いの女官と宦官に胡娘と菫児を指名し、ひとに漏れ聞かれないよう、外を見張っていて欲しいと頼む。

ふたりを扉近くまで遠ざけておいて、遊圭は蔡才人の枕元に椅子を置き、腰かける。ひどくやつれ、目の周りを赤く腫らした面差しに、快活で享楽的であったかつての蔡才人を見つけることは難しい。

「長いこと見ない間に、ずいぶんと凜々しくなったこと」

蔡才人はかすかに微笑んで遊圭を迎えた。

「明々には会えた？　祝言の日取りは決まったの？　お祝いはもう用意してあるのよ。安寿殿に置いてあるから、誰かに取りにやらせないとね」

質問攻めにしてくる蔡才人の声には力はなく、快活に努めようとするその唇を指で押さえて閉ざしたくなる。その代わり、遊圭は枕元に力なく置かれた蔡才人の右手を取り上げた。

「お脈を、診させてください」

「相変わらずね」

蔡才人は、婀娜(あだ)っぽさの欠片(かけら)を目尻(めじり)に滲(にじ)ませて小さく笑う。遊圭は蔡才人の三脈に触れて、喜怒哀楽のもたらす臓腑(ぞうふ)の衰えを感じ取った。沈み込むような肺脈と脾(ひ)脈の脈が、蔡才人の抱え込んだ悲しみと憂いの深さを、雄弁に語っている。

「男の子？　それとも、女の子？」

かすれた声で訊(たず)ねられて、遊圭は苦笑した。

「まだ、そこまで修練を積んでおりませんので」

妊婦の脈をとったことすら、これが初めてである。遊圭は神経を研ぎ澄ませて、蔡才人の脈の奥に息づく胎内の律動を、皮膚越しに感じ取ろうとした。書で学んだのと、先人より教わった通りの胎児の心拍が、かすかに伝わってくる。

あまりにも心許(こころもと)ない鼓動であったが、一度とらえると確かに生きている存在として、遊圭に語りかけてくる。

おとなたちの戸惑いや思惑も、おのれの運命も知らぬ、まだひとの形も成さない命の、生まれてこようとする強固な意志。

「御子(みこ)は健やかにお育ちです」

胎児の鼓動に、思いがけなく心を揺さぶられた遊圭のまぶたが熱くなり、止める暇(いとま)もなく一粒の涙がこぼれて、蔡才人の細い腕を濡らした。

衰弱のためにくぼんだ蔡才人の目が大きく見開かれる。

遊圭は感傷的になってしまった自分を恥じて、顔をこすった。背筋を伸ばして、咳払いをする。

「玄月さんから、聞きました。『耳』のこと。そうなってしまったいきさつ。おふたりは許嫁だそうですね」

蔡才人は弱々しく微笑んだ。

「まあ、あのひとらしくないこと」

「わたしに力になれることがあれば、なんでもするつもりなんですが、玄月さんには、これ以上はかかわるなって言われました」

「あのひとらしいわね」

蔡才人はくすくすと笑う。

「でも、蔡才人はわたしにとっても恩人ですし、明々の大切な友人でもあります。玄月さんには口止めされてしまったので、わたしは誰にも話せないんですが、蔡才人から胡娘や明々に話すのは、問題ないですよね。ふたりとも口は堅いです。どうか、わたしたちを頼ってください。必ずお守りします」

微笑む蔡才人の目から、涙がほろほろとこぼれて、枕を濡らしてゆく。

「でも、操を守れなかった私に、あのひとに合わせる顔なんてないじゃない」

泣きながら、苦笑する。

「蔡才人に落ち度はありません。生まれてくる子どもにも、罪はありません。玄月さんは、昨日話したときは、ただひたすら、蔡才人のご無事を心にかけていました」

　蔡才人は枕に顔を伏せて嗚咽（おえつ）をこらえる。遊圭はさらに、蔡才人は悪阻（つわり）を和らげる薬と間違えて、緩下剤を服用したと記録するよう、玲玉が侍御医に命じたことを伝えた。

「蔡才人が望まないのであれば、御子は永寿宮に引き取り、これ以上の追及はさせないと、皇后陛下はおっしゃっています」

　蔡才人は顔を伏せたまま、遊圭に何も応（こた）えようとはしない。

「胡娘を呼んできます。胡娘にはすべてを話しても大丈夫です。わたしや玄月さんでは気が回らないところも、気を配ってくれる人間が、蔡才人の身近に必要です。生きていれば、必ず突破口が見つかります。いまは耐えがたい禍（わざわい）も、いつ福に転じるかわかりません。どうかお腹の御子も大切にしてください」

　遊圭はそう訴えて、胡娘を呼びに行った。

　そのまま、叔母玲玉が子どもたちを遊ばせている中庭へと足を運ぶ。

　玲玉は遊圭を側に招き寄せ、椅子を勧める。そして近侍に子どもたちを屋内へ連れて行かせ、人払いをさせた。

「蔡才人のようすはどうでしたか」

「ひどくやつれておいでで、驚きました」

　玲玉は考え深げにうなずき、手ずから淹（い）れた茶を遊圭に勧める。

「昨夜、主上がこちらにお見えになって、込み入ったお話をされていきました。游も青蘭殿において、蔡才人のお役目について耳にしたそうですが」

「蔡才人が曹貴妃を監視する『耳』であったことですね」

遊圭は、血の繋がった叔母とはいえ、後宮の秘事や彼自身の体験について、どこまで話すべきかについては慎重であった。玲玉は悩ましげに眉を寄せる。

「長年後宮にいて、『耳』の存在については初耳でしたから驚きましたが、それ以上に、紹と蔡才人がわりない仲であったようだと、主上は大変お悩みになっておいででした。游は知っていましたか」

遊圭は、昨日の玄月の剣幕を思い出し、さすがに陽元も気がついたであろうことに思いを馳せた。言葉を選んで、客観的な推察を述べる。

「閨でのお務めを免除された『耳』である女官と、職務上とはいえ守秘事項を共有する宦官の間に、特別な感情が芽生えるのは、むしろ自然なことではと、思います」

叔母を相手に腹の探り合いをしたくはないが、陽元にすべてが筒抜けになるのは避けたい遊圭だ。

玲玉は二度うなずいて、考え込みつつ茶碗を口に運んだ。

「主上は、慈仙の嘘を信じて紹を追い詰めたことを、この初夏からずっと気に病んでおいででした。帰還した紹と話し合われて、ようやくひと心地ついた直後にこの事件です。通常のひとの世のことであれば、配偶者や想い人を他者に――」

そこで玲玉はコホンと咳払いした。口にできない言葉に身震いする。

「——れるようなことがあれば、たとえそれが友人でも兄弟でも、許せぬ気持ちになることを、わたくしたちには理解できるわけですが」

遊圭はそのあとを引き取って続ける。

「内廷においては、一宦官が皇帝に抗議できる道理もなければ、そもそも帝が触れてはならない女官が後宮にいるはずもなく、物心ついた頃から、何をしても許されるお立場にあった主上に、間に女性を挟んだときの男同士の対立や、それによる友情の破綻などは、想像おできにならないのですね」

玲玉は甥の言葉にうなずく。

「滅多に喜怒哀楽を表に出さない紹が、このときは声を荒らげたことに、主上はとても衝撃を受けておいでです。游は、どうですか。もし、あなたが同じ立場に立たされたら」

玲玉にしては、生々しいことを追及してくる。それほど陽元の惑乱が深刻で、第三者の意見を必要としているのだろうか。

「同じ立場に立たされたことがないので、想像するしかないのですが。わたしだったら、他の男が明々に触れることを考えただけで腹が立ちますし、実際にそんなことが起きたら、相手を殴りつけるかもしれませんね」

言葉にしただけでも、本当に腹が立ってしまう。まして触れる以上のことをされたところまで想像してしまい、勝手にこの身が震えてくる。そのため、おしまいのほうは語調も激しくなってしまった。

玲玉は目を瞠って両手を頰に当てた。

「游でもそうなってしまうのですか。そなたは意外と血の気が多いのですね」

普通ではないかと思うのだが、他の人間がどうなのかといえば、よくは知らない。そんな甥の内心をよそに、玲玉は血気の盛んな甥から、夫を庇うかのように話を続ける。

「緑牌が選ばれたのちは、内官は拒むことは許されませんし、召し出した内官を正当な理由もなくそのまま帰すようなことをすれば、その内官の面目を潰してしまうことになります。それ故に、よほど体調がお悪くない限りは、主上はご自分に課されたお務めを果たされるのです」

後宮においては、閨事は公務である。

しかし、陽元が閨事を天子の義務として捉え、機械的にこなしているだけなのだとしたら、本人も相手も、生まれてくる子どもたちも報われないと、一般民の遊圭には思われる。

しかし、さらに続く玲玉の言葉を信じるのならば、一日も寝過ごすことなく早朝から朝廷に出て政務をこなし、官吏が正午に退庁したのちも、その日に受け付けた上奏が片づくまで内廷に帰らず、午後も講義や読書をさせられ、唯一の気晴らしが宦官を相手の鍛錬という毎日をこなしている陽元は、もしかしたら遊圭が考える以上に、生真面目な気質なのではないだろうか。

それに、母親の歓心を買うために赦されない罪を犯した異母妹の麗華や、罪なくして官奴に落とされた玄月を救えないことに苦悩する、繊細な一面もあったことを思い出す。

遊圭が陽元と言葉を交わすのは、常に内廷においてだ。すでに一日の政務を終えて部屋着に着替え、自身を朕とは呼ばず、朗らかに接してくる青年である。遊圭を伴侶の甥として遇してくれる陽元の気安さに慣れてしまい、自分の特異な立場を忘れかけていたようだ。

義理の叔父がおおらかで快活、そして畏れ多くもときに浅慮で軽率ではという印象を、遊圭が抱いているのは、朝廷における陽元をその目で見るまでは、公正な判断ではないのかもしれない。

「玄月さんが慎重すぎますし、仁義忠にこだわる潔癖なところがあるから、問題がややこしくなるのだと思います。それに今回の件については、何もご存知なかった主上に落ち度があるわけではありません。問題は、蔡才人の緑牌が主上の手に取り上げられるよう、細工した者がいることです。主上と玄月さんの信頼関係に、楔を打ち込むために」

「誰ですか」

曹貴妃がかかわっているかもしれない、というところは証拠がないために、慎重に言及を避ける。

「状況的に見て、慈仙の一党でしょう。宦官の派閥については、わたしにはそれ以上の知識がありませんから、なんとも言えませんが」

遊圭は自分の口から出た言葉にドキリとした。蔡才人の件は氷山の一角に過ぎないことに気がついたからだ。

玄月と慈仙だけの対立ではなく、陶名聞に反感を持つ宦官の派閥も、慈仙の背後で暗躍していることは、充分に考えられる。玄月の早すぎる出世が親の七光りとささやかれているならば、宦官に落とされてのち、官僚であったときよりも高い官位で後宮に迎えられた陶名聞を妬む古参の宦官は少なくないだろう。そして陽元の即位と同時に名聞が司礼太監の地位に引き上げられたことを、若き皇帝の依怙贔屓と受け取った宦官は、どれだけの数いたことだろう。

隙あらば陶親子を引きずり落としたい党派がいて当然であった。

――だから玄月は、これ以上かかわるなと警告したんだ。

先帝のころから後宮に幅を利かせ、新帝をないがしろにしていた宦官の派閥は、五年前に遊圭と玄月の活躍によって一掃されたはずだが、どうやら考えが甘かったらしい。

「叔母様。この永寿宮の宦官や女官で、心の底から信頼できる者は、どれだけいますか」

玲玉は首をかしげて考え込む。

世婦の頃から仕えている近侍であれば心安く使えるが、永寿宮に移ってから仕え始めた近侍を、心から信じられるかどうかは難しい。選べる立場でもないまま、距離を測って召し使うしかないのが、玲玉の立場であった。

「この宮から漏れて困る秘密などは、ありませんけれども」

皇后が『耳』に見張られているということはありえないが、遊圭が心配しているのはそこではない。玲玉と翔の健康を害する者がいるかもしれない可能性を、遊圭は指摘した。

「西方から胡娘を先に送り返したのは、叔母様の安全が心配だったからです。わたしを殺害しようとした慈仙が、叔母様を排除することは確実でした。外戚族滅法が廃止されたいま、我が子を太子に立てたいお妃と外戚は、少なくないとお考えください」

遊圭は椅子を下りて片膝をついた。

「わたしひとりの命を惜しんで、主上の代で外戚族滅法を廃止していただいたことが、こんどは叔母様と太子のお命を危険にさらすことになり、大変申し訳なく思っております。この命に替えても、叔母様と皇子たちをお守りいたします」

だが、特別な理由もなく、遊圭が足を踏み入れることの叶わない後宮にいる叔母とその子どもたちを、いったいどのようにして守ればいいのか。

残りの後宮をすべて敵に回しても、叔母の側に立ってくれるであろう人間を、遊圭はひと握りも思い浮かべられない。

気がつけば、すでに正午が近づいていたらしい、近侍が庭に来て玄月の訪いを告げる。慈仙の判決に立ち会う遊圭を、迎えにきたのだ。

表の間で待っていた玄月は、玲玉が遊圭とともに出てきたので、拝跪の姿勢をとって叩頭する。定型の挨拶の辞を玲玉に述べてから、遊圭に話しかけた。

「王慈仙に下される判決は延期になりましたので、星公子をこれより大家の御座所へご案内申し上げます」

通常の業務報告であるかのように、淡々とした口調である。慈仙の罪科はすでに確定のことと思っていた遊圭は耳を疑った。

「延期って、どういうことですか」

玲玉の前を憚った玄月は、遊圭がかろうじて察することのできる、かすかな目配せをした。遊圭は玲玉に退出の礼を取って、玄月のあとに続いて叔母の宮を出た。

「一部の宦官から、再審査の嘆願が出された」

「皇帝陛下に嘘をついたんですよ。どうして赦されるんですか」

遊圭は予期しない展開に、腹立たしさをあらわにして問い詰める。

「星公子や菫児の殺害は未遂に終わり、双方の身分を鑑みた場合、星公子謀殺を図った罪に対しては流刑二千里、菫児を襲った罪は杖罰に相当する。しかし、この一件の主犯について、私を陥れようとした慈仙の謀略であるという菫児の証言と、星公子の謀殺が私の指示であるという慈仙の証言の、どちらが正しいかという検証については、まだ判定が出ていない」

「玄月さんがわたしを謀殺する理由なんて、ないでしょう！」

遊圭は決めつけた。

陽元のいる紫微宮へと向かう途中、玄月はあたりを警戒しながら、低い声で経過を説明した。

「菫児の証言を請け合う橘真人が戻るまで、審議は保留だ。橘が菫児をかばって嘘をつく理由はない。橘に前科があることは不利に働くかもしれんが、朔露軍の奇襲を防いだ功績で恩赦は確定であろうし、金創の痕を医師に検証させれば、慈仙がふたりの口を塞ごうとした事実は動かしようがない。慈仙は短い余命を繋いだだけのことだ。焦るな」

淡々と報告する玄月が、遊圭には信じがたい。

「慈仙が嘘をついていることは明白で、陛下もご存知なんですよ。陛下のご判断で慈仙を罰することができないなんて、おかしいじゃないですか」

言い募る遊圭に、ひたと視線をあてて、玄月は言葉を返す。

「確たる証拠や、論拠が示されないまま、君主とはいえ憶測と好悪の感情をもとに判決を下すことは、正しいことと思うか、遊圭」

玄月の口調は穏やかであるにもかかわらず、遊圭は怯んで口を閉ざす。

遊圭にとっては、玄月の至誠も慈仙の欺瞞もわかりきったことではあったが、他の者にとってはそうではない。とはいえ、遊圭にはこんな状況でも、信義を重んじ法に従う玄月の頑なさが歯がゆい。

遊圭の苛立ちを感じ取ったように、玄月は付け加える。

「大家が寵臣の讒言に左右され、そのときの感情に任せて判断を下す君主であるという風評を、立てられてはならない」

「だからといって、慈仙の思惑に踊らされたまま判決を待つだけなんて、玄月さんらしくありません」

玄月は半眼になって頭半分低い遊圭を流し見た。口の端がわずかに上がる。

「私がおとなしく判決を待つだけだと、いつ言った？　むしろ慈仙に加担した者たちを釣り上げる好機でもある。大家を巻き込み小月を陥れた連中には、相応の代償を支払ってもらう」

敬事房太監の方盤に蔡才人の緑牌を仕込んだのが、慈仙の差し金であるという結論に、玄月もまた辿り着いていた。

遊圭は天鋸行路からこちら、陽気なラシードらと交際していたことで、玄月の人柄が変化して、付き合いやすくなったと錯覚していたが、勘違いであった。しかも、今回は玄月自身が、非常に腹を立てていることがひしひしと伝わってくる。

「朔露軍がいつ南下してくるかわからんのだ。いつまでも慈仙にかかずらっている暇はない。早々にケリをつける」

やがてふたりは紫微宮に着いた。遊圭を宮室に招き入れた陽元は人払いし、玄月をも遠ざけた。

広い部屋にふたりきりになると、陽元は遊圭を膝元近くまで召し寄せ、慈仙の裁きに手間取っていることを詫びる。君主がおのれの不手際を認め、臣下に詫びるのはよほどのことであるから、遊圭はただ畏まって陽元の言葉を受け入れた。

陽元は遊圭の顔をじっくりと見て、淡く微笑する。

「李薫藤と名乗っていたときとは、まるで別人だな」

族滅法を逃れて女装し、後宮に隠れ住んでいた当時の名を出されて、遊圭は赤面した。

「五年は、経っておりますから」

「それだけではない。後宮から都へ出て、異国へも旅を重ね、戦場まで幾度となく経験した。にもかかわらず、指ひとつ欠けることなく、健やかにこうしている。私はそなたが羨ましい」

一族を失い、命の危険に怯えて身元を偽り、熱砂に焼かれ、極寒の夜に凍え、他人を欺き欺かれ、何度も死にかけた、この生き方のどこを羨ましいと言えるのだろうか。

とはいえ、では陽元と立場を入れ替えるかと訊かれれば、遊圭は否と答えただろう。

「そなたも紹も、どんどん変わってゆく。再会するたびに、強く賢くなっていく。だが私はずっとここにいて、即位したときと変わらぬ自分に嫌気がさすのだ。慈仙ひとりの始末もつけられぬ私は、そなたらにとって、君主として祭り上げられるにふさわしい器量を備えているのかと」

こうした内心を六つも年下の遊圭に打ち明けるということがすでに、天子としての器量に不足があると露呈している。だからといって、本人の一存で玉座を降りることも叶わぬ陽元の苦衷は察する遊圭だ。

「そんなことは」

と口ごもる遊圭の応答を、陽元は遮る。

「とはいえ、私の代で金椛帝国が朔露に滅ぼされるということは、なんとしても避けたい。遊よ、そなたの知謀と強運を、私に貸してくれぬか」

「は。知謀というほどのものは、持ち合わせませんが、わたしの能力の及ぶ限りで、陛下と祖国のために力を尽くします」

遊圭は恐縮して口ごもった。

陽元は、天鋸行路において朔露南軍を撃退した遊圭の功績に、いかに報いたらよいかと訊ねた。恩赦に加えて、官位を失う前よりも一品進めて六品への復官と、中央の官職である侍御史を示され、あまりに気前の良すぎる恩賞に、遊圭は体が震える。

こうした場の慣例として、そして本心から、遊圭は昇進の提案を辞退した。

「恩寵はありがたく、感謝の言葉もどのように申し上げていいのかわかりません。しかし、官僚登用試験も受けずに官職を授かっては、それこそ外戚特権との誹りは免れません。わたしには恩赦だけでも、充分すぎるご褒美でございます」

玲玉と翔を守るためには、中央で出世することが何よりである。しかし、陽元の提示した官職は、遊圭の年齢と実力に見合ったものとは言い難い。

たとえ劫河の戦で遊圭の献策を採り上げた呉亮胤将軍の推薦を得たとしても、二十歳にもならない遊圭が、蔭位の特権で得た官職で、中堅以上の官僚がひしめく政界の中央に躍り出て行くことは賢明ではなかった。

まして、自分の親かそれより年上の、経験豊富な諸官を監督し取り締まる侍御史など、遊圭には務まりそうにない。陽元は、外廷における玄月の役割を、遊圭に期待しているのかもしれないが、無理な相談である。

陽元の引き立てで最速の出世を果たしながら、絶えず対抗派閥によってその足下に落とし穴を掘られては、追い落とされることに神経を尖らせる陶玄月という見本が、遊圭の目の前にあるのだ。

玄月ほど慎重にも冷徹にもなれない遊圭としては、地道に堅実に出世しながら、玲玉の助けとなる道を模索したい。

「実は、今回の劫河の戦いに於ける戦績につきまして、わたしよりも破格の恩賞を賜りたい人物がおります。かれは金椛国人ではありませんが、この者の命がけの協力なしには、朔露の遊軍を阻止することは不可能でした」

遊圭は橘真人との約束を果たすために、真人の果たした役割を語った。陽元は興味深く耳を傾ける。

「劫河戦における勝利により、どのみち大赦は行われる。局地的な戦いではあったが、来たるべき朔露本軍との対決に向けて、朝廷と国民の士気を高めるために、呉将軍はもちろん、功績のあった者はすべて称揚される。游よ、そなた自身の功績は、少なくとも元の官位を回復するだけのことは成し遂げたと思うが」

「ありがとうございます。ただ、今回は正規に金椛軍の将兵として戦ったわけではありません。詳細を公表するのも憚るような役回りでしたし、武勲とは言い難いです」

陽元は遊圭の謙虚な申し出を、不可解に感じたようだが、それ以上は押し通そうとはしなかった。代わりに、都での再出発に必要な財貨などは受け取るように念を押す。

「所帯を持つともなれば、手頃な場所にもっと広い邸が必要だ。祝言の前祝いということならば、文句なかろう」

遊圭は拝跪叩頭し、感謝の言葉で引見を締めくくる。

陽元の宮室を退いた遊圭を、紅椛門へと送りに来たのは、玄月でなく別の宦官であった。次に後宮に来て叔母や胡娘と会えるのはいつのことかと、遊圭は心許なく宮城を去った。

六、再会離別

その後の数日は、特に変化もなく過ぎた。とはいえ、帰京したばかりの遊圭は、挨拶回りや来客の接待、馬延の治療院に通うなど、それなりに多忙な日々を送った。

時間を見つけて書斎にこもり、二年前に機密漏洩で手配され、東部に潜伏している親友の史尤仁に、まもなく大赦が行われることを手紙に書く。世間を遠ざけすぎ、掲示を見過ごして手続きに間に合わなかったら、免罪も減罪もされないからだ。帰京に必要な旅費も同封して、史尤仁の身柄を預けた寺の住職宛てに速達で送る。

それから、皇城の公館に滞在している戴雲国の賢王ツンクァを訪れて、母妃の消息や劫河戦の帰結を話し、またツンクァの都暮らしについて近況を聞く。

刺激の多い都会暮らしも、夏と秋を過ごせばそろそろ飽きてきたらしく、天鋸山脈の奥懐にある故郷が懐かしいと、ツンクァは帰国の準備を進めていた。

「ユーケイに会いたかったから、待ってた。無事なユーケイに会えてとても良かった」

旅と異国暮らしに見聞を広めたせいか、ツンクァの表情や意見は以前より大人びている。たった四ヶ月の間に背は伸び、声もすっかり変わっていたせいもあるが、天鋸行路と山脈に展開される諸国の勢力図の移り変わり、外交などにも興味を示し、金椛国側の知識を吸い上げようとするツンクァの意欲には驚かされる。

「これを全部お読みになったのですか」

読了したという金椛国の書籍の山を見せられて、啞然とする遊圭に、ツンクァはいたずらっぽく笑って両手を振った。

「教師に読ませてツンクァは聞くだけ。でも、聞いているとなんとなくわかる。わからないところは、戴雲に持って帰って自分で読み直す。連れて帰れる教師も探してる。ユーケイみたいに教えるのうまいのは、なかなかいない。戴雲に来てくれる者は、もっといない。ユーケイが来るといい」

帰国したばかりで、ふたたび戴雲に引き返すのは御免蒙りたいところではあるが、ツンクァを失望させるのも申し訳ない。

「わたし自身の学問が終わっていないので、これから統治や兵学について学ぶツンクァ賢王の教師としてはふさわしくありません。ですが、ふたたび戴雲国を訪れる日はきっとあるでしょう。名君となったツンクァ賢王に再会する日が、とても楽しみです」

遊圭が微笑めば、ツンクァは少年の顔に戻ってにこにこと笑った。

やがて、劉太守の一行が都入りした。楼門関を奪われた失敗については、慶城まで後退したものの、ルーシャンは防衛の指揮官として持ちこたえていること、劉太守は病のために床についてしまったということで、どちらの処分も保留になったという。

都からは、兵糧や増援が続々と北門から送り出されていくのを、遊圭はやきもきしながら見送った。

そうこうしているうちに、達玖に率いられた明々の一行が帰京した。達玖の送った雑胡兵の伝令によって、都入りの日を知らされていた遊圭は、ラシードたちと都の北大門まで迎えに行く。

閉じ込められていた馬車の窓越しに、天狗が遊圭を見つけて暴れ出した。橘真人が御者台から飛び降り扉を開けたとたんに、天狗が跳躍し、両手と両足を広げて遊圭の肩へと飛びついた。

ずっしりと重い天狗を抱き留め、遊圭は喜びの声を上げる。

「天狗、無事でよかった」

出産で身軽になったせいだろうか、金褐色だった毛並みは濃くなり、体はひとまわり小さくなった。

人通りの多い城門の大通りで、仔熊と間違えそうな獣を抱えて、衆人の注目を集めるわけにもいかず、遊圭は早々に天狗を馬車に戻す。

馬車の中は、天狗たちが振動に苦しまないように改造されていた。母天狗用に床には毛布が積み上げられている。前後の座席部分には檻籠がふたつずつ固定され、仔天狗たちが勝手に動き回って行方不明になったり、喧嘩して傷つけ合ったりしないよう、一匹か二匹ずつに分けて収容されている。檻籠の底にも藁と座布団が敷き詰めてあり、居心地も良さそうであった。

六匹の仔天狗は馬車の中に積まれた檻籠の中で、おとなしくしている。ちょうど、天狗が十年以上も前に星家に引き取られてきたときと同じか、少し小さいくらいだ。そのときの天狗にも、兄弟姉妹がいたのだろうかと、遊圭はふと疑問に思った。

「人間よりも大事にされていますね。橘さんには、本当にお世話になりました」

天狗の世話を任されていた真人が、髭に覆われた丸顔を破顔させて報告する。

「やあ、大変な道中でした。最初のひと月は、天狗の乳から離れないので、馬車の床に敷いた筵を交換するぐらいで楽だったんですがね。朱門関あたりから動き回るようになったので檻籠を用意したんですが、北天江を下り始めたときにはもうふつうに飛んだり跳ねたりするので、給餌や運動のときは、船縁から落ちるんじゃないかと、首に紐をつけたり、達玖さんたちと交代で見張ってました。犬と同じような調教でよいようなので、助かりましたよ。虎のような性向の獣だったりしたら、ちょっと無理だったかもしれませんね」

「それにしても、仔天狗の世話までこなせるなんて、橘さんは本当に器用ですね」

「何年も辺境をうろついていると、駱駝から鳩までの家畜や、猟犬の世話、それに野獣の対策はまあ、避けられない経験でしたからね。馬や犬の出産も何度か立ち会いましたし、虎や豹の仔なんかも、取引きされることがあります。天狗は初めてで、誰も知らないというので焦りましたが、母天狗がとても賢いので、仔天狗から目を離さない程度ですみました」

「橘さん、動物の世話がとても上手で、助かったわ」

感心して真人を褒める明々の声に、遊圭は弾かれたようにふり返った。

次の馬車の扉が開いて、明々が顔を出していた。遊圭は慌てて駆け寄り、踏み台に足を下ろす明々に手を貸す。ふわりと柔らかないい匂いがして、遊圭は吸い込んだ息を止めた。

大通りの雑踏が引き潮のように消え失せ、胸が熱い塊でいっぱいになる。

ずいぶんと大人びた姿は、記憶にあるよりもさらに美しい。手を取りあい、ただ見つめ合ったまま「明々」と声をかけたきり、言葉が続かない。

明々は軽やかに地面に降り立ち、艶やかに微笑んで遊圭と真人の間に立った。天狗の馬車をのぞき込み、顔を出した天狗の頭を優しく撫でる。

明々は、天狗の話を以前から遊圭に繰り返し聞かされていたが、身近に触れたのは劫宝城がほぼ初めてであった。劫宝城では、遊圭の寝台に寝そべる天狗に、まるで人間同士を紹介するように、明々と仲良くするよう言い聞かせる遊圭を、明々は目を丸くして眺めていたほどだ。

動物を飼ったことのない明々は、大きな獣の世話などどうしていいかわからず、しかもいっしょに旅をすることはとても不安だったという。

「天狗は明々の言うことを聞いた？」

雄鷹のホルシードにもやきもちを焼く天狗が、明々にどんな態度をとるか、遊圭は不安であった。しかし天狗は育児に忙しかったらしく、明々を手こずらすことはなかったと聞いて胸を撫で下ろした。

楼門関から朱門関、そして天鋸行路の往復と、明々の冒険に付き添った下男の竹生も、遊圭は忘れずにねぎらう。

娘子兵の凜々は、遊圭の家には寄らず、都の大門からまっすぐに後宮へ戻るという。

「玄月さまのお役に立てることが、あるかもしれませんので」

騎乗のまま遊圭に敬礼すると、そのまま大通りを南へと向かった。

「凜々にはたくさんお礼がしたかったのだけど、どうしても玄月さんの安否が気になると言って」

明々は、残念でならないという口ぶりだ。

達玖（タルク）は、遊圭の誘いと歓待を辞退し、部下の雑胡兵らとともに都の胡人教会に滞在するという。ラシードたちも達玖隊と合流することとなった。

「半年以上も明々を護衛して、都まで送っていただいたのです。どうぞゆっくりしていってください」

遊圭の懇願に、達玖は鷹揚（おうよう）に応じた。

「いえ、任務を遂行しただけのことです。すぐにでも前線に戻って、ルーシャン将軍に復命したいと考えていますので、出発前に都と西方の情報が集めやすい胡人の教会が、便利なのです」

ようやく久しぶりに一堂に会したのに、あっという間に道が分かれていく。

だが、誰もが猶予を許さぬ職務を抱え、一日も早い再会を望む家族や友人、同僚がいる。遊圭のために使わせてしまった時間を、これ以上は奪えない。

「都を発（た）つときは、どうか当家で宴を張らせてください」

遊圭はそう言い張り、達玖らが世話になるという教会への寄進と、心付けに酒代を多めに渡して雑胡隊を送り出す。

結局、星邸の客は明々と橘真人のみとなった。

遊圭は帰京してすぐ、倉庫のひとつを天狗一家の住処（すみか）として改造し、仔（こ）天狗が自由に遊べるよう、周囲に柵（さく）を巡らすなどの用意をすませていた。天狗は悠々と新居に足を踏み入れ、のんびりと落ち着いて、自身と仔天狗たちの毛繕いに励む。

仔天狗たちのかわいらしさに笑みのこぼれる遊圭に、真人が耳打ちした。

「そろそろ引き取り手を探さないと、餌代が大変ですよ。もう日中は母天狗の乳を必要としていないので、これからは鶏なら日に三羽、羊なら週に一頭か二頭は必要になり、需要はどんどん増えていきます。雑食のようなので、肉粥に果物や穀物を混ぜても食べてはくれますが」

餌代のことはすっかり忘れていたことに、遊圭は青ざめた。侍御史の職を辞退するのではなかったが、時すでに遅い。

趙爺に真人の部屋を用意させ、食客として遇するよう命じ、遊圭は明々を客用の離れに案内した。竹生の妹、春雪を離れの女中として明々につける。旅の埃を落とさせ、着替えて落ち着いてから、自ら茶菓を運んで、後宮で起きたことの顛末を話す。

「蔡才人が、小月さんなの？　嬪の王容華さまではなくて？」

明々は信じられないとばかりに、声を上げた。遊圭は苦笑する。

「小月は平凡な名前だからね。もちろん、宮官当時は小月と呼ばれていて、その後内官に上がった女官となれば、数は限られてくるけども。たまたま明々が話した女官は、小月と聞いて王容華という内官を真っ先に思い浮かべたんじゃないかな」

しかし、言われてみれば確かにいろいろなことが腑に落ちてきた。

玄月に夢中な女官の数は多かった。玄月はどの女官に対しても愛想よく親切に対応して、蔡才人を特別扱いすることはなかったが、蔡才人は早い時期から、遊圭に玄月を頼れと言い続けてきた。

玄月にとって使えそうな新人女官の発掘も、蔡才人の仕事であったのだろう。

永皇太后に与して陽元の排斥を企んでいた官僚李徳の弾劾に、蔡才人の叔父、当時は刑部の侍郎であった蔡大官が、証人遊圭の正体を詮索せずに動いたのも、蔡才人を通した陶親子との信頼関係があればこそだ。

「没落後の陶家を、蔡家が支援し続けた理由も納得できる。表向きは蔡大人の弟の蔡大官が、陶太監の舎弟だったということで、陶家の断罪後も絶縁は避けたことになっているけどね。娘が元許嫁を追って、家出も同様に後宮入りしたことを、父親の蔡大人がどう考えていたかどうかはわからない。でも玄月のお父さんが司礼太監になってからは、玄月の出世は約束されたようなものだ。蔡才人の相手が玄月だろうと陛下だろうと、どちらに転んでも損はないわけだから」

都でも十本の指に入る富豪、蔡大人の恰幅のいい姿を遊圭は思い出す。

明々は、蔡才人の一途な純愛ぶりに感動していたが、遊圭がその背後にある政治的なしがらみを説明すると、ひどくがっかりしてため息をついた。

「なんだか、蔡才人ひとりが男たちの野望に振り回されていたようで、気の毒すぎるわ。結局のところ、身も心も傷つくのは女の蔡才人ばかりなんだもの」

明々の義憤に、遊圭は苦笑をこらえる。

「行き先も告げなかったわたしを、自分の意思で国境を越えてまで捜しにきてくれた明々の言葉とは思えないね。他家に嫁がずに、後宮へ玄月を追って行ったのは、蔡才人の決断だよ。誰にも強制されたわけじゃない」

明々は痛いところを突かれて、口を尖らせた。

「とはいっても、現在の蔡才人は、どうにもならない泥沼まで引きずり込まれて心身を痛めでいる。祝言の相談もあるから、明々の疲れが取れたら、皇后陛下にご挨拶に伺おうと思うんだけど、そのときに蔡才人の相談に乗ってあげて欲しいんだよ」

「ええ、もちろん」

明々は額に手を当ててかぶりをふった。

寵争いにまったく興味を持たず、賭博と化粧品の売り込みで後宮の女たちの経済状態を把握し、あるいは操ってもいたであろう蔡才人の動機が、すべて玄月をささえるためであったとは。

さっそく蔡才人の見舞いに上がりたいという明々の希望通りに、遊圭は翌日には宮城へ上がり、皇后への目通りを願った。玲玉は衣裳などの準備があるといって明々を引き留め、叔母に逆らえない遊圭は、ひとりむなしく家に帰った。

天狗の仔らに名前をつけて世話をしているうちに、申請していた橘真人の皇帝との謁見が叶い、登城に同伴するなど、数日はめまぐるしく過ごしていたが、明々は一向に後宮から出てくる気配がない。

しびれを切らした遊圭は叔母に面会を申し込む。

午前中に北斗院で待っていた遊圭は、菫児に付き添われた胡娘と明々に会うことができた。

「遊々！　都暮らしはどうだ？」

胡娘はいつものように満面の笑みで遊圭との再会を喜んでくれたが、明々の方は少し恥ずかしそうに視線を泳がせる。

「あのね、大后さまが、婚礼を挙げる前に新郎の家に入るのは外聞がよくない、祝言の日まで永寿宮に留まるように、と仰るので、星邸には帰るに帰れなくて」

袖をいじりながら、すまなそうに話す明々に、遊圭はただ驚いて口をぱくぱくさせるばかりだ。椅子から腰を浮かしかけたものの、叔母の言うことが正しいことを認めて脱力する。

「そう、だね。うん」

明々を正妻に迎えたいのだから、李家の側には一点の染みもつけたくはない。

「ごめん、明々。帰京してあれこれあって、まだ吉日は選んでなかったけど、すぐに決めるからね。そんなに待たなくていいように」

いよいよ具体的に進んでいく話に、明々は頰を染め袖をぐるぐると絞ってささやいた。

「あの、でも婚礼には、両親や阿清にも来て欲しいな。父さんと母さんには、娘は私ひとりだから。婚期が遅れただけに、その、いろいろと心配かけたから」

可憐な明々の仕草に、遊圭はぐっと言葉に詰まった。もちろん両家の縁組みという体裁も、きちんとしておかねばならない。

「すぐに、招待の使者を出すよ。わたしとしたことが、ほんとうに不手際で、ごめん」

明々の故郷に遣いを出して、李家の親族が上京するのに、六日から十日は見ておく必要がある。それから吉日を選んでいたら、祝言がひと月は先になってしまいそうだ。帰宅したらすぐに暦を開き、占い師を招いて日取りを決めよう。

そう遊圭が考えていると、胡娘もにこやかに口を挟む。

「大后さまは、新婦側の支度はすべて永寿宮でもたれるそうだ。だから、明々のご家族は身ひとつで上京されればよいと、言っておられる」

「うん。李家の招待には竹生に馬を使わせる。馬車もこっちから送る」

遊圭は肩で息をして応えた。

玄月と蔡才人に同情をしている場合ではなかった。

もちろん、遊圭と明々の間には、もはやなんの障害もないのだが、それだけにこうして同じ都にいると思えば、一日でも離れているのは耐え難い。

明々を娶ってからであれば、官位を得ることに制限はない。ふたたび童試を受けてもいいし、独学で官僚登用試験を受けてもいい。蔭位の特権であろうと、陽元がくれるというものを断る理由はもはやない。本音では医生官試験を受けて医師になりたいのだが、それもこれも、とにかく身を固めてからである。

「明々、ちゃんと準備するから、待っていて」

思わず立ち上がった遊圭を、胡娘が止めた。

「蔡才人の容態と、慈仙の判決の経過報告は、聞かなくていいのか」

遊圭は我に返って腰を下ろした。

どうしてこんなにも、遊圭ひとりではどうにもできない、しかし星家の未来にかかわってくるであろうさまざまな問題が、積み上げられているのだろう。

胡娘はかいつまんで説明する。

「蔡才人は、赤子を産むことに同意した。食欲はあり、経過は悪くない。胎児も順調に育っている。明々が、」

胡娘は、明々と目を合わせて微笑む。

「そばにいることが、蔡才人を勇気づけたようだ。何年も秘密を抱えていられるほど、人間というものは、強くない」

遊圭はうなずいた。

「ええ。秘密を託せる相手は必要だと思います。わたしが小月さんの正体を当てただけで、玄月さんはすべて白状しましたからね」

もちろん、蔡才人にふりかかった災難に、さすがの玄月でさえ、動揺していたせいもあるのだろうが。

明々は表情を引き締めて、蔡才人のようすについて詳しく話す。

「祝言は先に延ばしても、蔡才人のお立場が無事だとわかるまで、おそばにいて差し上げたいと思うの」

「も、もちろん」

遊圭は勢いよくうなずく。

しばらく話し込んでから、すごすごと宮城を立ち去ろうとする遊圭を、西門で呼び止めた人物がいた。

「星公子。従者も連れず、おひとりで登城か」

蔡大官であった。蔡才人の叔父である蔡進邦は、遊圭の亡父とは友人であったともいう。宦官として陽元を支える玄月を高く買っている現役の官僚でもあり、遊圭の成人の儀に菊の鉢植えを贈ってくれた人物でもある。

遊圭は立ち止まり、蔡大官に丁寧に揖礼する。

「わたしは庶人ですから、従者など伴う必要はございません」

「侍御史の席を辞退したと聞いたが」

「身の丈に過ぎた処遇です」

恐縮する遊圭を、蔡大官は自邸へと昼食に誘う。

「ちょうど、北天江沿岸の親戚から、蟹が届いたところだ。食べていってくれ」

胃腸の弱い遊圭は、蟹を食べたことはない。しかし、朝廷の近況を知りたくもあり、素直について行くことにした。

客間に落ち着いた遊圭に、蔡大官は足を運んでくれたことにあらためて礼を言った。

「いえ、わたしのような者に声をかけていただくだけで、光栄です」

遊圭は謙遜し、突然の来客にもかかわらず出される食事の豪華さに戸惑う。

「皇后陛下には、我が姪を救っていただいた御恩があるのだが、それでも当家の粗食に箸をつけてはもらえないのかな」

遊圭は恐縮して、勧められるままに杯を受け取る。

「いえ、蟹を食べたことがないので、どのようにして身を出すのかわからず」

丸のまま茹でた蟹を出されても、途方に暮れる遊圭だ。それに、昼間から酒は飲めないことも正直に伝え、最初の杯を干すと茶を所望した。

蔡大官は給仕に蟹の身を出させ、自らは蟹肉につける酢や薬味について、遊圭に説明する。遊圭は初めて口にする白いプリプリとした蟹肉の、酢と調和する甘みと旨みに感動した。

「月香が陛下の寵を賜るとは、当家はまったく予測していなかった。事態が深刻になっていたことも知らず、皇后陛下が動いてくださらなかったら、兄は娘と孫を失うところであったよ」

遊圭は箸をもてあそびながら、おそるおそる訊ねる。

「あの、蔡才人が入宮した理由は、蔡大官もご存知だったんですか」

「はじめは、家を飛び出したことも知らされていなかったが。兄に打ち明けられたときは、あの月香ならやりかねないと思った。宮官になるには年齢が足りなかったはずだが、どのようにごまかしてもぐり込んだのか。あれの実行力は、月香が息子に生まれていればと、以前から兄を嘆かせていたものだよ」

　当時を思い出したらしい蔡大官の頬がゆるみ、口調も親しみ深くなった。

「月香が産み落とすのが男子であっても、当家が皇后陛下と皇太子の立場を脅かすことはない。そのことは、遊圭君の胸にとどめておいて欲しい」

　遊圭はどきりとした。蔡才人が男子を産めば、蔡才人は妃嬪へと位が進む。たとえ蔡家に皇位への野心がなかろうと、外戚同士となる遊圭とは、緊張をはらんだ関係にならざるを得ない。言われてみるまで、そのようなことも考えつかなかったのは、遊圭が蔡大官を有能なだけでなく公正な人物であると見做していたからだ。

　慈仙の誣告についても、陽元に諫言をしてくれた蔡大官である。姪が皇帝の子を懐妊したからといって、掌を返すような人物ではなかったことが、単純に嬉しい。

「あの、玄月さんは、どうなさるんでしょう」

　蔡大官は杯を干した。

「あのふたりが、この先どうするつもりかは我らにもわからぬが、いま後宮はなかなか面白いことになっているようだ」

「玄月さんが、蔡才人を陥れた宦官を捕らえたのですか」

　手酌で自分の杯に酒を注いで、蔡大官はうなずいた。

「慈仙に乗せられた宦官どもは、陶親子を取り除く絶好の機会だと思ったらしいが、判断を誤ったとしかいえない。皇后陛下の信頼を深めた玄月が、いまよりもさらに出世する前に、かたをつけようと焦ったのだろう。玄月は兄弟子である慈仙を常に立てていたし、本人が人望では慈仙には劣ると考えていたこともあり、まさか反撃に出るとは思わなかったようだ」

「わたしは、初めて会ったときから、玄月さんに逆らうなんて、思いもよりませんでしたけど」

蔡大官は面白い冗談を聞いたように笑いだす。

「玄月から聞いている話とは、ずいぶん異なるようだが。ひとは自分の立場から見えたことしか覚えていない、というのは真であるという実例だな。遊圭君から見た玄月は、冷徹な自信家に見えたかもしれないが、後宮では月香を賜るために出世は急ぎつつも、反感を買って波風を起こさぬよう、慈仙や古参の宦官に逆らうことはしてこなかった」

遊圭が注意深く過去をふり返れば、陽元のために危険を冒さねばならない限りは、表立って目立つ行動を、玄月が極力避けていたことに思い至る。その一方で、学問所を開いて若手や新人宦官を自身の官舎で教育したり、遊圭のような外部の人間を引きずり込んで手駒にしていたのだ。

そして、陽元が玄月に頼り過ぎていると周囲に知られないよう、政務や外患に関して、陽元が玄月の意見を必要とするときは、人目を避けることに心を砕いていた。

遊圭は一度、無人と思われた夏の庭園にさまよい込んでしまったことがある。そこでは、陽元と玄月が人目と耳を避けて、朔露軍の侵攻と麗華公主の消息について話し合っていた。

「蔡大官と玄月さんは、ふだんから交流があるんですね」

「ふだんから、というほどではないが。家出をしていた月香が後宮で見つかったときは、玄月は兄ではなく私に便りを寄越してきた」

血縁でも姻戚でも、少し離れていた方が冷静に話ができるものなのだろう。叔母以外の親族をすべて失った遊圭には、親には言いにくいこと、他人には絶対に話せないことを相談できる相手がいないことが悔やまれる。

「可愛い姪を陥れた者たちには、充分に後悔してもらうことで、私は玄月と同意した。ただでさえ国難のこのとき、朔露との正面対決を前に、後宮に後顧の憂いを残すことはできない」

玄月と同じことを口にした蔡大官は、急に厳しい目つきになり断言した。

「劉太守が病に倒れたことは、遊圭君の耳にも入っていることと思うが」

遊圭はうなずく。船上で脈を診た遊圭は、劉源の内臓に深刻な疾患があることを察していた。もともと抱えていた病が、最近の辛苦によって悪化したのかどうかは、遊圭には診断できることではなかったが、北西の守りを誰が引き継ぐか、あるいはルーシャンの肩にすべてが置かれるのかは、遊圭も気を揉んでいたところである。

「楼門関陥落の責任を追及されることを怖れての仮病では、という者もいたが、陛下の遣わした侍御医が、病床に吐血もあったことを報告して、太守の役は解任、安静を御命じになった」

遊圭が劉源の脈を診て判じたことは、玄月にも話してあった。更迭にしろ再任にしろ、劉源には辺境に戻る体力はない。早々に後任を選ぶ必要があることは、陽元にも伝えた方がいいと思ったのだ。

『それは命にかかわる病か』と訊ねた玄月の、無表情ながらもどことなく残念そうな口調が、遊圭の耳に残っている。宦官に落とされた恨みを、自分の手で晴らせないことを惜しむように聞こえたのは、きっと遊圭の思い込みだろう。

手当てが遅れれば、命にかかわるかもしれないが、それは本職の医師でないとわからないと、そのときの遊圭は答えた。

蔡大官の次の言葉が、遊圭を短い回想から引き戻した。

「私が彼の後任を引き継ぐ。そこで折り入ってそなたに頼みがある。遊圭君、私の幕友として慶城に同行してくれないだろうか」

驚きのあまり、思わず取り落としかけた茶碗を、遊圭は反射的にもう一方の手で押さえた。

七、澄潭(ちょうたん)の月

蔡(さい)大官の邸(やしき)を辞した遊圭は、まだ日も高いことからまっすぐ帰宅せずに、あまり来たことのない皇城の繁華街をひとりで歩く。

蔡大官の突拍子もない誘いに、食事どころではなくなったことは、蟹(かに)を食べ過ぎずにすんで幸運だったかもしれない。それでもすでに、胃腸が不調を訴えているような気持ち悪さはあるのだが、すぐに自宅には帰る気になれなかった。

蔡大官の邸で話された事柄についてじっくり考えるためにも、遊圭の足下に群がり遊びたがる仔天狗(こてんこう)や、望外の報賞を受け取り、有頂天になっている橘真人の相手は避けたかったからだ。

遊圭としては、一日も早く明々と祝言を挙げて、これから進む道をはっきりとさせたい。蔡才人(さいじん)の脈診で胎児の鼓動を感じてから、ますます医学を志したいという思いは強くなり、そのことを明々とじっくり話し合ってから決めたかったのだ。

ゆえに、いま河西郡の太守として慶城へ赴こうという蔡大官の、個人的な秘書として、ふたたび西域へ向かうことは、およそ遊圭の将来設計とは相容(あいい)れない。

相容れないのだが、朔露(さくろ)軍が北天江を渡って攻めてくれば、遊圭の思い描く明々との幸福な未来もまた、砂上の楼閣でしかないことも、身に沁(し)みてわかっている。

どの道へ進めば、叔母と従弟妹を守れるのか。明々と星家を再興できるのか。遊圭は頭を振って、堂々めぐりする思考を止めた。するとこんどは、蔡大官との会話が耳に甦った。

『楼門関が陥落してから、以前はあれほど多かった自薦他薦の河西郡の太守候補が、片手で数えられるまでに減ってしまった。私など、そもそも候補ですらなかったのだが、どういうわけか声がかかった』

まだ公表されていない人事を打ち明けられて動揺する遊圭に、蔡大官は遊圭が知ることのなかった朝廷の状況を、かいつまんで説明した。

『四年前に国境付近で起きた紅椛党の乱と、その翌年の夏沙王国の敗戦により、その背後で力を増してゆく朔露可汗国の脅威を、陛下はとても警戒してこられた。だが、太平に慣れた四品以上の高官たちは、非戦主義の考えに固執し、陛下の危機感を若さゆえの好戦性と受け取って、軍政の改革に消極的であった。楼門関が陥ちて初めて、高官たちの間で対策の議論がようやく交わされるようになった始末だ』

蔡大官はむしろ皮肉な笑みを浮かべて、蟹の身を酢の中で泳がせた。

慈仙の讒言を迂闊に信じてしまった陽元に胡娘を引き合わせ、諫言したことから、陽元は蔡大官に英臨閣における御進講役を任じた。

そこでは、陽元が自ら選んだ若手から中堅の官僚たちが集められており、朔露軍の侵攻対策について活発な議論が交わされていたという。

その大半は、実のある官職に縁がなく、寄禄の官に甘んじて虚しく日を過ごしている者であった。

『遊圭君は以前、朔露一兵が金椛兵三人分の強さを誇ると、陛下に申し上げたそうだが』

『現実を直視しなければ、勝つどころか生き延びることもできませんから』

遊圭のきっぱりとした返答に、蔡大官は重々しくうなずいた。

『とはいえ、三倍の数を擁したところで、勢いに乗る敵に勝つことは難しい。しかし、天鋸行路では朔露には劣る数で我が軍が勝った。この戦果を遊圭君はどう分析するのか』

『劫河の戦いで勝てたのは、我が軍が強かったわけではなく、イルコジ小可汗が自分の立てた奇襲策を恃んで、劫河を渡るという過ちを犯してくれたからです』

蔡大官は戯れめいた笑いを浮かべる。

『勇敢で機略に満ちた一公子が、中立国の友軍を味方につけ、イルコジ小可汗の奇襲策を挫いたからではないのか』

遊圭は己の功績を誇ることなく、首を横に振る。陽元を含め、遊圭の手柄をことさらおだて上げる相手に、もう何度も同じ話を繰り返してきた。

『それは勝因のひとつに過ぎません。イルコジ小可汗が奇襲の成功を過信して河を渡り、自ら補給も退路も断ってしまったことが、朔露南軍の敗因です。もしも、金椛軍が奇襲部隊に後背を襲われたとしても、天鋸行路の東にはまだ無傷の金椛軍が西へ進んでいました。朔露の遊軍に不意打ちを食らった場合の損失は軽くはなかったでしょうが、金椛主力軍はいったん劫宝城へ避難し、劫河の川岸にイルコジ軍を釘付けにしておき、奇襲部隊を援軍と東西から挟み撃ちにする策を採れば、イルコジに負けることはなかったと思います。わたしの献策を即座に採用し、実行された呉亮胤将軍であれば、勝てるであろう策はすべて採り、イルコジの前進を阻んだことと思います』

　蔡大官は感銘を受けたように、何度もうなずいた。

『呉将軍とは、勝ち戦の分析だけでなく、その先の防衛についても、詳しく話し合ったそうだな。君自身が負傷していたにもかかわらず、捕獲したり、討ち死にしたりした朔露の将の首実検までつきあったとか』

　食事中に思い出したくない光景を思い出してしまった遊圭は、思わず箸を置いて深呼吸した。

『朔露の内陣まで行ってきたのですから、敵の人的損失も可能な限り確認しておくことは、わたしの責務と考えましたので』

『天鋸行路では、敵の慢心が自ら敗北を招いた。だが今回の河西郡では、常勝の戦神ユルクルカタン大可汗の率いる、朔露の本軍と対峙せねばならない。若輩のイルコジが犯した過ちのような幸運は、期待できないだろう』

『ええ』

　蔡大官が、河西郡における戦いが真の国難であると理解していることは、遊圭にとっては救いであった。

『だが、負けるわけにはいかぬ』

蔡大官は低い声で断言した。

『朔露軍が慶城を抜き、北天江より北の領土を取られてしまえば、我が国は国土の三分の一を失う。だが、大陸の北と西を征服した朔露可汗が、北天江の北岸だけで満足してくれると考えるのは、楽観的に過ぎるというものだ。遊圭君も、そう思うだろう？』

遊圭は素直にうなずく。北天江から都への街道風景ののどかさと、都の賑わいについ忘れがちになるが、慶城ではいまでも、ルーシャンが朔露軍とにらみ合っている。

自分ひとりの力で何ができるわけでもないのに、あちらもこちらも心配で、体がふたつに千切れそうだ。

『それで、先ほどの英臨閣の若手たちの話に戻るが、その他にも陛下は河北郡の直轄地に、天河羽林軍と名付けた直属の軍隊を、四年前から育てておられる。夏沙王国へ公主様が降嫁されたおり、朔露に襲撃された錦衣兵が、あまりにも多く斃されたことを憂慮されて、精鋭を増やす必要を痛感なされたことから編制された禁軍だ』

援軍としてもっとも早く楼門関に駆けつけ、撤退する金椛軍に加勢して、朔露軍の前進を阻んだのが、この天河羽林軍だという。

国を挙げての軍制改革が思い通りに進まぬ中、皇室の私的な領地と財源でできることを、陽元は進めていた。それが陽元自身の発想か、玄月あるいは英臨閣の秀才たちによる献策かはともかく、朔露軍に対抗できる禁軍の育成は、ぎりぎりで間に合った。

遊圭も訪れたことのある皇室の避暑地、河北宮は、北天江とそのさらに北を流れる青河の北岸にある。

豊富な鉱床を持つ北稜山脈と、その山脈から流れ出る青河の下流に、豊かな穀倉地帯を抱える北稜州河北郡には、かつては独立した王国があった。東大陸が統一されたあと、どの時代の王朝も、この豊かな辺境を直轄地として離宮を据え、河北郡一帯から得られる収入を皇室の用途にあててきた。

こうした背景から、南北の通行の便を図るため、青河と北天江は下流のほうで百年も前から運河で繋がっており、遊圭が見聞してきた西沙州河西郡や西方諸国とは、異なる風土と歴史が展開されてきた。

また北稜州は起伏に富み、地形も多様で狩猟にも向いている。もともと河北宮を守る駐屯衛もあり、禁軍の育成には最適の地であった。

星家の義荘として陽元より賜った荘園も、皇室の離宮近くにある。しかし、遊圭はこちら方面の国土については、ほとんど知識をもたなかった。

そういえば、せっかく賜った荘園については、まだ一度も訪れたことがないだけではなく、たまに帳簿を確認するだけで、その経営は家職と趙夫妻に任せっぱなしであった。

北天江の北岸と東側の国土について遊圭が知っていることといえば――

『海東州の沙洋王も、援軍を率いて慶城へ駆けつけたと聞いていますが、』

金椛帝国の東端、大洋に面した海東州の沙洋王が慶城へ向かうには、北稜州河北郡を通過し、北稜山脈から流れ出る青河を渡らねばならない、ということぐらいだ。

東夷(とうい)との絶え間ない紛争で鍛えられた海東軍とはいえ、万単位の軍を率いてとなると、難所となる地形を差し引いても、ひと月はかかる移動距離ではなかったか。

橘真人が渡ってきたという、東の大洋。

その東の大洋に面した海東州には、ふたつの大河、青河と北天江が注ぎ込み、皇孫の沙洋王が治める海東州の大平原が広がる。

海東州から西を眺めれば、針葉樹の森に覆われた北稜州があり、北稜山脈から流れ出る青河のほとりには、皇室の直轄地河北郡と、皇室が夏を過ごす宮殿がある。

青河を西へ渡れば、大地も大気も乾燥した西沙州にいたる。その西端に位置する河西郡は北西の国境を守る楼門関を擁していた。

蔡大官の見せてくれた北天江流域の地図のおかげで、ようやく遊圭が訪れたことのない帝国の北東部と、沙洋王の軌跡が遊圭の頭に収まった。

金椛帝国の版図は、嫌になるほど広い。

頭の中に地図を描ききれない遊圭はかぶりを振った。

考えてみれば、帝都から南に関しても、遊圭の脳内金椛領地図は曖昧(あいまい)だ。温暖で森が多く、平地では米がいっぱい育ち、北天江上流の南岸にあるという高原には、海とも見まごう湖があり、龍(りゅう)の名にちなんだその湖からは、見たこともない大河が南の海へと流れ出ている、ということくらいだ。

国土全体を把握することなど不可能な気がするのだが、これを統治しようなどと、誰が最初に考えたのか。軍隊が弱体化しつつあるところへ、強大な外敵が迫り、内では危機感を共有できない閣僚を相手に空転する朝廷。

この広大な国土を治める日々の政務に加えて、国難ともいえる外患に気苦労の絶えない陽元が、宦官同士の諍いや閨房の務めなど、後宮内のごたごたにまで心を配れないのは道理であった。

侍御史の職を辞退するべきではなかったかもしれない。影響力のない若手新人でも、ふとした弱音を安心して漏らせる人間が、陽元には必要だったのかもしれないのだ。陽元にも玄月にも、自分にできることなら力になると言っておきながら、いざとなると責任の大きさと、自身の力不足に尻込みをしてしまう。

まっすぐ家に帰れず、雑踏に身を任せて結論を出せずにいるのは、そのためだ。

遊圭が能力の限界に悩み、とるべき道に迷い続けている間に、蔡大官は祖国のために火中の栗を拾うことも厭わず陽元の要請を受け入れた。

蔡大官は民間から登用試験を経て官僚となった、蔡家にとっては一世代目の官人である。地方行政で県令として二期を過ごしたのちは、刑部や吏部など、主に中央で経歴を積んできた。強力な派閥や親族の伝手が朝廷内にあるわけではなく、まして名門の子息が多く採用される錦衣兵などの禁軍に影響力も持たない。

その蔡大官が順調に出世できたのは、合格時の成績が上位であったことと、試験合格時に座主であった陶名聞の引き立てや、その後も良職に推薦してくれる上司に恵まれたこと、そして両親が長寿で服喪による空白期間がなかったことなどの幸運により、連続的に官職に就けたからである。

現在は国士太学の祭酒を務める蔡大官は、皇帝の政治顧問として活躍し、敢えて戦場に出て采配を揮わずとも、数年以内には六部いずれかの尚書に就くであろうことは、ほぼ確実であった。

その蔡大官が、劉源が直面した以上の危難に立ち向かおうというのだ。しかも、負けたら敗戦の責任を償って最悪死罪、良くても更迭で、二度と中央での出世は望めない。

――朔露大可汗に攻め込まれて負けたら、国が滅びかねないのだから、出世も何もあったもんじゃないけど。

いつも考えはそこに戻る。わかっていて覚悟が決められないのは、いまだに毎夜の夢の中で、遊圭を責め立てるジンの亡霊のためであった。

自分の判断や行動が、悲惨な結果を引き起こすのではという怖れに、心がすくんでしまっている。

死に物狂いで後宮を脱出しようとした十二、三のころの必死さも、日蝕の予言を期日までに首都へ知らせなくてはならなかった十四のときの無謀さも、とにかく生きて帰らねばと全力を尽くしたこの夏の無我夢中さも、都の自宅に戻れば悪い夢のようであった。

いつもあと少しのところで、つまらない過ちを犯して死にかけたり、すべての努力が水泡に帰してしまいそうになった。いままで無事にこうしていられるのは、明々と胡娘、ルーシャン、そして玄月や天狗の助けがあったからだ。

この先も幸運でいられるという保証はどこにもない。自分ひとりになったら、常に慎重に冷静を保ち、正しい判断をしてうまく切り抜けられるかどうか、自信がなかった。

自分の能力に応じた、穏やかな生き方への憧れが、ぬかるみの泥のように遊圭の足首にまとわりついてはなさない。

深いため息をついた遊圭は街中で立ち止まり、ふと見上げた空に、思いがけなく午後の日が傾いていたことに気づかされる。

都はどの条坊も似たような作りのため、考え事をしながら歩いていた遊圭は、自分がいまどこにいるのか失念してしまっていた。通りすがりの行商をつかまえて、通りの名を訊く。そこが達玖らの滞在している胡人教会から遠くないことを知り、年上の友人たちと言葉を交わしたくなった遊圭は、そちらへと足を向けた。

いくつか交差路を曲がるうちに、行き交う胡人の数が増えてゆき、耳に入ってくる言語もひとつやふたつではなくなっていく。

ようやく、達玖から名前を聞いていた胡人教会のある坊を見つけて、遊圭はほっとした。足早にそちらへ向かえば、人々の出入りの多い坊門から、胡人の侍童を連れたすらりと背の高い婦人が出てきた。人混みにぶつからないよう注意していた遊圭は、なにげない違和感に無意識に顔を上げる。こちらへ流れるひとの波にいた婦人が、不意に視界から消えていた。

柔らかな黒褐色の髪を総角にした少年の後ろ姿には、見覚えがある。その前を歩く婦人の背中や歩き方もだ。明らかに遊圭を避けて反対の方向へと転換したふたり連れが、人波の流れを乱したことが、違和感の原因であった。

「あからさまだなぁ。やっぱり嫌われているのかな」

露骨に避けられても、年の近い同性の友人のいない遊圭にとって、自分の立場をよく理解し、有用な助言をくれる人物に会えれば、話しかけずにはいられない。

遊圭は人の波を縫って坊門の前を通り過ぎ、件のふたり連れに追いついた。追いつかれた少年が、背後の気配にふり向くのと同時に、遊圭は背の高い婦人に声をかける。

「松月季さん、ずいぶんと露骨に避けてくれるじゃありませんか」

かつて妓女に扮していた当時の名で呼ばれた玄月は、肩越しに少しだけふり返る。

「避けたわけではないが、ここで会わない方が互いのためだと思っただけだ」

玄月はにこりともせずに、ほとんど口を動かさず、小声で言い返した。

「見張られているんですか」

遊圭はうかつに声をかけてしまったかと、あたりを見回した。

内部調査を業務とする東廠の宦官、李綺に付け狙われていたことを思い出す。都に帰ってからは姿を見ていないので、遊圭のことはあきらめたのかと思っていた。しかし、玄月の逃亡と帰還は、宦官の世界では決して小さな出来事ではなかったはずだ。

李綺が慈仙側の宦官であれば、玄月の弱みを探して嗅ぎ回っている可能性はあった。

「さあどうだろうな。誰かに見られたとしたも、もはや手遅れだ。話もある。そちらへ出向く手間が省けた。変にきょろきょろせずについてこい」

身分のありそうな婦人に声をかけて、あたりに目を配るのは確かに挙動不審である。

遊圭は言われるままに、はじめから婦人と侍童の連れであったかのような顔をして、玄月について行った。

「ラシードさんたちに会いに行くのに、わざわざじょ――うする必要ないですよね」

『女装』の部分は、ほとんど聞こえないくらい声を低くして訊ねる。

「用件による。礼拝にも出るとなれば、私の素性を知る者とは顔を合わせたくない」

雑踏にかき消えそうなほどの小声を、遊圭はようやくのことで聞き取った。

「礼拝にまで出るなんて、本気で胡人の信仰に入信していたんですか」

遊圭もできるだけ小さな声で問い返す。

女装姿といっても、この日の玄月は妓女ではない。衣裳の色柄はおとなしく、淡い葡萄色の襦裙に薄紫の深衣、髪は既婚の女性の髷に結い上げ、派手な装飾のついていない上品な白玉の簪と鼈甲の櫛を挿していた。生まれつきの美貌は、薄化粧で抑えて良家の婦人風に作り、伏し目がちにしていれば、身長のほかは何ひとつ目立つ要素がなかった。見た目だけなら、裕福な胡人の信心深い妻妾で通る変装ぶりといえる。

「いろいろと、込み入った相談もあるのでな。何度も来なくてはならないのなら、信者を装って通うのが、もっとも自然だ」

ラシードや達玖との、込み入った相談とはなんだろう。遊圭は自分だけその輪から外されていたことに少し傷ついた。

「わたしも話があるんです。天狗の仔を引き取ってもらう件ですけど、どうします？どちらへ配達したらいいですか。うちに来て選んでもらってもいいですし」

「明日、郁金を遣る。郁金は私が登城している間は、あまりすることがない。世話の仕方も郁金に教えておいてくれ」

どこをどう歩いたのかもよくわからないまま、玄月は小さな門を構えた家の前で足を止めた。

すでに夕刻で、まもなく都大門の閉門を告げる鐘の音が遠くに聞こえた。あまり長居もできないと思いつつ、遊圭は門を潜った。

門の内側へ入るなり、郁金少年は扉を閉めて閂をかけた。郁金はここまでひと言も口を利いていない。

玄月は凝りをほぐすように首を回し肩を上げて、ふだんの歩調に戻って大股で歩きだす。門の規模や門柱の古さ、瓦の色からして、裕福とはいいがたい家屋のようだ。

玄月が母屋に足を踏み入れると、長椅子でうたた寝をしていた小者が驚いて立ち上がった。玄月に小さく礼をして、慌ただしく部屋を出て行く。

小者の背を目で追う遊圭に、玄月は短く説明する。

「湯を取りに行かせた」

遊圭は、使い込まれた家具がひととおりそろった庶民的な居間をぐるりと見回す。

「ここは」

「父が都に所有する家のひとつだ」

窓から外をのぞけば、厨房(ちゅうぼう)からは炊煙が上がり、別棟にもひとの気配がする。遊圭はそれ以上の質問は控えた。

卓上の焜炉(こんろ)から鉄瓶を下ろし、火箸(ひばし)で灰を掻(か)いて火を熾(おこ)した玄月は、郁金に命じて炭を取りにやらせる。入れ替わりに洗顔の湯を持ってきた小者とともに、玄月は着替えのために奥の部屋へ消えた。

遊圭は勧められた二人がけの榻(とう)に腰かけた。何気なく足下を見ると、榻の下に紙切れの端がのぞいていた。紙片に書き付けられた文字が目に飛び込み、遊圭は手を伸ばして拾い上げて読む。詩編から抜き出した一行のようだ。隣室の足音がこちらに近づくのを耳にした遊圭は、思わずその紙片を袖(そで)に突っ込んだ。

居間へ戻った玄月は宦官(かんがん)服ではなく、部屋着の襦裙に青みがかった深衣を羽織っていた。秋も終わりに近づいた夕刻の陽は陰り、素顔に戻った玄月の頬に、疲労の影を落としている。

「蔡才人は、お元気ですか」

慈仙の処分や、後宮の顚末（てんまつ）について、遊圭はなにも連絡を受け取っていない。特に進展がないためかもしれないが、それでも何か言ってきてもいいはずなのに、玄月は変装して胡人教会に通うのに忙しいらしい。

「このごろは、顔色も良くなり、話もできるようになった」

鉄瓶の湯が沸き、茶を淹（い）れて遊圭に勧めた玄月は、自分の茶を飲み干す。郁金が運んできた水盤で顔を洗い、ようやくひと息ついたように、二杯目の茶を注いで口に運んだ。

「それは、良かったです。慈仙の件は、どうなりましたか」

玄月は、遊圭の質問に少し驚かされたように顔を上げる。

「昨日か今朝のうちに、審判の結果は書状で星邸に配達されていたはずだが、受け取っていなかったか」

遊圭は玄月の反応に、少し慌ててしまう。

「今朝から、ずっと外出しておりましたので――」

「橘真人の証言と、橘の金創を検（あらた）めた侍御医の証言が認められ、慈仙が星公子を殺害しようとした理由も、罪状を否認するために作り上げた釈明も、みな虚言であるとの結論に達した。杖刑（じょうけい）ののち、無期限の流刑と徒（と）刑。流刑先は炭鉱だ」

官奴（かんぬ）の身分で、皇族の親属と同僚の殺害を企てた謀殺未遂と、無関係な真人を巻き込んだ致傷のみであれば、杖刑と遠流ですんだであろう。しかし、皇帝に嘘をつき、その後も偽証を重ねたことが、命が尽きるまで終わることのない苛酷な重労働という刑に処せられた理由であった。

玄月が簡潔に説明している間も、郁金は細々と動き回り、小者が運んできた軽食を卓に並べ始めた。

「玄月さんの潔白が証明されたわけですね。こんなに手こずるとは思いませんでした」

「むしろ慈仙にしては、悪手であったと思う」

郁金が無言で目の前に箸と碗を置いたために、遊圭は時間をかけた蔡大官との会食を終えたばかりで、空腹ではないことを言いそびれる。

「自分が助かるため、というよりは、玄月さんを道連れにできれば、それでよかったからではありませんか」

「それ以前に、そなたを殺害して私を陥れようとしたことだ」

玄月に何も指示されないまま、郁金は湯気の立つ蒸籠を置いて、蓋を取る。蒸し餃子や焼売から、椎茸と干し海老のよい香りが立ち昇り、嗅覚に刺激された胃袋がきゅっと締まった。食べつけない蟹と蔡大官の太守就任に驚かされて、食事そのものはあまり進まなかったせいだろう、自覚はなかったが、案外と空腹だったのかもしれない。

「菫児と橘さんが追いかけてきたのも、誤算だったのかもしれません。われわれが逃げ延びたら、待ち伏せしてとどめを刺すつもりもあったようですし」

「それが、悪手なのだ。菫児を拉致の目撃者に仕立てたことも、己の傘下でない者に手を下させようとしたことも、慈仙らしくない。獲物を追い詰めて、破滅するまでを見届けるのが慈仙のやり方だが、今回は事を急ぎ過ぎた」

小者がさらに料理を運び込み、受け取った郁金が卓に大根餅を置いた。これなら食べられそうだと遊圭は思ったが、玄月がまだ箸も手に取っていないのを見てためらう。

「宮城とその周辺ではうまく回せていた駒や歯車が、都の外では自分の思い通りにならない。頭の中ではわかったつもりになっていても、未知の要素が増え、危機感が高まる中で決断を急がねばならないときがある。起こりえる成り行きを幾通りか想定する手間を惜しみ、手早い結果を求めていると、必ず何かを見過ごしたり、自分にとって都合のいい展開を想定し、取り返しのつかない間違いを犯す」

蒸籠から立ち昇る湯気を眺め、卓に両肘をついたまま、玄月は続けた。その右手が、袖に皺が寄るほど強く、左の肘を握りしめる。

「イルコジ小可汗も、そうだったんだと思います」

イルコジがどれだけ金椛軍の動きを把握していたかを知ることはできないが、母妃を人質に取ったことで、戴雲国を味方につけたと思ってしまった。

だが、すべてを予測することなど不可能ではないか、と遊圭は思う。

イルコジの動きを幾通りか予想できていたとしても、その大半の変化に対して、遊圭にできることは何ひとつなかった。だから、自分の仕掛けた罠にイルコジ軍が嵌まってくれるよう、手を尽くしたあとはただひたすら、天に祈るだけであった。

遊圭の視線に気づいた玄月は、右手を左肘から離して箸を取った。遊圭はほっとして話題を変える。

「でも、慈仙の処罰が定まったのなら、蔡才人も安全ですね」

玄月は箸を持つ手を止め、少し考え込む。遊圭は、後宮にはまだ不穏な動きがあるのかと危ぶんだ。玄月はゆっくりと遊圭に顔を向けた。

「そなたに、頼みがある」

遊圭は手を膝(ひざ)の上に置き、姿勢を正す。

「わたしに、できることでしたら」

「小月の子が生まれるまで、明々に永寿宮にいてもらえないだろうか」

遊圭の口が「え」の形のまま固まる。ぎこちない動きで下を向いた遊圭は、指を折って産み月を数えた。敬事房の記録から計算して、あと六ヶ月は先のことだ。その間、明々とは祝言が挙げられない上に、会うことも稀(まれ)になってしまう。

「無理には、頼まぬが」

返事ができず、遊圭は口を開いては閉じるばかりだ。

「私は間もなく監軍使に復帰し、慶城に赴かねばならない」

遊圭はいっそう言葉を失う。

「え、でも。それじゃ」

困惑する遊圭を遮り、玄月は話し続ける。

「蔡才人の緑牌(りょくはい)を作り、敬事房に持ち込んだ宦官は宮城より追放したが、慈仙の助命と減刑に動いた宦官は降格されただけだ。自分たちの地位回復のために、いつ曹貴妃や皇子を擁する妃嬪らと結託して、娘々と翔太子の安全を脅かすかわからぬ。娘々の庇護がなければ、小月も安心して過ごすことは難しい」

遊圭は両方の拳を握って、卓の上に置いた。

「だったら、玄月さんは都に留まって、蔡才人を守るべきじゃありませんか。わたしも玄月さんも、充分に働いたと思います。この国には軍人だって官僚だって、大勢いるじゃありませんか。そりゃ、朔露の恐ろしさも、そんなこと言ってる場合じゃないってのは、わかってますけど、わたしたちにだって、もう少し家族や大切なひとと過ごす時間があってもいいと思いませんか。一庶人のわたしや、本来は主上のおそばにいるべき玄月さんが、前線に行かなければならないような国だったら、もともと勝ち目なんかないんじゃないかって気がしてきました」

一気にまくしたてる遊圭に、玄月は少し驚いたように口をつぐむ。息を継ごうとした遊圭は咳き込み、郁金の注ぐ茶で喉を潤した。

「そなたが前線に赴くという話は、していないが？　恩赦によって、流刑は取り消された。河西郡に戻る必要はない。だが、私はルーシャンのもとでやり残したことがある」

「あっ、あの、蔡大官の――」

幕友に自分を推薦したのが、玄月ではないかという疑念がよぎったために、思わず未発表の人事に口が滑りそうになる。玄月はいつも通り表情に乏しく、遊圭が慌てる理由には心当たりがなさそうであった。しかし察しは早い。

「そうか。新太守は、蔡大官に決まったのか」

初耳らしい意外な反応に、遊圭は戸惑う。

「ご存知なかったのですか」

「今朝の閣議で決まったのだろう。私は内廷の人事処理がようやく終わったところだ。外廷の人事についてはかかわっていない」

「でも候補が誰かくらいは、知っていたのでは？」

「いや」

玄月がそうした情報を把握していなかっただけでなく、関心もなさそうなことが、遊圭をいっそう戸惑わせる。

「主上と、そういう話はなさらないんですか」

「私は大家の政治顧問ではない」

「え、でも。叔母さまから聞いた話では、主上は玄月さんの補佐をとても頼りにしているということでしたので」

朝政で緊張し、文武の官僚の顔や名前、職分を覚えられない陽元に陰から助言を与えたり、西方諸国へ広げた諜報網で得た情報をもとに、対策を練ることを助けていたのではなかったか。

「それはご即位の当時と、永氏とその一派を取り除いたときの話だ。永氏は大家の若さを理由に、立太子後も朝堂に参列させず、公務を学ばせようとしなかった。先帝が急に崩御されたのちは、臣下の対応に慣れない大家（ターチャ）を傀儡（かいらい）に仕立てて、政務から遠ざけていた。そのため、大家が親政に臨んだ当初は緊張されることもあり、毎日の朝政ではおそばに控えていたこともあったが、それもすぐに必要なくなった」

　叔母に聞いていたのと、少し話が違うような気がする。

　しかし、当時の陽元がいまの遊圭と同じ年頃であったことを思えば、朝堂に居並ぶ文武の百官を前に、日々休むことなく威儀を正し続けるのは、大変なことであったろうと想像がつく。玲玉と玄月では、違う角度から陽元を見ているのだから、印象が異なるのは当然であろう。

「大家はご自分の力で立派に政務をこなされている。私は夏沙王国から帰国してこの方、内廷にいることの方が少ない」

「言われてみれば、そうですね」

　生涯を後宮あるいは皇族の宮殿に仕えるのが宦官（かんがん）の本分なのに、玄月ときたら神出鬼没だ。とはいえ、異国へ降嫁する公主の近侍、内廷と外廷をまたいで内部調査を行う東廠の調査官、国境へ派遣される監軍使など、いずれも宦官に任される職務を逸脱することはない。

　凡人であれば、寵愛（ちょうあい）された臣下が実入りの多い側仕えをし、辺境へ飛ばされた臣下は寵を失ったと考えるだろう。だが、玄月は宮城を出て行くことの難しい陽元に代わって、その耳目として都の内外を探り、そしてもっとも陽元にとって気がかりな辺境へと、足を延ばす労もいとわない。

「蔡才人のそばに、いてさしあげないのですか」

これから慶城へ発てば、いつ帰ってこられるかわからない。蔡才人の出産に立ち会えないだけでなく、今度こそ生きて帰京することも、叶わないかもしれないのだ。

「だから、明々についてもらえれば安心だと考えたのだが、そなたが望まないのであれば、無理強いはしない」

「いや、わたしの望みとかじゃなくて、明々の気持ち次第です。明々が断っても、蔡才人を置いて行かれるのですか」

遊圭は必死で予防線を張ったが、その言葉を待っていたように玄月は微笑した。遊圭はその瞬間、墓穴を掘ってしまったことに気づいたが、すでに遅かった。

「明々は承諾している。あとはそなたが同意するかどうかだ」

「めっ、明々に異存がないのなら、わたしが反対する、理由は、ない、です」

最後のほうは搾り出すようにして遊圭は答えた。自分にできることがあれば、何でも言ってくれと誓ったのは遊圭だ。断ることなどできない。玄月は立ち上がり、演技なのか本気なのか、満面に笑みを浮かべて遊圭の両手を取った。

「感謝する。明々には充分な礼を用意する。ああそういえば、そなたには一生分の貸しがあったな。それも帳消しにしよう」

ついでにジンの凶刃から救ってくれた恩も、帳消しにしてもらえないかと遊圭は思った。玄月は心底ほっとしたようすで椅子に座り直し、冷めてしまった蒸し餃子に箸（はし）を伸ばした。部屋が薄暗くなったことにたったいま気づいたというように、灯りをともすよう郁金に命じる。そして鶏湯（スープ）の用意はまだかと訊（たず）ね、小者を呼んで酒を温めてくることも言いつけた。

玄月はこの頼みごとのために、遊圭を隠れ家に招き入れたのだ。まさかこの日あの時間に、遊圭が胡人教会を通りかかることを知っていたはずもないのだが。またまた玄月の思う壺（つぼ）に嵌（は）められた感は否めない。

どうして通りで見かけたときに声をかけてしまったのだろうと、遊圭は後悔したが後の祭りだ。なんとかして良好な関係を築きたいと思うのは遊圭だけで、結局は都合良く利用されるだけという気がしてくる。

冷めた大根餅（もち）を皿に取り、味もよくわからないまま噛（か）み締める。酒はすでに温められていたのか、郁金は間を置かず瓶子（へいし）を運ばせ、遊圭の杯に注いだ。

日が傾けば一気に気温の下がるこの季節に、多少の燗酒（かんざけ）で酔うことはない。ねばりのある大根餅を、遊圭は酒で押し流した。自覚していたよりも体が冷えていたらしく、胃の内側から広がる温かさに、遊圭はほっと息をついた。

その瞬間に閃（ひらめ）いた質問に最後の望みをかけて、遊圭は食べかけの大根餅を皿に置く。

遊圭は、ずっともやもやと抱えてきた疑問を、はっきりさせることができるのは、いましかないと思った。寒さに耐えかねた遊圭が杯を干すたびに、郁金が注ぎ続ける酒のせいで、気が大きくなっていたのも手伝っていたかもしれない。

「あの、わたしが口を挟むことではないと承知していますが、その、主上と玄月さんとは、和解できたのですか」

陽元が玄月でなく慈仙を信じたことや、蔡才人の役目を忘れて閨に召していたことなど、そんなにあっさり水に流せてしまえるものなのか。

玄月がつい先ほどまで浮かべていた微笑は消え、無表情に戻る。

「大家も小月と同様、慈仙に嵌められた被害者だ。外廷の政務と朔露侵攻の対策で、内向きのことまで気を回す余裕のない大家に、ご迷惑をかけた」

「それこそ、玄月さんの責任でもないでしょう」

「私の責任だ」

玄月は急に声を上げ、硬い語調で断言した。

「大家は、小月と顔を合わせたこともなければ、蔡才人という名の内官が『耳』であると知らされたのも、ご即位の当時のみだ。蔡才人の緑牌を処分し、敬事房に配置した配下の宦官に方盤を見張らせることで、小月を閨房から遠ざけていたのが仇となった。もっと以前から、小月が『耳』であること、その働きぶりを大家に申し上げていれば、方盤に置かれた蔡才人の緑牌を目にされたときに、不審に思われて過ちを未然に防いでおられたはずなのだ」

卓の上に置かれた玄月の拳が、表情に出ない後悔に固く握りしめられている。

「そして、いつかは大家の寵に驕って、増長するであろう慈仙の本性を知りながら、手を打っておかなかった」

「知っていて手を打たないって、ものすごく玄月さんらしくない気がするんですけど」

遊圭が正直に言えば、玄月はかすかにかぶりを振った。

「通貞のころは、慈仙には世話になった。恩義があるというだけではなく、人脈で敵う相手でもない。このたびは自分で墓穴を掘ってくれたので、背中を押して土をかけるだけですんだのは助かったが」

たったいま墓穴に落とされた遊圭としては、笑えない冗談だ。不服げな遊圭の杯に、郁金の運んできた酒を注いで、玄月は嘆息する。

「遊圭、私は天子が無謬でなくてはならないとは、思っていない。大家がどんな少年であったか、どのように即位後の日々を乗り越えてこられたか、国難をどう捉え、取り組んでこられたか、この目で見てきた。壁にぶつかるたびに、乗り越える術を見つけられないご自分を凡庸であると嘆かれていることも、知っている。だが、私は大家が凡庸な器だとは思っていない。先帝の皇子たちと比べて、飛び抜けて才気非凡ではないにしても、ご自分の置かれた立場をご理解なさり、諫言に耳を傾け、過ちを知れば改める柔軟さを具えておられる。旺元皇子が謀叛を起こしたときの果断な行動と、情に囚われない迅速な事後処理は見事であった。そして、外戚族滅法が、ご自身と翔太子を簒奪者から守る唯一の盾であるにもかかわらず、周囲の反対を押し切って廃止されたことも、簡単なご決断ではなかったと思う」

それを言われると遊圭はぐうの音も出ない。その一点だけを以てしても、遊圭は陽元に命の借りがあるのだ。

「ご生母の死や、永氏の大逆の原因ともなった外戚族滅法を、大家は人道にもとるとお考えになり、ゆくゆくは廃止させるおつもりであった。そなたが過剰に恩に着る必要はないが、時期尚早であったことは否めない。娘々とそなたに寄せる仁なくして、できたご決断ではなかった。侍御史の職を固辞したそなたの心情はわからなくもないが、蔭位や外戚の特権に与ることにこだわりがあるのならば、来年の官僚登用試験を受けてみてはどうか」

いい加減に覚悟を決めて官僚となり、陽元を支えろという圧力を、玄月がかけているのは明白だ。三年おきの登用試験が、すでに来年に迫っていたことも念頭になかった遊圭は、自分がこの金椛の社会からずいぶんと遠ざかっていたことを実感する。

「来年、でしたか。ずっと勉強してないので、間に合う自信はありませんが」

郁金が遊圭の杯に温めた酒を注ぐ。

「とはいえ、予定通り行われるかどうかも、わからぬ時勢だ。国士太学では、目端の利く学生は試験勉強に励むより、参軍して戦功で出世しようと、軍官僚の門戸を叩いて回っているという」

「わたしを焚きつけているおつもりですか」

遊圭は杯を飲み干した。喉を下る熱さに思わず咳き込む。

「楼門関を奪還できれば、救国の士だ。そのまま河西郡の太守におさまっても、どこからも文句は出まい」

「ていよく辺境に追い払う気ですか！　勝手にひとの人生を決めないでください」

声を上げた遊圭は、飲み過ぎたことを自覚した。

遊圭の家ならすでに灯火を入れて、手焙りや炭鉢を置いている時刻なのに、この家ときたら、綿入れや襟巻きが必要な寒さだ。体を温めるために、勧められるまま燗酒を飲んでしまったが、これも遊圭を酔わせて丸め込み、前線に向かわせるための、玄月の策だろうか。

「帰ります」

遊圭は立ち上がって、扉へと向かう。驚いたことに、玄月は門まで遊圭を送りに出た。

「この明るさなら、手提げ灯籠は必要ないな」

玄月の言葉に遊圭が空を見上げると、まだ星の少ない宵の空には、すでに月が昇っていた。

月ばかりは、辺境や砂漠の真ん中から見上げても、常に同じ姿をして同じように満ち欠けする。酔ってしまったせいか、いつもよりも月がぼんやりしているように見えて、遊圭は夜空に手をかざす。別れの挨拶の代わりに、玄月は低い声で奇妙なことを言った。

「現世(うつしょ)のことは、夢中の夢。醒(さ)めてのちに夢を占いて、いまだその夢の中にあることを知る。人生とは、水に映る月の影のようなものだと思わぬか」

「夢でも、影でも、骨を折れば痛いですし、死んだらそれっきりですよ」

遊圭は思ったままを反論して、もてなしに謝意を示すと、このときはふり返らずに宵闇の街路へとずんずん進んでいった。

八、騎虎(きこ)の勢い

「ずいぶんと話し込んでいたようだが」

真後ろから、西方訛(なま)りの太い声をかけられた玄月は、肩越しにふり向いた。薄闇から姿を現して玄月の背後に立つのは、大柄な胡人の青年だ。

「ラクシュ。いたのか」

玄月はさりげなく一歩引いて、距離をとる。

ルーシャンといい、ラシードといい、どうして胡人という連中は、やたらに体を近づけて話しかけるのだろうか。このラクシュは出会ってひと月にもならないというのに、昔からの身内であるかのように、ことわりもなく肩が触れる距離まで寄ってくる。しかも兵士として鍛えられていることもあり、足音も立てなければ、気配もほとんど感じさせない。いきなり至近距離から話しかけられるのは、とても心臓に悪い。

そういった内心の驚きや、体の大きな相手に対する怖れと警戒心は、硬い微笑の下に押し隠し、門の扉を閉めて閂をかける。

「我々の話を聞いていたのか」

ラクシュは都に着いて早々にラシードらと別れ、どこかに部屋を借りたいと玄月に相談してきた。玄月は都におけるラクシュの行動を監視できるように、城下の拠点としているこの家の一棟を貸した。しかし、監視を命じたどの食客も、街へ出るなり撒かれてしまっていたことから、玄月は陶家の持ち家にラクシュを迎え入れたことが正しかったのか、判断しかねていた。

ルーシャンの要請に応じて、ラクシュが楼門関陥落の釈明に父親の名代として陽元に謁見すること二回、またルーシャンの正妻と次男の訪問に玄月自身が同行したほかは、ラクシュがどこで何をしているのか、玄月には把握できずにいた。

長く不在であった宮中での仕事が忙しく、すぐに監軍使として慶城に発たねばならない慌ただしさのなか、陽元や父にも頻繁に呼び出され、玄月は宮城を出てくることもままならない。家の者によれば、ラクシュは日が暮れても帰ってこないときも多く、待ちわびた番人が門を閉ざしたあとに、いつの間にか部屋に灯りがついているという。

郁金が留守番をしていたときには、塀を乗り越えて出入りしていたらしい。

「いや、自分の部屋からは出なかった。今日のあなたは非番で、この家に来ると郁金から聞いていたので、飯でもいっしょに食おうかと待っていたんだが、客を連れて帰ったから遠慮していた。さっきの客は、星公子だな。船では世話になったし、親父にも都へ行ったら挨拶をしておけと言われていたが、忘れていた。明日にでも行くから、家を教えてくれ」

「朝までに、地図を用意する。食事がまだなら、厨房から持ってこさせよう。酒は金椛の米酒と高黍酒しかないが」

ラクシュの顔がほこりと崩れた。

「米酒は葡萄酒の次に好きだ」

笑う顔は父親によく似ている。ルーシャンは日焼けした肌も、その髪のように赤茶けるばかりだが、ラクシュの肌は日に焼けると金椛人のように色が濃くなる。顔立ちは胡人そのものだが、日焼けに強い肌や、太く色の濃い髪は、東方人の血を感じさせる。

ラクシュは両手をこすりながら母屋に入り、料理や酒を温め直す郁金の配膳を手伝う。杯に注いだ酒を、口を尖らせて息を吹きかけ、冷ましてから舐めるように飲む。胡人には酒を温めて飲む習慣がないため、せっかく温めた酒をぬるくしなくては飲めないらしい。

「それで、親父の頼みは聞いてもらえるのか」

「監軍使の留任は決まった。今月中には慶城に向けて出発する」

ラクシュは顔中に笑みを広げ、大きな両手を叩く。

玄月は杯を口に運び、目を伏せた。

ルーシャンには、無理矢理な形で異国の宗教に入信させられた玄月だが、その災難が巡り巡って慈仙の企みから逃れる命綱となった。まさしく人の世は塞翁が馬のごとく吉が凶となり、凶が吉と出ることがある。

楼門関を擁する方盤城において、怪しげな胡人の集会を催していた飛天楼という妓館に潜入したのは、もしも捕まったところで、朝廷から遣わされた監軍使を、即座に闇に葬ることはないだろうと考えたからだ。それよりも、集会の重要人物であるルーシャンが朔露に寝返る腹であれば、忠誠を金椛国へ引き戻す交渉を試みるべきと、敢えて虎口に踏み込んだ。

まさかその集会自体が、玄月をルーシャンの所属する秘密結社に加入させるための、気の長い罠であったとは。

ルーシャンが郁金に託した手紙を、玄月は二回だけ目を通してその場で焼き捨てた。そして郁金は口頭で、「ラクシュはルーシャンやラシードの属する宗教結社の成員『兄弟』ではない」という伝言をも預かっていた。

つまり、玄月はラクシュのために自身の立場と命を賭して、『兄弟』としての義務を果たす必要がない。

飛天楼の地下神殿で『不敗の太陽』の秘蹟を授けられたのは、主に金椛国に移民してきた胡人だ。かれらにはかれらの掟があり、父親の縁故を頼りに朔露から逃亡してきたばかりのラクシュは、命を預け合う兄弟とするにはまだ、信用に値しないと見做されて、入信を許されずにいるのだろう。

優先順位が必ずしも血縁ではないという、入り組んだ構造を持つ胡人社会の複雑さを、玄月は興味深いと感じる。とにかくルーシャンに与えられた任務と、玄月自身の金椛人としての立場を両立させるために、注意深く判断し、行動しなくてはならない。

ラクシュの信頼を得るため、玄月は小者と郁金にどんどん料理を運ばせ、酒を温めさせた。

北天江で合流してから都への道中、ラクシュは楼門関陥落の経緯だけではなく、康宇（コウ）国が征服された日のことや、朔露可汗について西方諸国の征服に従軍した日々など、さまざまなことを玄月に話して聞かせた。

初対面の玄月と打ち解け、関心を持たせようとしたのは、皇帝にもっとも近い宦官（かんがん）に、父親が負う楼門関陥落の責任をとりなしてもらうためだろう。だが、ラクシュが饒舌（じょうぜつ）であればあるほど、決して本音を悟らせぬ康宇興胡（こうこ）の真意を疑わずにはいられない。

異国人との駆け引きには一歩も二歩も遅れをとる玄月だが、できるだけ深くラクシュの腹を探ることが肝要であった。

＊　　＊　　＊

二日酔いで目覚めた遊圭は、いつもよりもさらに夢見が悪かった。

ジンに責められ追い詰められ、喘息発作を起こしそうになったときに、玄月に助けられてしまったのだ。それも、現実とは違い、天狗は出てこず、玄月の刺した剣が、ジンの背中から腹へと貫通し、その切っ先が遊圭の胸を突いたところで目が覚めた。

「夢占いの本なんて、うちにあったかな」

遊圭は頭痛をこらえ、首の汗を拭きながらつぶやく。

自分はまだ、玄月を怖れ疑っているのだろうか。

玄月の家まで上がり込んで、なんの収穫もなかった上に、残念な頼みまで引き受けてしまった。それも、必要とされているのは遊圭ではなく、明々のほうだ。いつになったら、玄月に認められ、頼るに足りる人間になれるのだろう。

遊圭はもやもやした気持ちを、胸の奥へ押し込めた。宮城へ上がるために、急いで身支度をすませる。

明々に会って、蔡才人の出産まで、後宮に留まると承知したことを、本人の口から確かめるためだ。

しかし、でかけようとしたところへ、橘真人が声をかけてきた。

「おでかけですか。登城ならご一緒しましょう」

見れば、碧衣に銅鉄帯を締め、冠もつけて竹木の笏まで帯に挟んでいる。

真人は論功行賞のために何度か登城していたが、ついに官位を授かったのだろう。髭もすっきりと整えて、男ぶりは上がっている。

「橘さん、これから登城とは、のんびりですね」

「武官の散官を授かっただけで、官職はまだ決まってないので、仕事はないです。これから宮城で催される講義に出て、求職運動を始めるところです」

「たっぷり財貨も賜ったのに、帰国しないんですか」

「遊圭さんは前に、いまの時代はこの国の歴史に名を刻む、千載一遇の好機だと言いませんでした？　それに、五品まで上がれば、周秀芳さんを身請け……って言い方はへんですね。賜ることができるみたいなんで、ここは人生の勝負どころです」

　真人は笏を握った手で胸をポンと叩いた。西方の果てを見届けるという夢を、金椛国の政界で一旗揚げることに切り替えた思い切りの良さに、遊圭は感心するばかりだ。

「陛下がそうおっしゃったのですか」

「例がないことではないと。それに、女性医師の数が増えれば、いずれは民間にも女医太学を建てて、広めたいと仰せでした。今上帝は、なんか不思議なお方ですね。考えが柔軟というか、画期的というか。『女が夫や家族以外の男に会ったり、身内ではない男が女に触れることを不道徳として戒めているため、特に若い女子は病を得ても男の医師に会うことを厭い、治せる病も医者に見せることなく命を縮めているという。女医を増やせば、そのように理不尽な理由で命を落とす女子も減るだろう』と」

「そういう話を、陛下が橘さんになされたのですか」

驚いて目を瞬かせる遊圭に、真人は胸を張って「そうです」と応える。

「ただそれも、朔露を追い払ってからのことですけどね。実際、朔露軍は手強い敵です。あいつらの戦いぶりを見てしまった以上、秀芳さんをもらい受けて所帯を持てる日まで、この国の平和が続くだろうなんて、僕は楽観してません。玄月さんが秀芳さんに手紙を届けてくれて、大望叶う日を待つとの返事もいただきました。僕はがんばりますよぉ」

祖国では絶対に成し得なかった現在の地位に感動し、将来の展望を語る。真人の言うとおり、行政官僚が八品から五品まで上がるには、早くても十年以上はかかるが、武官ならば功績次第で一足跳び二足跳びに昇進できる。いまこのときに金椛国にいて、権力の中枢に引き寄せられた真人には、常人には想像もできない未来が開けていた。

足取りも軽く、弾むように門の石段をおりる真人について、遊圭は宮城へと向かう。

「でも、橘さん。五品の武官といえば、将軍ですよ」

ルーシャンと同じだ。

「異国人の元駱駝夫が、いつかは金椛国の将軍ですかぁ」

遊圭に水を差されても、真人はうっとりと空を見上げて微笑むだけだ。この楽観主義は、遊圭にはむしろうらやましくさえある。

「将軍になれるかどうかはともかく、朔露の大可汗は、少なく見積もってもイルコジ軍の三倍以上の軍で北から攻めてくるんですよね。僕ひとりが金椛軍に加わっても、たいした力にはならないでしょうが、秀芳さんの祖国を守れる盾になれるのなら、僕は行きます」

イルコジ軍を怖れて、伝令の任務を全うできる自信もなかった真人とは、別人のように勇気とやる気にあふれている。女装してまで内陣に潜入する勇気と勢いのあった遊圭が、ジンに殺されかけてから萎縮してしまったのと正反対だ。もっとも、遊圭を臆病にしているのは、ジンや死に対する恐怖ではなく、自分のしでかしたことへの罪悪感のためではあったが。

「それで、橘さんはこれからどちらの役所へ」

「英臨閣という講堂に、血気の盛んな中堅以下の官人が集まって、朔露対策を論じているそうです。河北へ送られる将軍や軍官僚による防衛策の講義も行われ、将軍職の幕僚や軍官吏の口を探すことができるそうです。遊圭さんも、どうですか」

蔡大官の話を思い出して、自分が何もしなくても、すべては着々と決戦に向けて動いているのだと、遊圭は焦慮にも似た思いを胸に抱いた。

対朔露策について交わされる議論とやらに好奇心を刺激され、遊圭は真人について英臨閣に寄った。講義はまだ始まっていなかったが、講堂は朝から熱気に包まれていた。碧衣から緑衣の官人のなかで、ひとりだけ私服である遊圭は不用意に目立ってしまう。すぐに目をつけられ、近くにいた三十歳前後の官人に、氏名を尋ねられた。

「星遊圭です」

それほど大きな声で言ったわけでもないのに、いっせいにあたりが静まりかえり、注目を浴びる。やがて低い声で『星公子だ』とささやき交わす声が聞こえる。次に『劫河戦の英雄』『帷幄の知将』『兵法の神童』と、誰のことだと思うような称賛が、さざ波のように講堂の隅々まで広がった。ざわめきが壁に達すると、こんどは折り返すように人間の波が遊圭へと押し寄せてきた。

「遊圭さんは、有名人ですよね。はいはい、通してくださいよ」

遊圭の横で、真人はにこやかに寄せてくる人波をさばく。

一目でも遊圭の顔を見ようと伸び上がったり、前の官人の背を押してくる連中の視線が怖くなり、真人の背中に隠れた。その遊圭の腕を、はじめに話しかけてきた碧衣の官人が引っ張って、衆目の前にさらしてしまう。

「星公子、お目にかかれて光栄です。公子の書かれた『朔露論』はわれわれの最初の教本でした。あれを十六で書かれたというのがすごい」

碧衣の男はひとまわり以上も年上の落ち着きで、遊圭が国士太学時代に書いた論文を褒めた。遊圭は背中に冷や汗を噴き出しつつ謙遜した。

「古い記録をまとめただけです。いま河西郡に攻め込んでいる朔露と同じではありませんから、参考になるかどうか」

「朔露南方軍を撃退した人物が何を言うのか。謙遜も過ぎれば嫌みというもの」

「いえ、朔露南方軍を撃退したのは、呉亮胤将軍です」

女装して敵地に侵入したことは誰にも知られたくなかったので、侍御史の官職で派手に官界入りすることを避けたのだが、いつの間にここまで星遊圭の名が知れ渡ってしまったのだろう。しかも事実と違っていたり、大げさな尾鰭がついたりしている。

もしやと思った遊圭は、横の真人をふり返ってきっとにらんだ。すると、真人は悪びれずに手を振った。

「僕だってここに来たのは今日が初めてですよ。まあ、官位をいただきに殿上に上がったときに、遊圭さんのことは偉いさんから小役人にまで、すれ違うたびにやたらと聞かれましたけどね」

「やっぱりあなたが言いふらしたんですか！」

真人につかみかかる遊圭を、先ほどの男がうしろから羽交い締めにして止める。

「若いだけあって、元気ですなぁ。猛将と名高いイルコジ小可汗を撃退しただけのことはある」

「だから、イルコジを撃退したのは呉亮胤将軍で、わたしではありません」

中肉中背で遊圭より少し高いだけの男に、軽く持ち上げられてしまう。踵が宙に浮いた遊圭は、慌てて爪先に力を入れて足をばたつかせた。

「呉将軍の戦捷報告は、関係者に閲覧されてますから、星公子のご活躍は周知のことですよ。あまり表に出てこられないから、余計な憶測や尾鰭もついてしまうのです」

知らない間に他者によって書かれた自分の履歴が、朝廷を巡回していることを知って、遊圭は愕然とした。

「いつこの英臨閣に来て、朔露対策を講義してくれるのか、我々は星公子を心待ちにしていたんですが、やっと叶いました」

碧衣の官人は遊圭を床におろすと、改めて両手を組んで遊圭に揖礼を向ける。年上の相手に先に礼をされて、遊圭は慌ててより深い揖を返した。

「いえ、今日はこちらの橘さんに誘われてですね――」

「ああ、今日は告示がありますからね。星公子も応募されるんですか。南で朔露を追い払い、北へ追い返す！　帰国したばかりでさっそく次の前線へ！　若いと持久力が違いますな。しかし、太平の甘い汁で肥え太った年寄りに任せていたら、国が滅んでしまいますから、我々ががんばらねば！」

いやそうではない、と遊圭が口を開こうとしたところへ、蔡大官をはじめとする緋衣の官僚が講堂に入ってきた。

遊圭の姿を認めた蔡大官は整った口髭も優雅に、にこりと笑う。

付き従う緑衣の官人が、壁に紙を貼りだした。河西郡への増援軍に必要な将官や尉官、あるいは主簿や史官といった事務官などの、職事が公示されたのだ。

居合わせた官人たちは、希望の官職を書いた求職票をすでに手にしており、続々と担当の人事官に手渡していく。真人もその列に加わった。

そんなこととは知らずに、ふらりと現れた遊圭だが、どちらにしても官位がないので応募などできない。

手持ち無沙汰にしていると、蔡大官に手招きをされたので、そちらに移動する。

「せっかく興味を持って立ち寄ってくれたのに、今日は講義も討論もなくて申し訳ないね。正直なところ、早い時期から朔露軍の侵攻に危機感を持っていた秀才たちのほとんどは、すでに官職を得て先発している。興味深い討論はもはやなされない。ところで、いま時間があるかね。会わせたい人物がいる」

「はい」

宮城に上がったのは明々と面会するためであったが、時間を決めていたわけではない。英臨閣を出て行こうとする遊圭と蔡大官を、目敏く見つけた真人が追いかけてきた。

「こちらは橘君といったね。橘君は、三ヵ国語に堪能だとか」

真人は胸を張ってここぞと売り込む。

「ふつうに話せるのは、金椛語、康宇語、戴雲語と、東瀛語の四言語です。母国語の東瀛語はこの大陸では使い道がありませんけど。あと聞き取るだけなら、胡語の方言と、朔露語も少しいけます」

蔡大官はいっそう笑みを広げた。

「朔露の言葉がわかるのか、では君もついてきたまえ。だが、彼らの話はわからないふりをしていてくれ」

蔡大官は三人を錦衣衛に連れて行った。兵舎通りを抜けて、どこか惨憺とした石壁の倉庫のひとつに入る。

初めて来た場所だが、牢屋であることは、屋内に蓄積された汗と血、そして排泄物の臭いと、薄汚れた剝き出しの石壁で察せられる。

「劫宝城や河西郡から送られてきた、朔露の捕虜を収容してある」

囚われているのは、あるていど地位の高い将兵で、中には金椛語を話せる者もいるという。すべて独房で、防具を剝ぎ取られ粗い麻の衣と筵だけを与えられた朔露人は、一見したところ金椛人とは見分けがつかない。骨格自体も、金椛人より大きいというわけではなさそうだ。イルコジ小可汗も、それほど体は大きくなかった。ジンはいくらか背が高かったが、ルーシャンのように見上げるほどでもなかった。

しかし、このような劣悪な環境に監禁されていても、ひとの気配に顔を上げてこちらをねめつける眼光の強さは、金椛人には見られない。牢の前を歩きながら、中のひとりがジンそっくりに思えて、遊圭は思わず息を吞み立ち止まった。

どの朔露人も似たような顔立ちではあるが、この青年の眉と鼻、そして目元は、ジンと兄弟であるかのように似ていた。その捕虜は足を止めた遊圭を、歯をむき出してぎろりとにらみつけた。

遊圭は悲鳴を上げそうになり、胸を押さえて後退った。

「どうした、遊圭君」

先を歩いていた蔡大官が、遊圭の怯えた気配を察して立ち止まる。

「あ、いえ」と言葉を濁し、遊圭は蔡大官に追いついた。

「イルコジ小可汗の側近によく似ていたので」

「こちらの房に収容されているのは、天鋸行路からではなく、ルーシャンが河西郡から送ってきた捕虜であるから別人だ。この者たちの武器や着用していた甲冑は上質のものであったというから、大可汗の一族かもしれない」

格子に隔てられているというのに、虜囚の敵意と存在感がのしかかってくる。ジンの視線が背中に張りついたようで、遊圭は身震いを抑えるのが精一杯だ。

最奥の独房には、金椛語を話せるという朔露の将が囚われていた。ゆるく編んだ長い髪は腰まで伸び、顔の下半分を覆う髭も、胸まで垂れている。

「グルシ殿。こちらの申し出を、受け入れてもらえる気になっただろうか」

蔡大官に声をかけられた朔露人は、ゆらりと立ち上がった。

「受け入れる気にはならん。さっさと処刑してくれてもかまわんぞ」

グルシが流暢に金椛語を操ることに、遊圭は軽い驚きを覚えた。とはいえ、朔露北軍には金椛国が滅ぼした前王朝の生き残り、言語や文化を金椛人と共有する紅椛党が連合していた。国境の彼方で三代も遡る交流が続いていたとすれば、金椛人が朔露人を知る以上に、朔露は金椛を理解しているのだ。

また、虜囚となっても損なわれないグルシの風格と、イルコジに通じる尊大さから、千人単位の兵団を号令する将であることも推測できる。ルーシャンかあるいは天河羽林軍が、グルシ隊を撃退し、指揮官を捕らえるほどの勢いと力を備えていたことに、遊圭は希望と安堵を覚えた。

蔡大官はグルシに金椛への寝返りを働きかけていた。しかし、自尊心の高いグルシを領地や財宝、地位などで抱き込むことは難しいようだ。すでに何度目かの交渉らしく、さらに言葉を交わしたのち、蔡大官は引き下がった。

遊圭はグルシに質問があると言って、蔡大官に話しかける許可を得た。

およそこの場に似つかわしくない、ひょろりと華奢な若い金椛人が、牢番から短剣を借りて格子に近寄ってきたことに、グルシは不審と警戒に目を細める。

「これ、朔露の風習だと思いますが、どういう意味ですか」

遊圭は短剣を帯に挟み、剣の鞘と柄頭に触れてから、その手を自分の胸に置いた。

ますます目を細めたグルシは、太くて濃い眉を動かし、唸り声を上げた。

驚いて後退る遊圭に、グルシは同じ仕草を繰り返して言い添えた。

「胸に手を置いてから、――、と言ったか」

唸っているようにしか聞こえなかったが、劫河を渡る前にジンがしてみせた仕草に添えた、言葉らしき音に似ているような気はする。

「なんて言ったのかは聞き取れませんでしたけど」

「旅の安全や、相手の平穏と無事を祈るまじないだ。最後に添える言葉で、祈りの対象が変わる。――であれば、『汝に天の加護があるように』」

状況から見て、別れの挨拶であろうと推察できたが、あらためて意味を知ると、折られた骨の痛みが甦る。

真心から安全と平穏を祈った相手に、仲間を皆殺しにされたのだから、ジンの怒りは正当なものだ。

グルシの口にする二人称は、何度聞き直しても唸り声にしか聞こえない。だが、何度も耳にしたせいで、それはやがてひとつの単語として識別できるようになっていた。そして、つぶやきに似た唸りが、朔露語の二人称とジンに教えた遊圭の本名の、短いふたつの単語の連なりであったことを知る。

――游、汝に天の加護があるように――

という遊圭にも理解できる祈りとして、耳の奥に刻みつけられる。

遊圭は片手で顔を覆って、後悔の苦い唾を呑み込んだ。

しかし、いくら後悔したところで、もはやジンに謝罪する道はない。そして、ふたたび同じ巡り合わせで、ジンのような情のある人間を前にしても、それが敵将である限り、やはり同じように裏切りに手を染めて、祖国と家族を守ることだろう。

「グルシさん、死者の冥福を祈るまじないや祈りは、朔露にはありますか」

グルシは噴き出して格子を叩いた。

「当たり前だ」

「教えてください」

「どうして教える必要がある」

遊圭は牢のよどんだ空気を深く吸って、吐いた。

「我々はこれから、河西郡に甚大な被害をもたらした朔露軍に報復し、殲滅しにゆくのです。異民族であるあなた方の弔い方を知らなければ、死者の霊魂を鎮め、戦死者の逝くべき魂の国に、送り出すことができないじゃないですか」

グルシは細く切れ上がった目を大きく見開いて、遊圭を凝視し、それから唸るように笑い出した。

* * *

蔡大官は、橘真人に獄吏に扮して、捕虜たちの私語に耳を傾けるよう依頼した。

真人は大陸を自在に行き来し、無数の国々を訪ねる交易商を目指していただけあって、異国語の習得に非凡な才能と情熱を持ち合わせている。朔露語も劫宝城に捕らえられた捕虜を相手に学ぶことができたと自慢していた。

そうした努力の甲斐もあって、蔡大官はさっそく真人に天河羽林軍における職務を与えることを約束した。そして出陣までに、できる限り捕虜の地位や役職と、捕虜同士の上下関係を探ることとなった。捕虜たちは、尋問のときに顔を覚えてしまった通訳の前では私語も交わさないため、未だに名前すら聞き出せない捕虜もいるという。

いっぽう遊圭は、グルシが投降したときの装備を見せられた。激しい戦闘を物語る甲冑はかなり傷んでいたが、ジンが身につけていた物より上等であることから、グルシの地位の高さは将軍級であると推測された。

蔡大官は正午には退庁し、遊圭は紅椛門へと向かう。

明々とふたりきりで話したかったので、敢えて永寿宮へ入る許可は求めなかった。

明々は正式には女官ではないので、後宮の出入りに厳しい拘束はないはずだ。

門兵に顔を覚えられた遊圭は、門符を出すまでもなく、呼び出しの手続きをすませるなり、北斗院で待つ。

帰京してからひと月以上経ち、朝晩には霜が立ち始めたというのに、北斗院の周りはまだ大輪の菊花が咲き乱れていた。晩夏から初冬まで、宮中では早咲きと秋咲き、そして寒咲きの品種を入れ替えては、長寿と健康を祈る菊を絶やすことがない。

時間がまったく経過していないような錯覚と、鮮やかな黄色の、菊のむせかえるような香りに遊圭は目眩を覚えた。

「遊々！」

遊圭が菊の香に酔っていると、いくらも待たないうちに、息を切らせ頬を赤くした明々が、菫児に伴われて北斗院を訪れる。

「明々！」

互いに駆け寄り、遊圭は明々の両手を取って引き寄せた。まぶしくて目を逸らしそうになるのを、必死でこらえる。

「遊々は、元気だった？　風邪引いてない？」

風邪は引いてないが、体調はあまりよくない。しかし遊圭はにっこりと笑って応える。

「どちらかっていうと、元気かな。絶好調とはいい難いけど」

遊圭の場合は、寝込んでいなければ元気なのだ。それよりも、ふたつ並んだ榻椅子に並んで腰かけ、遊圭は蔡才人をめぐる話題を持ち出す。

「出産まで蔡才人に付き添うことにしたって、本当？　わたしたちの祝言が春まで延期になってしまうけど、それでもいいのかい」

明々は膝に載せた両手を握りながら、困り切った顔で答える。

「あの玄月さんに土下座までされて、断り切れなかったから、遊々が了解したらっていう条件を出したの。遊々が断ってくれたんでしょ？」

猫のようにくりっとした目が、期待を込めて遊圭を見つめた。

政敵を欺き油断させるために、衆目の前で陽元に打たれ、譴責を受けるという演技までやり抜いた玄月だ。明々の同情を買い、蔡才人の味方を増やすためなら、土下座くらいなんでもないことだろう。

――玄月なんか馬に蹴られてしまえ。

遊圭は内心で罵ると、深く息を吐いた。

「明々が承諾済みってことだったから、わたしには何も言えなかったよ」

ふたりして言葉を失い、しばらく途方に暮れる。

「もしかしたらね、明々。祝言は春どころか、夏になるかもしれないけど、いい？」

「どうして？」

明々は、びっくりして訊き返す。

遊圭は蔡大官に、幕友として河西郡への随行を要請されたことを明々に打ち明けた。

「ばくゆう、って、何？」

「高級官僚の私的な秘書とか、書記のことだよ。軍官僚の幕友だと、参謀なんかも務めるようになる。何度試験を受けても官僚になれない文士や国士の、最後の砦みたいな仕事だよ」

「行くの？」

明々は不安げな眼差しを遊圭に向けた。「行くな」とは言わない明々に、遊圭は少し戸惑う。

「まだ、返事はしていない。最初に、明々に相談したかったから」

「でも、どうして幕友？　大后さまは、遊々は都勤めになる、っておっしゃっていたよ。劫河ではお手柄を立てたから、主上からすごくいい官職をもらえるだろう、って」

明々は、意気込んで遊圭を問い質した。

「提示された官職が破格すぎたから、辞退したんだ。中央の官僚は、軍功で成り上がった官吏を見下す傾向がある。まして外戚で蔭位で、武官でもないのに、局地戦の具体的な功績の見えてこない若造がぽっと出ていきなり監督職じゃ、反感しか買わない。むしろ自分の立場がわかっているのか、辞退する常識があるかどうか、陛下はわたしを試された気がするよ」

「あ、そう、なの」と、立身出世の機会と喜んでばかりもいられない官界の難しさに、明々は毒気を抜かれたようだ。

通常の人事を超えた抜擢は、二回は辞退して三度目に拝命するのが礼である、という謎の作法もある。真人はその通りにして官位を得たのだが、遊圭は一回の辞退でそれ以上は勧められなかった。陽元としては、劫河戦における遊圭の軍功を大いに評価していることを、高い官職を恩賞とすることで、周囲に示したのだ。

「医師か、官僚か、まだわたしが悩んでいるのを主上はわかっておられるんだよ」

ただ、医官となると昇官の上限は従六品の侍御医で頭打ちとなるが、陽元に示された侍御史もまた従六品で、そこが官界における出発点となる。二十年後の星家の繁栄は、天と地ほどの違いがでてくるだろう。

「一文字しか違わない職なのに、ずいぶんと差があるのね」

明々の感想に噴き出しそうになった遊圭は、頰に力をいれて表情を引き締めた。

「侍御史は、まだわたしには早い。でも、劫河戦でのわたしの貢献は、思ったより官界に知れ渡っているみたいだ。蔡大官のもとでそれなりに功績をあげれば、そのときには侍御史でも秘書郎でも、大きな反感を買うことなく就けると思う」

明々は考え込みつつ、息を吸い込む。

「でも、戦争だよね。劫河のときみたいに、重傷を負ったら」

劫宝城の戦いでは、後方で負傷兵の手当てに奔走していた明々だ。長い旅の果てに、遊圭のいる場所へあと一歩のところまで来ておきながら、手前の城塞で足を止められた。前線に出ることを許されず、遊圭の看護ができなかったことを、明々はいまでも悔やんでいる。

「天鋸行路のときは、単独行動だったから危険はいっぱいだったけど、今回は金椛軍に囲まれた帷幄の真ん中だ。わたしは蔡大官の秘書で戦闘要員じゃないから、誰も戦えとは言わない。本陣が襲われて、全軍が総崩れにならない限りは大丈夫だ。もしそうなったら一目散に都へ逃げ帰って、明々もさらって南でも東でも朔露の来ないところまで逃げのびよう」

遊圭がにこりと笑えば、明々は涙目になって下を向く。

「少なくとも、いまの西沙州には金椛軍の精鋭が集結している。朔露本軍はイルコジ小可汗の南軍をあてにできなくなってしまった。金椛軍はきっと持ちこたえるよ」

遊圭は、明々の頬に手を添えて、そっと上を向かせた。

「聞いて欲しいことがある。劫宝城からずっと悩んできて出せなかった答が、今朝やっとわかったんだ」

遊圭は朝から起きたことを、順を追って明々に話し始めた。

朔露の捕虜に会い、ジンに再会したかのような苦い時間のあと、路上に出た遊圭を迎えるように一陣の風が吹いた。

その清浄な空気を吸い込んだ遊圭の瞳（ひとみ）に、高く澄み切った帝都の青い空が映る。

あたかも晩秋の風が重たい帳（とばり）を吹き飛ばしたかのように、遊圭の視界もまた、牢（ろう）に入る前よりも、高く明るく広がっていた。

自身の存在と目的に、一点の曇りもないグルシとのやりとりのお陰だろうか。

劫河の戦いから、後悔と臆病（おくびょう）な迷いに足を取られがちであった遊圭は、ようやく心の整理がついてきた。自分の中で優先させなくてはならないことがはっきりと見え、ばらばらの破片でしかなかった将来図が、するするとあるべき場所におさまってゆく。

最優先事項は、外戚として玲玉と従兄弟（いとこ）たちを守ることだ。

目的を果たすための実力が足りなすぎて、二の足を踏んできたが、先送りにしても何の解決にもならない。

唯一の解決法は、一日も早く官僚になって、できるだけ早く中央の政治にかかわることであった。そのためには官僚登用試験で、首席かそれに準ずる席次で合格することだ。しかし、現実的に見て、それはあまりにも困難である。誰にも文句を言わせずに、最短で緋衣金帯を手にする方法はあとひとつ、軍功による栄進しかない。

その日の朝、英臨閣にゆくまで、遊圭は自分がこれほど朝廷で注目され、評価されていることを知らなかった。これに驕（おご）ってはいけないと自戒するものの、ここに周囲の反発を最小限に抑えて、なおかつ玲玉を守るために、朝廷の中枢に立つ突破口があるとするならば、それを利用しない手はない。

軍師の真似事で何千という朔露兵を死に追いやったことは、遊圭の心に深い傷を残した。その傷を塞ぐ方法は、軍事にかかわることで、味方だけでなく、敵の命も救う道を探し出すことではないだろうか。

命を守るために医師になりたかった。

しかし、遊圭ひとりが医師となって救える患者の数は、たかが知れている。だが政治家になれば、たとえば女医太学の設置を推進したいという、陽元の意思を扶けることができる。さらに、医師という職業が重く扱われないこの国の観念を、医官の品位の上限を押し上げることで変えていくこともできる。

医師の代わりはいくらでもいる。しかし、何百年もの間、医師の社会的地位を押さえつけていた、この国の価値観を変えることのできる政治家は、滅多に現れない。

また他にも、地道だが重要な研究を続けてこそ、国家を救うであろう学問を保護するのにも、政治家の助けがいる。

天文学者の地位がもっと高ければ、太史監の天文博士であった楊老人のように、絶望して国家と国民の遺産である天官書を、他国へ持ち逃げすることはなかったはずだ。

報われない研究を、後世のために黙々と続けねばならない彼らの慟哭と向き合った遊圭が官僚になってこそ、新たな道が拓けるのではないだろうか。

英邁果断ではないにしろ、開明的で柔軟な精神を具えた、仁のある君主と同じ時代に生まれ合わせた。

理不尽な世界を、弱い者たちが少しでも生きやすくするために、遊圭にできることは、なんであろう。

もしもこれが、方術士の予言した天命でないのならば、朔露の鉄槌を以て、天が遊圭の傲慢に罰を下すことだろう。

天啓に触れたかのような興奮に、うまく言葉にして明々に説明することができない。

「明々、少なくともあと半年か一年、もしかしたらもっとかかるかもしれないけど、待っててくれるかな」

あきらめたように、明々はほほ笑む。

「毒を食らわば皿まで、っていうんだっけ？　あんなに虚弱だったお坊ちゃまが、家と国を背負って立とうっていうんだもの。そんな遊々とずっといっしょにいる、って決めたんだから、いつまででも待つしかないよね」

遊圭もまた、明々にほほ笑みかけた。

「苦労をかけるだろうけど」

「そんなの、後宮に遊々を誘った時から、生きるのも死ぬのもいっしょなのは、覚悟の上よ」

ずっと綱渡りを続けてきたせいか、遊圭にとっても、明々にとっても、それが当たり前の感覚になってしまったのかもしれない。

感謝の言葉を見つけられない遊圭は、こんなときに、愛しい者の平安を祈る仕草だけの言葉が、金椛にもあればいいのにと思う。

代わりに、遊圭は花壇の隅に揺れる小さな菊花を手折る。

「明々、ちょっと下を向いて」

遊圭の意図を察して、明々は少し恥ずかしそうに視線を落とす。

常にかれを勇気づけてくれたその笑顔が、いつまでも健やかであれと、遊圭は一輪の菊花を明々の結髪にそっと挿した。

九、北の獅子、東の鷹

遊圭が慶城に赴くと聞いて、もっとも反対したのは叔母の玲玉であった。侍御史の職事を辞退したことは聞いていなかったらしく、陽元まで責められたという。

「適当な時期に、別の官職を授けようと思っていたのだがな。思ったよりも早く、踏ん切りがついたようでなによりだ」

暇乞いに参内した遊圭に、陽元は笏をもてあそびながら苦笑する。

「そなたが自分で決めたことだ。武運を祈る。だが玲玉の体調に響くような、危険なことはするなよ。のこのこと危ない所には出て行かず、新太守をしっかり補佐してくれ」

春節はふたたび北の辺境で過ごすことになると、陽元は大量の毛皮や石炭を遊圭のために用意させた。胡娘は高価な生薬を大量に包ませ、冬に向けて乾燥の激しくなる土地で必須の、喉や肺を潤す高価な乾物を買い集めた。下男として遊圭についてゆく竹生に持たせる。

明々もまた、餞別の贈り物を両腕に抱え、目を真っ赤にして見送る。

「私が両親を呼ぶことにこだわったから、すぐに祝言が挙げられなくて……無官のまま参軍させてしまって、ごめんね」

遊圭は首を横に振った。明々の耳に口を寄せ、不安にさせまいと小声でささやく。

「無官の方がいいんだよ。もうだめだと思ったときに、庶人で蔡太守の私的秘書なら、真っ先に逃げ出しても処罰されずにすむ。明々は、いつでも蔡才人と叔母さんたちを連れて逃げられるよう、万が一にそなえておいて」

明々は目をパチパチさせて笑い出した。

「笑えない冗談だわ」

「勝てるかどうか、まだわからない。それに、勝てても公人で官位があると、縁談が緒戦の矢のように降ってきて、面倒なことになる。次に帰京するときに、明々の村に寄って両親と阿清を連れて来るから、帰ったらすぐに祝言を挙げよう。蔡太守に仲人になってもらう。それまでは、宮中に預けた仔天狗の世話を頼むよ。もしわたしたちがはぐれても、天狗という獣は、必ず飼い主や兄弟を見つけだすから」

六匹いた仔天狗のうち、二匹はすでに慶城へ発った玄月と、帰国したツンクァにそれぞれ引き取られていった。残った四匹のうち三匹は玲玉、明々、橘真人に譲り、最後の一匹は遊圭の手元に置いた。

河西郡へゆくと決めた日に、夕刻に帰宅した遊圭を待っていたのは、玄月の侍童、郁金とラクシュであった。

天狗の家としていた倉庫へ連れて行って、仔天狗を見せたときの郁金は、いつもの無言で無表情な少年ではなく、六匹の仔天狗に囲まれて興奮し、はしゃぐ子どもだった。飼い主は玄月となるにしても、世話をする従者が動物好きであることは、譲る側としては安心できる。

その夜は、真人と話し上手なラクシュを交えて夕食を摂り、西方の事情について夜が更けるまで話し込んだ。郁金はやはりほとんど口を挟まなかったが、仔天狗を膝に乗せて、肉片を食べさせることに夢中になっていた。あまり食べさせると吐くので、適当なところで助言を入れる。

数日のうちに我が子が二匹だけになってしまった天狗は、少しさびしそうにしていた。ところが、遊圭がふたたび旅に出る支度を始めると、真人が仔天狗のためにふたつの檻籠を搭載した馬車に、当たり前のように乗り込んで一番良い席に丸くなった。

さすがに金沙馬の鞍を共有するには、天狗の体は大きく重すぎた。また、遊圭の前鞍はもはやホルシードの定席になっていたこともあり、天狗の適切な判断に、遊圭はひと安心した。

ひと月半前に下ってきた北天江を北岸へ渡る道のりは、太守に就任した蔡進邦の率いる大所帯であるために、戻ったときの倍以上の日数がかかった。真人の働きで、グルシがユルクルカタン大可汗の血族であるということも判明し、講和の取引きに使えそうなことから、他の捕虜も連行させたために、警備も厳重だ。

　天狗親子や鷹のホルシードを抱える遊圭には、ゆったりとした行程はありがたいものであったが、前線のようすは気になる。

　ほぼ毎日、慶城から都へ向かう伝令の駅馬とすれ違う。伝令は蔡太守に書簡を見せてから、都へと疾走する。そのたびに、遊圭は蔡太守が読んだという書簡を書き起こして記録し、前線で起きていることを知ることができた。

「朔露(さくろ)大可汗は、楼門関(ろうもんかん)陥落後に、すぐに北天江まで攻め込むと思っていました」

　ユルクルカタン大可汗が前進を踏みとどまったのは、朔露南軍の敗北が原因かもしれないとは推測できるが、イルコジ小可汗の敗戦がそこまでの早さで朔露本軍に届いたかどうかは不明だ。

　戦とは、勢いもある。

　たったの二十年で大陸の三分の一を征服したユルクルカタン大可汗が、南方の局地戦をひとつ落としただけで、楼門関を突破した勢いを無駄にするとは思えない。

　難攻不落と信じられていた楼門関が陥(お)ちたことで、金椛(ジンファ)国側の士気は大いに落ち込み、朔露の勢いをもってすれば、破竹の勢いで北天江北岸を征服することができたはずだ。

「ユルクルカタン大可汗は、なぜそうしなかったのでしょう」

北天江まであと三日、という宿で、遊圭は蔡太守に疑問を投げかける。蔡太守は思慮深い瞳を伏せて、遊圭の問いに答えた。

「理由はいくらでも考えられる。一番は大可汗の不予。ユルクルカタンはすでに五十代。戦に明け暮れた生涯に、疲弊が健康を冒しても不思議のない年齢だ。次には内部闘争。そなたの論文にもあったが、氏族単位の優劣争いは、かれらの弱点でもある。さらに、大可汗は征服した各地から妃嬪公主を娶り、二十を超える王子を生したことで、いっそう複雑な後継者争いが起きている可能性もある。数多の国と民族を征服して作り上げた大可汗帝国であるが、支配の頸木から放たれようと暗躍する異民族は、少なくはあるまい」

朔露可汗国そのものが、夏の劫河に浮かべられた船橋のように、危うい基盤の上に成り立っている。しかし、そのひとつひとつの筏舟を繋ぐ綱が強固であれば、ユルクルカタン大可汗はこの大陸に空前絶後の帝国を作り上げるだろう。

日々前線から送られてくる近況に接する遊圭には、慶城で奮闘するルーシャンの苦労は我がことのように思えてならない。

大攻勢を控えつつも、河西郡の邑や小城を神出鬼没に襲って略奪、破壊してゆく朔露軍に、金椛軍は翻弄されている。北稜山脈から流れ出る青河と北天江の間に、扇のように展開された、いくつもの枝城に駐屯する天河羽林軍と、沙洋王の海東軍が、朔露軍の進軍を阻んでいた。

金椛軍が冬を粘りきれば、補給の乏しい朔露本軍は撤退しなくてはならない。西方の諸国が離反していなければ、また盛り返してくるだろう。しかし河西郡にふたたび攻め込もうという勢いは、当分は削がれる。

この西沙州河西郡のどこかで、徹底的な打撃を朔露軍に与えることができれば、金椛帝国はさらなる余命を保つことができる。

北天江を渡り、さらに二十日後に慶城に到着し、ルーシャンと再会した遊圭は、記憶にある赤い鬣の獅子の憔悴ぶりに、驚愕した。

「おお、遊圭。ますます逞しくなったな。顔つきもすっかり立派な壮士ぶりだ」

睡眠が足りていないのか、ルーシャンの頬は痩せ、眼窩は深く窪んでいた。往年の勇猛さは、衰えることのない眼光にしか見ることができない。

太守到着の報に応じて、楼門関から撤退した守備軍四万を預かるルーシャン游騎将軍、海東軍五万を率いる沙洋王、天河羽林軍二万を指揮する林江都尉の、三軍の将が慶城に集まり、時を無駄にせず軍議が始まる。

三将はいずれもたたき上げの軍人であり、このひと癖もふた癖もありそうな指揮官を束ねていくのは、蔡太守にとっては難しい仕事になるだろう。

初代皇帝の孫であり、陽元には再従兄にあたる海東州の沙洋王はかつて、陽元の妹公主麗華の婿候補であった。当時はまだ二十代後半と、身分年齢ともに今上帝の妹の嫁ぎ先として不足はなく、実母の永氏が罪を犯さなければ、麗華はいまごろは郡王の妃として、沙洋王の子を産んでいただろう。麗華が夏沙王国に嫁いだのちは、別の公主が海東州に輿入れしたという。

同族婚を忌避するのが金椛社会の慣習ではあるが、辺境に封じられたその瞬間から、否応なく軍閥化してゆく皇族の離反を防ぐために、郡王が宗室から公主を娶ることもまた慣習化していた。

辺境で異民族との小競り合いを三代も続けてきた沙洋王は、陽元に似た面差しだが、顔つきは厳しく、目つきは鋭い。ルーシャンの方針に異を唱え、三軍で楼門関を奪回すべしと強硬論を唱える。

いっぽう、ルーシャンは、楼門関を擁する方盤城を守る側に回った、朔露の窮乏を待つ策を主張した。

「楼門関攻防戦のあとも、十五万の兵と朔露軍は喧伝しているが、半分は予備兵と兵站部隊、異民族の傭兵の、無駄に兵糧を食い潰している連中ばかりだ」

略奪によって食糧を現地調達する朔露軍の戦略を知るルーシャンは、楼門関を破られ、方盤城から撤退するとき、食糧の備蓄庫を焼き払っておいた。しかし沙洋王は、この戦術が逆に朔露軍に危機感を抱かせ、冬が始まる前に、食糧を求めて死に物狂いで前進する引き金になるとルーシャンを批判した。そのため、河西軍と海東軍の折り合いは良くない。

天河羽林軍が到着する前に、楼門関と慶城の中間地点にあった嘉城が、朔露軍に包囲され、略奪されたことは、沙洋王が己の意見の正しさを信じる根拠となっている。

対立するルーシャンと沙洋王の、板挟みになっていたのが林都尉だ。年齢は沙洋王と同世代ながらも、身分や地位はふたりの将軍に及ばず、調整役としては難儀していたところへようやく直属の上司となる蔡太守が赴任してきたので、この日の林都尉の表情は明るい。

遊圭は、嘉城が朔露軍の手に落ちたと聞いて、愕然とした。嘉城は遊圭のかつての流刑先でもあり、薬種屋を営んでいた自宅があったからだ。ルーシャンが居館を構え、三男の芭楊を住まわせていたのも嘉城だ。その嘉城が戦禍によって破壊された。下男の竹生や、結婚を決意して遊圭を訪ねていった明々が、嘉城に留まって遊圭の帰宅を待っていれば、戦争に巻き込まれていたと思うとぞっとする。

会議ののち、その日の書類仕事を終えた遊圭は、天狗母子を連れて、ルーシャンの官舎に引き取られている芭楊を見舞った。そこには郁金に世話をされているはずの仔天狗が、芭楊の部屋で遊んでいた。兄弟と再会した仔天狗は、興奮して走り回る。

「橘さんの天真も、連れてくれば良かったかな」と思った遊圭だが、あまりに元気に暴れるので、二匹で充分だと考え直す。

芭楊は遊圭の姿を見つけるなり、駆け寄ってくる。

「遊圭！　おかえりなさい」

「芭楊、元気そうでなにより。大変だったね」

実に一年ぶりの芭楊は、ぐんと背が伸びていた。まだ幼い芭楊が戦を避けて、嘉城の館から避難しなくてはならなかったのは気の毒だ。とはいえ、芭楊と楼門関の守備兵の家族は、開戦前に後方に避難させられていたので、朔露軍の襲撃や、落城の憂き目そのものは見ていない。

ただ、広かった嘉城の館と比べて、外出もままならない狭い官舎、おとなたちの不安げな顔や、戦に関する噂話に、窮屈な思いをしているようだ。

遊圭の足下で大型犬のように悠然とくつろぐ母天狗の、かつての愛らしい小獣とは思えないほど巨大化した姿に、芭楊は目を丸くする。

「天月(てんげつ)も、こんな大きくなるの？」

「天月は牡(おす)なので、もっと大きくなります」

牡の仔天狗を玄月に譲ったことに、他意はない。もっとも、天狗は幼体のときは性別がはっきりとしない。六匹もいれば多少の違いは観察できたので、遊圭の勘は十年後にその正しさを証明されるだろう。

「遊圭の天狗はなんて呼ぶの？」

「天伯(てんはく)です。兄の名の伯圭(はくけい)から、一字とりました」

芭楊は『兄』という言葉にぎゅっと唇を噛(か)み、不安げに遊圭を見上げる。

「僕の、都にいるダーリヤー兄さんに、会えた？」

「はい、ルーシャン将軍のご本宅に伺って、ご挨拶(あいさつ)をさせていただきました。国士太学を受験するための、お勉強をしておいででしたよ」

地方の兵権を任された将軍や行政官は、妻子を任地へ伴うことは許されない。皇城に本宅として構えた邸に、家族は人質として残らねばならないのだ。ルーシャンは、楼門関を抜かれた責任はまだ問われていないが、中央からの処罰を怖れて朔露側へ寝返らないよう、正妻と成年に達していないダーリヤーは、兵部の厳しい監視のもとにあった。

郁金が星邸に天月を引き取りに来たとき、同行していたラクシュにダーリヤー訪問の同伴を頼まれた。それまでは玄月に同伴してもらっていたが、玄月は勤めが忙しい上に、西沙州へ赴く準備も忙しく、時間が取れないという。

ラクシュが単独で異母弟と継母に会うことを許されない事情を慮った遊圭は、快く承諾した。慶城行きを決めたこともあり、兄の身を心配する芭楊への、よい土産話になるだろうとも考えたからだ。

ルーシャンの正室劉氏は、政略結婚のためにルーシャンに嫁がされた。結婚したときにすでに二十代半ばであったという話なので、ダーリヤーとの年の差は親子といって差し支えない。早婚が一般的な上流の女性であるにもかかわらず、婚期を過ぎても劉源の手元に残っていた理由は、政略の駒としてとっておかれたとも、疱瘡の痕が顔に残る醜い容姿のためとも噂されていた。

対面してみると、疱痕は事実ではあったが、醜いというほどではなかった。顔立ちそのものは、兄の宝生と似て端整で品があり、あばたは化粧で隠せる程度のものだ。物腰も優雅で、上流の婦人とはかくあるべき見本のような女性であった。

劉氏は礼儀正しく遊圭を迎えたが、ラクシュのことは歓迎していないようすで、挨拶以上の言葉をかけることはなかった。

ラクシュがダーリヤーと話したいというので遊圭が席を外すと、劉氏はお茶を運んできて、ラクシュとはどのくらいのつき合いかと訊ねた。帰還中に北天江で合流し、帰京してからはほとんど会っていないと伝える。

劉氏は、ラクシュが訪れるたびに、大黎——劉氏は夫の息子を金椛風に呼ぶ——が非常に不機嫌になると困っていた。

また、劉氏は遊圭に大黎のことをよろしく頼むと礼を尽くした。自分はもう若いとはいえず、夫も辺境から帰ってくる機会は少ない。大黎を康宇家——ルーシャンは金椛名を康宇鹿山という——の跡取りとして、責任を持って育てるつもりであると、ルーシャンに伝えて欲しいとも頼まれた。

父親の劉源が病に倒れ、長兄の劉宝生が国士太学を退学させられたのだ。夫は敗戦の責任を負わされるかもしれず、劉氏とダーリヤーは不安な日々を送っている。

この不遇な時期に、ひとりでも身内が寄ってくれるのは、ありがたいことと遊圭には思えるのに、劉氏のラクシュに対する冷淡な態度は不可解だ。帰宅して家政婦の趙婆に話したところ、劉氏はラクシュが康宇家の嫡男となることを怖れているのでは、という推測を得た。生さぬ仲の継子を手塩にかけて育てているところへ、正妻である劉氏と、さほど年齢の変わらぬ長男が本宅に入り込んでくるのは、穏当ではない。

さらに、いっそうぎこちなかったのはラクシュとダーリヤーの空気だ。

ダーリヤーは遊圭から聞く芭楊の消息に嬉しげに耳を傾け、土産をことづけたりしたが、長兄のラクシュには終始硬い態度で接した。

母親が違うだけでなく、最後に会ったときのことさえ、ダーリヤーは記憶にないと言う。兄弟だと言われても、赤の他人とほとんど変わらない。家族が離れていると、話も合わず、心の伝わらないこともあるのだろう、と遊圭は干渉を避け、帰り道ではラクシュとは当たり障りのない会話のみで別れた。

次兄の消息を目を輝かせて聞く芭楊といっしょに、都の土産を広げていると、扉付近で複数の靴音が響いた。ルーシャンが顔をのぞかせる。

「遊圭、よく来てくれた」

遊圭は椅子から立ち上がり、丁寧な揖礼をする。

「お久しぶりです」

「楽にしてくれ。都でも、愚息どもが世話になったようだ。礼を言う。ダーリヤーも身長がずいぶん伸びたことだろう。都に送り出したときは、このくらいの高さだったが」

ルーシャンは水平にした手を、自分の胸の下辺りにあてて見せた。遊圭は、その手から拳ふたつくらい上を指して応える。

「ご子息はこのくらいに伸びておいででした」

遊圭はダーリヤーのようすを細かく思い出して、ルーシャンに伝えた。

「ご夫人が、細やかにご子息のお世話をされておいでで、学問が大変進んでいるようです。お父上の影響もあって、書経よりは兵学により興味があるそうなので、史学もお勧めしておきましたよ」

嫡男として育てているという劉氏の伝言と、ダーリヤーもまた、継母の劉氏にとてもよく懐いているようだと報告した。

「それは助かる。あいつは慶城にいたときは、さっぱり学問に興味がなかったが」

磊落な声とともに、ルーシャンが芭楊を抱き上げた。もう七、八歳であるのに、ルーシャンにかかると五歳の幼児にも見える。

「ダーリヤーに初めてお会いしたときは、金椛人と変わらない容貌だったので、失礼にもご本人かと確認してしまいました」

「あまり俺に似てないだろう。あいつには、都のほうが住みやすいようだな。名前も、金椛風に呼ばせている」

ルーシャンの淡い色の瞳には、かすかな憂いが差した。

「それにしても遊圭、劫河の戦いでは大活躍だったようだな」

大きな掌で、ばんばんと遊圭の背中を叩いて大笑する。遊圭は顔をしかめた。

「八割がた尾鰭なので、誰かが吹聴した武勇伝など、信じないでくださいよ」

「玄月から聞いた話だ。あいつは嘘も誇張も言わんやつだ」

情報源が玄月なら、ルーシャンは過剰な噂話を差し引いてくれるだろう。

「本当のことも、なかなか話してくれませんけどね」

遊圭がぼやくと、ルーシャンがうしろをふり向いた。

「おい。おまえさんらは、ちゃんと腹を割って話し合ったんじゃなかったのか」

遊圭は、ルーシャンの背後から姿を現した玄月にぎょっとする。ルーシャンが側近を連れていたのは見えていたが、宦官（かんがん）服ではなく、明るい水色の直裾袍（ちょっきょほう）に布冠という軍吏姿だったので、顔を見るまで玄月だとは思わなかったのだ。恬淡（てんたん）とした無表情はいつもと変わらないのに、華やかながら落ち着いた色合いの袍のせいか、顔色も雰囲気も明るく、まったく別人に見える。

仔天狗（こてんこう）の天月が駆け寄って、玄月の裾（すそ）に爪をかけ、あっというまに肩まで登った。天月の首のまわりの白い毛並みを指で撫（な）で上げる、秀麗な横顔はいたって穏やかだ。

「青少年の好奇心には、際限がありませんからね。少なくとも、都で最後に話したとき、問われたことにはすべて答えたはずですが」

遊圭は冷や汗をかきながら、しどろもどろになって軽率な口利きを謝罪する。その横では、芭楊（バヤン）が父親の裾に取りついて、遊圭からもらった都の土産を見せびらかした。ダーリヤーからことづけられたのが硯（すずり）と筆だったので、遊圭は紙と少年向けの読本を芭楊に贈っていた。

「あいつは、都で役人になりたいそうだな」

「ご正室はそのようにおっしゃっていましたが、ご子息の本心はどうなんでしょう。自由に外出も許されない状況ですので、学問の他にすることもないようですから」

面会を終えた帰り際に、ダーリヤーは遊圭を中に呼び戻して、不安げに前線の状況を訊ねた。金椛帝国は朔露可汗国に勝てるのか、父のルーシャンは生きて都へ帰ってこられるのか、と。まだ十歳を越えたばかりの少年がそんな心配をするのかと、遊圭は胸を突かれた。だが、子ども騙しの答は遊圭にはできない。ありのままを話した。

『楼門関が抜かれたのは本当ですが、河西郡のようすは、わたしには詳しくはわかりません。朔露はたしかに強兵の国です。我々には苦しい戦いが続きますが、ルーシャン将軍は、とても粘り強く持ちこたえているそうです。河西郡から帰還した兵士はみな将軍のことを戦神だと言ってます。劉家のお祖父様や伯父様の宝生さんに、聞いてごらんなさい。皇帝陛下も援軍を送っていますし、わたしも微力ながら力を尽くすために、これから河西郡へ向かいます』

遊圭の話を聞いたダーリヤーは、瞳を潤ませて、何度もうなずいた。ルーシャンの役に立ちたくて、ダーリヤーは継母に勧められた学問を始めたのだ。官僚になれば、父を助けることができると考えて。

ダーリヤーの父親に対する信頼と憧れを、遊圭はルーシャンにうまく伝えられない。

「新しい母の機嫌を取っているだけだとしても、好きでないことは続かん。することがなく、学問が嫌いなら、何もせずに腐っているもんだ。この慶城で親戚に預けていたときは、悪ガキどもと徒党を組んでいたずらばかりしていたが、ラクシュと話すよりも、玄月や遊圭と話す方が楽しげだったそうだからな」

そういえば、玄月もルーシャンの次男に会っていたのだ、と遊圭は思った。玄月が誰と会って何をしているかなど、遊圭がいちいち把握する必要もないのだが、ラシードの冗談に笑ったり、ルーシャンから頼りにされたりする玄月を目の当たりにすると、なぜか疎外感を覚えてしまう。

遊圭の上司は蔡太守であって、ルーシャンではない。それは不都合ではないにしても、五年前に苦楽をともにした夏沙王国の旅の面々で、遊圭だけが蚊帳の外にあることに、少しばかりの寂しさを感じてしまうことは否定できなかった。

そのような再会の喜びも長くは続かない。

遊圭が明々を安心させるために予言した通りに、蔡太守の執務に伴う事務仕事に追われる遊圭の、慶城の政庁から外へでることも稀な前線暮らしが始まったのだ。

蔡太守の日々の予定管理と公私の書簡の整理が遊圭の担当であったはずだが、それ以外の書類も遊圭の書机に回され、手の足りない部署へも逐次呼び出されてしまう。

たとえそこが戦場であろうとも、春節の特別手当を怠れば士気にかかわる。十数万という将兵の慰労や、長引く避難生活に窮乏する何十万という難民と住民への配給に伝票が飛び交い、文字通り忙殺される。

官吏として慶城の実務に参加していれば、もう少し仕事を選べたらしい。

通事局の主事として、捕虜の管理や難民の処理にあたっている橘真人は、遊圭ほどの便利屋扱いではなく、一日の仕事を終えると業務報告を兼ねて執務室に顔を出す。

「だから官位をもらって、職掌を定めてもらえば良かったんですよ。たまには飯も付き合ってください。店子としておごりますから、星公子」

官位を得た真人は、立場上は遊圭より上位で俸給も多い。遊圭は「はいはいそうですね。書類はそっちの書机に置いてください」とあしらう。

真人が書類の束を書机の端に置いた拍子に、そこにあった遊圭の覚書帳がはずみで床に落ちた。

「おっと、すみません。あー、栞が挟んであったところが、わからなくなってしまいました」

真人はすまなそうに、両手の栞と覚書帳を遊圭に差し出す。そして、栞に書き付けられた文字に目をやった。

「『蒼天よ人に何の辜ありて』おや、悲憤詩ですか。またこの時期のこの場所に、ずいぶんと縁起でもないものを持ち込んでますね」

覚書帳に手を伸ばした遊圭は、驚いて訊き返す。

「橘さんはその文の出典がわかるんですか」

真人が栞と勘違いしたのは、玄月の隠れ家で拾い上げた紙片であった。真人が読み上げた一文だけで前後がなく、時間があったら出典を調べようと、栞代わりに覚書帳に挟み込んでいたものだ。

「祖国が戦で負けて、捕虜として異国に連れ去られた女性の残した詩です。遊圭は読んだことありませんか」

遊圭は顔を赤くして「いえ、浅学なので。どういう詩ですか」とつぶやいた。試験対策のほかでは詩を嗜まないことがばれてしまった。

「長いんで全部は覚えてませんが。原文は、たしかこうだったかな」

真人は前置きして、童顔には似合わない朗々とした声で詩を詠んだ。

「『死せんと欲するも得る能わず、生きんと欲するも一の可なる無し、彼の蒼たる者よ　何の辜ありて、すなわちこの厄禍に遭はさんや』。いやほんと、戦争はいけませんね。すべての人間から生きる望みを奪ってしまいます。早く終わらせましょう」

正午を知らせる退庁の太鼓が響く前に、真人は飄々と愛獣の天真が餌を待つ官舎へ引き上げてしまった。

遊圭は覚書帳を書机に置き、栞を目の高さまでつまみ上げた。その文字列を眺めながら、真人の朗じた詩文を思い返す。

死にたくても死ぬこともできず、生きたくてもかすかな希望すらない。

蒼天よ、何の罪があって、このような災厄に遭わせるのか遊圭はこれまで、どうして自分がこんな不幸な目に遭うのだろう、と嘆いたことはある。しかし、想像をしたこともないどん底に陥っても、耐え難い不幸や痛みに出遭っても、遊圭は死を願ったことはなく、そこから這い上がる希望をなくしたことはない。悲憤詩の語る、戦争の捕虜となって敵国に拉致されたという女性の運命は、遊圭の想像を絶する苦しみであろう。むしろ胡娘のそれと似ている。生まれ育った街を破壊され、家族や友人を惨殺されて祖国から引き離され、異郷で生き延びることを強要された無力な女性の嘆きだ。

玄月はなぜ、この詩の一行だけを小さな紙片に書き付けたのだろう。

もちろん、真人が朗した四行のみを見れば、考え得るすべての生きる苦しみに当てはまる。そして玄月が抱えてきた問題もまた、尋常でなく耐え難い苦難の連続であったろう。

ただ、どうもしっくりこない。

見つめているうちに、これは玄月の筆跡だろうかと、遊圭は首をかしげた。似ているようで、筆圧や筆運びの細かなところが違うような気がする。

考え込む間もなく、退庁間際に太守の決裁をすませた書類が持ち込まれ、遊圭は栞を袖に押し込んで仕事に戻った。

鷹のホルシードも、天狗と天伯親子の世話も竹生に任せっぱなしで、宿舎に帰りついた途端に寝台に倒れる込むころには、書き付けのことは頭の片隅からも消え去ってしまった。

何度か慶城の防衛を脅かされる攻撃があったらしいが、遊圭の耳には戦闘の剣戟の音も届かない。前線から戻る斥候や三将から遣わされる伝令の報告を、執務室の壁面に貼り出された河西郡の地図に書き込むことで、戦況の推移を知る。

河西郡の地形を知り、戦場を知っていたはずの遊圭だが、戦死者の数や激戦区の地名がだんだんと記号化されていくことに、ときに鳥肌の立つ違和感を覚える。

本来は担当でない部署から応援を頼まれて断り切れないのは、現場から切り離されてしまうことへの、不安もあったからかもしれない。

昼食すら摂れない日が続き、あっというまに体調を崩して熱を出して寝込んでしまう。

「相変わらず、優先すべきことの整理がつけられないようだな」

ルーシャンの幕僚として、報告書を抱えて慶城を訪れた玄月が見舞いに寄り、皮肉を言われる。

「玄月さんはあまり忙しくないようですね」

都にいたときよりも顔色が良く、空気の乾燥した極寒地帯にいながら、肌もより滑らかになっている。

悲憤詩を書き付けるような、死にたくても死ねない苦しみを抱え、生きる望みをかけらも持たない、という風情ではない。宦官の袍と帽子を着用しないのは、濃鼠色が陰気くさく不吉なことから、陣営で不満が出たからだという。流外官の軍吏が着用する淡色の袍にするよう、ルーシャンに勧められて、そのようにしたとも。
濃い灰色の宦官服でさえ、後宮の女官を靡かせ悩ませる、眉目整った秀麗な顔立ちである。明るい色の衣裳をまとえば、驚くほど華やかな好青年へと印象が変わる。

だが、その口から出る言葉も語調も、常に変わることなく冷淡で辛辣だ。

「監軍の仕事だけで充分忙しい。私がそなたの年齢のときは、掖庭局の局丞になったばかりで、さばいてもさばいても仕事が終わらなかった。若い新入りと見てこきつかう連中をまともに相手にして、組織の中で便利屋になってしまうときりがない。どこかで適当に流したり、切り捨てることを覚えないと、体を壊す」

「ご忠告いたみいります」

腹に乗ってくる天伯の背中を撫でながら、遊圭は礼を言った。医官も忙しく飛び回っているなか、自分で薬を調合する暇も余力もない遊圭に、地元の医師を手配してくれたのは玄月の善意だと、遊圭は素直に信じることにした。

それでも太守の就任からひと月、春節も十日を過ぎれば、書類の量は目に見えて減っていった。

今夜は早く退けられそうだ、自室でゆっくり明々への手紙が書けるだろうと、遊圭は決裁済みの書類に判子を捺しつつ息をつく。

いつもよりも早く、蔡太守に一日の業務報告を終えた遊圭の頭の中は、手紙に書く内容でいっぱいだったが、どれも仕事がらみで書けないことばかりだ。風邪の予防のための、毎朝の薬粥に欠かせない銀茸や銀杏、乾姜と陳皮、そして竜眼を、年内に大量に送ってくれた礼と、気候と食事、そして天狗親子の日常くらいしか、近況の報告に認めることはできなかった。

少しずつ日の出が早くなり、日没が遅くなる。

天候が荒れて、朔露軍の攻撃も散発的な日々だ。長期化すれば遠征している朔露軍にとって不利であるから、このまま撤退してくれることを遊圭はひたすら祈る。

しかし一気に楼門関を奪還して、早く海東郡へ帰りたい沙洋王は、その日の軍議でも強硬論を主張した。国土の東端から長駆して参戦しているのだから、兵士と兵糧の消耗度は朔露可汗国の軍と変わりがない。

さらに悪いことに、楼門関を監視していた斥候が、西方から大量の物資が送られてきたことを知らせてきた。

軍議のために慶城に招集された三将は、だれの顔も緊張で強張っている。

「やつらはこれを待っていたのだ。朔露大可汗が動くぞ！」

沙洋王は拳を卓に叩きつけて発言する。ルーシャンは反論せず、奥歯を嚙み締めているのか、頰がひくひくと動く。

林都尉は、預かっていた兵権は現地に就任した蔡太守に返したこともあり、発言を控えている。蔡太守は険しい顔で一同を見渡した。

「大可汗は、黄砂に背後を断たれるよりも、厳冬期に決着をつける方を選んだか。数日のうちに一気に攻めてくるであろうな。決戦の準備を」

緊迫した軍議が終わったのち、遊圭は蔡太守に呼び出された。

「ルーシャン将軍の態度が気になる。軍議中、ほとんど発言しなかった。顔色も冴えず、体調を崩しているのかもしれぬ。国の存亡がかかった戦の前に、河西軍の指揮をこのまま任せてよいものか、判断しかねる。密偵のような真似をさせて悪いが、ようすを見てきてくれ」

ルーシャンの顔色が冴えなかったことは、遊圭も気がついていた。蔡太守の要請に応えて、出立前の慌ただしいルーシャンがいるはずの兵舎へと向かう。

ルーシャンの居場所を尋ねて、たどりついた部屋の扉で声をかけようとしたとき、中から怒声と激しく争う音が聞こえた。重たい物が扉に叩きつけられる衝撃音と蝶番の壊れる音がする。同時に観音扉が勢いよく外側に開き、薄青い袍の人物が廊下の床に放り出される。

遊圭は反射的に跳び退いた。扉を破壊して、廊下の床に背中から倒れ込んだのは、驚いたことに玄月であった。

誰かに殴り飛ばされたのか、突き飛ばされたのかと、目を丸くする遊圭を見上げて、玄月もまた目を見開いて驚きの声を上げる。

「遊圭、なぜここに！」

即座に立ち上がり、廊下を見渡して遊圭に連れのいないことを確かめる。口の端に血が滲んでいたが、顔に痣などはないことから、殴られたわけではないようだ。唖然とする遊圭の右腕をつかんで、中に引っ張り込む。

室内ではラクシュがルーシャンの部下に取り押さえられていた。そのひとりに、ラシードの姿も見える。前線の本陣でルーシャンの留守を預かる達玖は、ここにはいない。

「まずいところを見られたようだ」

ルーシャンもまた、遊圭の予期せぬ出現に眉をひそめる。

部屋の中央では、ラクシュが屈強の兵士らに五人がかりで押さえつけられて、激しく抵抗を続けていた。

「何が、あったんですか」

「ちょっと、不肖の息子と意見が合わなくてな。玄月、よく止めてくれた。怪我はないか」

玄月は指先で口の端を拭き、咳き込んで血の混じった唾を吐いた。

「扉にぶつかったはずみで、口の中を少し切っただけです」

そう言って肩でも口でもなく、背中を丸めて胸を押さえ、さらに咳き込む。蝶番が壊れる勢いで突き飛ばされたのなら、かなりの衝撃だったはずだ。突かれた胸も、扉にぶつけた肩や背中も、かたわらの遊圭には無事とは思えない。

「肋骨は無事か。こいつは力の加減というものを知らん」

「受け身をとりましたから」

「そいつが勝手に飛び出してきたんだ！」

玄月の返答を遮って、ラクシュが叫ぶ。

「おまえが逃げようとしたからだろう。ラクシュ、八つ当たりはいかん」

「大丈夫ですか、玄月さん」

遊圭は玄月の左腕に手を伸ばす。しかし、遊圭の手が肘に触れる瞬間、玄月は素早い動作で身を引いた。

「なんともない」

ルーシャンの注意は、遊圭と玄月のやり取りより、床に押さえつけられた息子へと向けられていた。ラクシュはラシードの手をはねのけようとあがいている。

「俺が失敗したんじゃない！　ダーリヤーが俺たちを見捨てたんだ。自分から縛り首を選んだのは、あいつの勝手だ！」

穏当ではない会話だ。人質であるルーシャンの次男が、自ら絞首刑を選ぶという言葉の意味はただひとつしかない。遊圭は身震いした。

ルーシャンはラクシュの横に膝をついて、静かに語りかける。

「あいつが俺たちを見限ったからといって、息子を見殺しにする父親に、おまえはついてこられるのか」

暴れるラクシュを、ラシードたちはどうにかして縛り上げ、床に転がす。

「じいさんの命令だぞ！　一族が皆殺しにされていいのかよ！」

「黙らせろ」

ラシードはラクシュに猿ぐつわを噛ませて、絨毯の上に転がした。ラシードの広い額には、汗が浮かんでいる。

「さて、遊圭。どのあたりから聞いていた？」

こちらにふり向いたルーシャンの凄みのある笑みに、遊圭は本能的に後退る。

ラクシュが口にした一族とは、ルーシャンの親兄弟と親戚と考えて間違いはない。

金椛国に知られているルーシャンの血縁は、ダーリヤーこと次男の大黎と三男の芭楊だけだ。そして楼門関陥落後に、突然現れた長男。それ以外の家族は、康宇国が滅ぼされて以来、行方がわからなくなっていたはずだ。

「玄月さんが、扉から転がりでたところからです」

真冬だというのに、遊圭の背中に汗が滲む。朔露軍から逃げてきたというラクシュ。ラクシュが口にした、皆殺しにされようとしている祖父と一族。

「廊下へ声が漏れてただろう？　この馬鹿息子が癇癪を起こしていたのは、聞こえたはずだが」

有無を言わさぬ圧力に、遊圭はさらに下がり、傾いた扉に背中が当たる。

「言い争う声は聞こえましたが、あの、ちょうど来たばかりで、胡語で話してましたよね。しかも壁越しで、それに怒鳴り声でしたから、何を言ってるかは、はっきりとは聞き取れませんでした」

情けないことに、声が震える。遊圭は助けを求めて隣の玄月を仰ぎ見た。緊張したようすではあるものの、表情を消し去って沈黙する玄月は、遊圭の顔を見ようともしない。

「ところで、何の用でここへ来た？　遊圭」

ルーシャンに問われて、遊圭は蔡太守の遣いで来たことを告げる。

「ルーシャン将軍の体調を、心配なさっておられました。会議の間、将軍の顔色があまりすぐれないようだったので、ようすを聞いてくるよう、仰せつかりました」

ルーシャンは満面に笑みを浮かべて、遊圭に近づいてくる。

「ああ。確かにあまり体調は良くない。そういえば、遊圭は医術が得意だったな。俺の侍医として、同行してくれるか」

「いえ、あの、それは」

聞いてはいけないことを耳にしたのは確かだが、怪しい言動をしていたのはラクシュであり、ラクシュを取り押さえたルーシャンのことを、蔡太守に告げ口するつもりはまったくない。

扉に手をかけて逃げようと考えるより早く、ラシードが遊圭の左に回り込む。ルーシャンに目配せされた玄月が、壊れた扉からするりと出て行った。

断片的に聞き取れたことが遊圭の解釈通りなら、背反行為の隠蔽がここで行われていたことになる。それなのに、金椛人でありながら、ルーシャンの指示に従う玄月の思惑が、遊圭にはさっぱり理解できない。

「安心しろ。おまえさんの体に、傷ひとつつけることはせん。遊圭に何かあったら、こんどこそ玄月の首が飛ぶ。ただ、俺たちの作戦が終わるまで、ここであったことが漏れると困るんでね。人手も足りん。手伝って欲しいこともある」

ルーシャンの目配せによって、いつもは陽気なラシードが、戦闘態勢そのものの真剣な顔つきで、遊圭を椅子に座らせた。ルーシャンは遊圭から、絨毯の上に転がされている息子に視線を移した。

「ラクシュよ。弟を都から連れ出せなかった時点で、おまえの任務は失敗した。そして、俺の伝言を持って方盤城に潜入しておきながら、親父どもの説得にも失敗した。康宇人に生まれながら舌を回すことを覚えず、腕力ばかり鍛えおって。自分の家族すら納得させられずどうする。おまえが生まれた時に、口に蜜を含ませてやったはずだが」

ラクシュは猿ぐつわ越しに反論したが、何を言っているのかは聞き取れない。ルーシャンはかぶりを振った。

「しかも、自在に敵地へ出入りしておきながら、重要な情報を何も持ち帰らないなんざ考えられん。持ち込まれた兵糧の量も、把握せずに戻ってくるとはな。朔露軍の備蓄さえわかれば、もっと効率的な作戦を立てることもできたというのに」

ルーシャンは、ラシードにラクシュを監禁するように命じた。

「何を言われても手枷も足枷も外すなよ。ただし手荒に扱うな」

難しい注文をつけられたラシードたちは、引きずるようにしてラクシュを隣室へと運んで行く。ルーシャンはあらためて遊圭の前に来て腰かけた。

次の間からこわごわと顔をのぞかせる郁金に、葡萄酒と杯を持ってくるように命じる。郁金が青い硝子の杯をルーシャンと遊圭の前に並べ、赤い葡萄酒をなみなみと注いだ。杯いっぱいの葡萄酒をひと息にあおってから、ルーシャンはにやりと笑った。

「つまらんところを見せたな。さて、どこから説明しようか」

十、蟻の一穴

ルーシャンは、朔露軍との熾烈な攻防戦から話を始めた。

外からの攻撃には鉄壁の守りを誇る方盤城ではあったが、四方の大門のみならず、すべての小門をひとつでも内側から開かれたらおしまいである。ルーシャンは内通者や侵入者には常に目を光らせてきたが、まさか実の息子が朔露兵を率いて城壁をよじ登り、侵入することまでは予想していなかったという。

「あの、城壁をですか」

遊圭は天を突く城壁の高さと、ラクシュの豪腕を思い浮かべ、あきれた口調で言った。

そんな危険な人物と、帰京の旅をともにし、都を案内したり、家に招いたりしていたことに遊圭は鳥肌が立った。

「それも、新月の真闇のなかをだ。まったく馬鹿げた特技ばかり伸ばしおって」

ルーシャンはどことなく自慢げに肯定した。

ラクシュによってもたらされた情報のために、ルーシャンは戦略を根本的に変更する必要にせまられたという。

朔露の可汗は、征服した異民族の王や首長の家族を、戦場へ連れてゆく。降伏した諸国の指導者たちが、離反したり背いたりできないようにするためだ。

イルコジ小可汗も、人質を集めて本陣から遠くないところに置き、常に監視させていた。妙齢で美しい王侯の娘なら、妻妾(さいしょう)に加えてしまえば、監視はいっそう楽になる。楼門関(ろうもんかん)を擁する方盤城はいま、その堅牢(けんろう)な造りを利用されて、西方諸国の人質の牢獄となっているという。朔露軍は方盤城を囲むように幕営している。

「俺の一族も、方盤城に囚(とら)われている」

ルーシャンは二杯目の葡萄酒を空けて、嘆息とともに告白した。遊圭がまだ杯に口をつけていないのを見て、「葡萄酒は嫌いか」と訊(たず)ねる。

「あ、いえ。初めてなもので」

遊圭は慌てて硝子杯を持ち上げ、ひと口すすった。香りは高いのに、甘い果実からは想像もできなかった酸味と、濃厚な甘さが口中に広がる。そして温めてもいないのに、飲み下せば喉(のど)と胃を熱くする。米の酒より酒精度が高そうだと、遊圭は用心深く杯を卓に戻した。

通商都市の康宇国が滅ぼされてから、行方の知れなかったルーシャンの一族は、朔露に投降したのち、朔露軍に従ってついそこまで来ていたのだ。ルーシャンが楼門関の主将であると西方に知れたときから、かれらは内応を働きかける重要な駒として、朔露大可汗ユルクルカタンの手の内に取り込まれていた。

「ラクシュが内応の使者として、朔露から送り込まれてきたときには、どうしたものかと考え込んじまったがな。朔露と戦い続ければ一族が皆殺し、金椛に背けばダーリヤーが処刑され、ここまで俺を信じて戦ってきた兵士どもを、裏切ることになる」

そこで言葉を途切らせたルーシャンは、遊圭に苦笑してみせた。

「遊圭なら、どっちを捨てる？　我が子ひとりか、親と兄弟か」

遊圭は言葉に詰まった。

金椛の禄を食む軍人であれば、敵国に内応するなどもっての他だ。しかし、家族の命を天秤にかけられるはずもない。まして親兄弟と親族を一度に失ったことのある遊圭にとって、内応を言下に拒否できなかったルーシャンの心境は斟酌してあまりある。

救える命の数をとれば敵に囚われた一族を選ぶべきだろうが、年端もいかないうちから、おとなの都合で辺境から見知らぬ都会に連れて行かれ、他人の家で育てられているダーリヤーの孤独と辛抱を思えば、簡単には切り捨てられない。

「返答が遅れれば、明日にでも親父どもの首が城壁の前に並ぶというので、開城には応じたが、金椛にも人質のいる俺としては、すぐには降伏はできんと大可汗に譲歩を求めて、俺も慶城に撤退した」

これが中央に知られれば、ダーリヤーはもちろん、ルーシャンも極刑に処される。

「その話、玄月さんも全部知っているんですか」

ルーシャンはうなずいた。

遊圭は愕然とした。生粋の金椛人で、皇帝の忠実な側近であるはずの玄月が、この一件に噛んでルーシャンのために動いている。やはり玄月は陽元に対して遺恨を抱えているのかと、背筋が凍りそうだ。

「ラクシュにはダーリヤーを帝都から脱出させることができたら、朔露に寝返ることを約束して都に送った」

ラクシュと玄月が、帰京の道中ずっと話し込んでいたことと、女装してまで胡人教会に通っていた玄月を思い出して、遊圭はかすれた声でルーシャンにすがった。

「玄月さんが、皇帝陛下や祖国のためにならないことを、するはずがありませんよね」

「もちろんだ。郁金に玄月への伝言を預けてラクシュとともに送り出したのは、俺なりの賭けだった。ラクシュが都入りするまでに玄月が生きて帝都に帰還していれば、俺はどちらの家族も失わず、いまの地位を維持できる。だが、玄月が遊圭を捜し出せず、天鋸行路をさまよっていたら、ラクシュはダーリヤーの拉致に成功して、俺は朔露に走るしかなかっただろう。個人的には、俺は朔露の大可汗が好きじゃない。金椛を去らずにすんでほっとしている」

ルーシャンは杯を干して、嬉しそうに笑った。

「大可汗には、次男さえ手元に戻れば西沙州はまるごとくれてやると言って、方盤城に足止めにした。大可汗にしても、兵士を無駄に失いたいわけじゃない。稼げる時間は夏から冬まで。朔露側がしびれを切らす前に、玄月が慶城に戻ることができれば、俺は游騎将軍のままでいられる」

大可汗が勢いに乗って金椛領内に攻めてこなかった理由は、遊圭と蔡太守の想像の範囲を超えていた。しかし、まだ遊圭には理解できないことがあった。

玄月が都におけるラクシュの暗躍を阻んだという部分はわかる。だが、前線に玄月を呼び戻すことが、どう戦局を左右するというのだろう。そして――

「朔露側に囚われたご家族は、どうなるのですか」

そう問われたルーシャンは、にやりと笑った。

「とにかく、ダーリヤーはラクシュの説得を拒み、金椛を選んだ」

ダーリヤーは自分が父の謀叛のために処刑されることになっても、金椛人であることを選んだのだ。

「ダーリヤーは、胡語が話せん。見ためも金椛人だから、ラクシュとは歩み寄れなかったのかもしれんが。あいつがそう決めたのなら、こちらも腹を決めたわけだ」

遊圭は発音も大黎と、金椛風に自己紹介した色白の少年を思い浮かべる。劉氏とは折り合いが良かったようなので、ダーリヤーは自分が脱出したあとの、継母の不幸や苦渋を心配したのかもしれない。

「弟説得の任務に失敗して帰ったラクシュに、俺は作戦の変更を告げた。親父どもに城の脱出に応じるよう説得しろと命じて方盤城に遣わしたが、これにも失敗した。ここへ来て、役に立たないのを俺に叱られて癇癪を起こし、止めようとした玄月を突き飛ばして朔露側へ逃げだそうとしたところへ、おまえさんが来合わせた」

ルーシャンの饒舌さと話の内容に、遊圭は呑まれそうになる。

「つまり、ルーシャン将軍は、朔露に寝返るつもりはない、ということですか」

郁金と玄月が再会できず、ダーリヤーがラクシュについて都を脱出していたら、ルーシャンの選択肢も変わっていたのかもしれないと思うと、遊圭はぞっとした。

現状では、ルーシャンは金椛側について、一族を取り戻そうと考えていると聞いて、ようやく息をつく。

「俺たちは楼門関に三年もいたんだ。取り返そうと思えばいくらでも策はある。あの堅牢な城壁に人質を詰め込めば、逃げられる心配はないと大可汗は思うだろう。そこへつけこむ策も仕上がっているというのに、ラクシュは納得してくれない。誰に似てあんなに頑固になっちまったのか」

ルーシャンは嘆息した。

「臨機応変が、康宇人の身上なんだがな」

遊圭は、ルーシャンが四杯目の葡萄酒を空けるのを、無言で眺めた。遊圭の杯はようやく半分減ったところだ。

郁金が酔い覚ましの白湯を持ってきたところに、壊れた扉をガタつかせて、思いがけない早さで玄月が戻ってきた。呼吸も浅く、いつもは石膏のように白い頬が紅潮している。かなり急いで往復したらしい。

「蔡太守の許可は得てきました。将軍の体調管理を遊圭に一任するそうです」

「そんな馬鹿な」

思わず遊圭はつぶやいた。

うっかりしていたが、蔡太守と玄月はほぼ身内同士である。任務に支障を与えるほどではないが、微妙なルーシャンの体調不良を玄月が申告し、遊圭の医薬の知識を持ち上げ同行を願えば、蔡太守は快く遊圭を貸し出すことだろう。

「そなたを危険な目には遭わせぬ。真面目な話、ルーシャン将軍の心労と激務には、手当てが必要なところだ。我々の作戦が成功しても、将軍が病に倒れたら元も子もない。我らの不在中、将軍の健康管理を頼む。ついでに一般実務も任せた」

「えっ？　あの。玄月さんが不在って」

遊圭はきょとんとして、玄月とルーシャンの顔を交互に見た。

「まだ、遊圭には話していないのですか」

「おまえさんの帰ってくるのが予想外に早い。大事な秘書を前線に連れて行かれるというのに、簡単に話がついたもんだな」

「蔡太守は、本気でルーシャン将軍の体調を心配されておいでなのです。楼門関の攻防戦から、まったく休みをとっていないでしょう」

玄月の声にも、どことなく心配そうな響きがある。この数ヶ月のルーシャンの多忙と心労を思えば、病を抱え込んでいても不思議はない。

「現地で充分に休んでいる。人質解放の機会を窺いつつ、朔露が備蓄を使い果たすのを待って、もっぱら時間稼ぎをしていたんだ。それに沙洋王が来てくれてからは、かなり楽をさせてもらっている」

だが、遊圭の見たところ、ルーシャンの顔色や痩せ方は過労の徴候を示していた。楼門関を故意に朔露に明け渡したことは納得がいかないものの、遊圭が同じ立場だったらどういう選択ができたかと思えば、責めることは難しい。

「それじゃ、俺は出陣の前に少し休ませてもらう。玄月、おまえさんから遊圭に説明してやってくれ」

ルーシャンはやはり疲れが溜まっているのだろう。明日からいつまで続くかわからない決戦に備えて、心身を休める重要性がわかっているようだ。

「では、玄月さん。話を最後まで聞きましょうか」

蔡太守とのつながりまで断ち切られて、ルーシャンの陣営に引きずり込まれた以上、遊圭は腹をくくるしかない。

玄月はルーシャンのかけていた椅子に腰をおろし、話を始めた。

「来たる決戦において、金椛三軍が朔露可汗軍と対峙している隙に、我々は方盤城に潜入して、人質を救出する。ルーシャンの一族だけでなく、朔露に囚われた他の部族らで脱出したい者がいれば、かれらも解放する。人質を取り返せば、朔露に面従腹背で参戦している異民族には、戦う理由がない。少なく見積もって、三万の兵力を削ることができるだろう。また、この夏に方盤城を撤退して以来、ルーシャンは朔露の間諜が難民にまぎれて慶城にも入り込んでいるのを逆手に取り、沙洋王と謀って、朔露を油断させるために対立を演じてきた。金椛軍は内部の不和のために、決戦においてルーシャン軍が積極的に動かないであろうことを、ラクシュの口を通じて敵方に流してある。すでにルーシャンを味方につけたと思い込まされている朔露大可汗は、沙洋王さえ討てば、この戦は勝ったものだと油断するだろう」

「その、それはつまり、」

遊圭は思わず唾を呑み込む。

「ルーシャンは自分の息子を反間、あるいは死間として、利用したのですか」

朔露から、ルーシャンに人質のあることを知らせて、内応を呼びかけるために送られてきたのが、ラクシュだ。

ルーシャンは敵の間諜である息子を取り込み、朔露本陣と方盤城内を探るための反間として使い、次に嘘の情報を持たせて、朔露軍に広める死間として用いた。しかもその間、ラクシュはずっと父親を朔露側につけたと信じて働いていた。偽りの情報を流したことが朔露側にばれたら、ラクシュの命はない。

ルーシャンがラクシュを拘束して監禁を命じたのは、人質救出作戦が朔露に漏れるのを防ぐためだけではなく、息子の命を守るためでもあった。

玄月は重くうなずいた。

「ルーシャンが人質救出の決行を命じたことから、作戦を知らされていなかったラクシュが激昂して、先ほどの騒ぎとなった」

「そういえば、胸と肩、大丈夫ですか」

遊圭は急に思い出して玄月の方へと身を乗り出した。ジンに思い切り壁に叩きつけられたことのある遊圭には、ラクシュの豪腕に扉が壊れるほどの勢いで突き飛ばされた衝撃と痛みは、容易に想像できる。

玄月はすっと遊圭から身を引いた。

「どうということはない」

触れられることを露骨に避けられた気配に、遊圭は一瞬言葉を失う。しかし気を取り直して話を戻した。

「でも、どうして玄月さんがこの作戦に赴くのですか」

「ルーシャンの妹が、大可汗の後宮に容れられている」

ああそういうことか、と遊圭は思った。ただでさえ後宮に忍び込むのは至難の業である。さらに、身分の高い婦人は生まれてこのかた、身内の男性以外と口を利くことがない。いきなり見知らぬ一般の兵士が救出に来ましたと言っても、信じてはもらえないだろう。胡娘がここにいないことが悔やまれる。

「他に誰が方盤城へ行くんですか」

「ラシードの配下が十人と、朔露語の話せる兵士が五人」

「兵士ばかりで、婦人の棟に入れるのは、他にいないようですが。玄月さん、康宇語は話せましたっけ？」

「片言ならば。その場で伝えることは暗記している」

「ひとりで朔露の後宮に忍び込むつもりですか」

玄月は答えない。答えたくないことには沈黙するのが、嘘のつけない玄月のやり方だ。

「わたしも行きます」

玄月は目を瞠った。

「危険だ。朔露兵に見つかったら、戦わねばならん。そなたに何かあったら、大家の逆鱗に触れ、蔡太守の政治生命も終わってしまう」

信頼されてないのだな、と遊圭は意固地になった。

「おっしゃるとおり、わたしは戦えるほど強くないですが、ただやられるほど弱くもないです。逃げ足は速いですし。というかですね、玄月さん。あなたは、死ぬ気じゃありませんか」

玄月はまばたきもせずに、遊圭を見つめ返す。この無感動な仮面の下に、悲憤の詩を書き付けるほどの絶望が横たわっているのだろうか。

遊圭は息を吸い込んで、一気にたたみかけた。

「蔡才人の一件から、玄月さんの振る舞いはずっと変ですよ。やっぱり陛下に対して思うところがあるんでしょう？　ルーシャンは結果的に金椛側につくことにしてくれたわけですが、次男が脱走に合意していれば、朔露に寝返る可能性だってあったわけじゃないですか。それを知っていて、玄月さんはラクシュを泳がせていましたね」

玄月は目を細める。

「私の、大家への忠誠を疑うのか」

遊圭は玄月の威圧に負けまいと、ぐいと見つめ返した。

「正直に言います。わたしが玄月さんだったら、怒ります。相手が皇帝だからって、許せません」

「大家は何もご存知なかった。私が小月を大家から遠ざけていたのだから、誰も責められない」

「そんな理性だの理屈で納得できる問題じゃありませんよ。悪気があろうとなかろうと、故意であろうとなかろうと、自分の大切なものを奪われたら、人間ってそれだけで腹が立つもんなんです！　それとも、玄月さんは心から小月さんのことを大切に想ってないから、陛下に対して腹が立たないんですか」

玄月は遊圭の眼差しから目を逸らした。そこが本音とは思っていなかった遊圭は、かえって焦ってしまう。

「だから、せっかく大変な思いをして帰京して、潔白を証明したのに、すぐにこちらへ戻ってきたり、ルーシャンの背信未遂に加担したり、監軍の職務でもないのに、生きて帰れないかもしれない任務を背負い込んだり、最近の玄月さんは、ものすごく挙動不審です！　都へ帰りたくなくて、危ない橋を好んで渡っているようにしか見えません」

玄月は肘を抱えるように腕を組み、視線を部屋の隅へと流す。

「誰にも、腹は立てていない。だが、そうだな。都から、しばらく離れた方がいいのでは、という考えはあったかもしれん。小月のことは……生まれる子が男子であれば、位は嬪に上がる。大家の寵を受けるようになれば、その方が蔡家にとっても、小月にとっても――」

玄月は言い淀む。いつもの巧みな韜晦ではなく、彼自身が続ける言葉を持たないかのように黙ってしまった。

小月の心変わりを目の当たりにしたくないのだろう、とか、意外と小心なんですね、などと、相手を挑発したい誘惑と遊圭が闘っていると、玄月はふっと息を吐いた。

「だが、ルーシャンの背信未遂を見逃しているわけではない。慈仙の罠にかかって、明日を生き延びられないという状況で、後宮からの脱出にラシードが手を貸してくれたのは、ルーシャンの指示だ。不可能な日程で都へ帰還しろという勅命に、不吉な予感を覚えたルーシャンは、なにかあったときは、私を助けるようにとラシードに命じていた。

ラシードたちにとっても、命がけの脱出劇だったのだ。受けた恩は、返さねばならん。別に自暴自棄になっているわけではない」

そうした事情を打ち明けられれば、遊圭としてもそれ以上は追及ができない。

「だったら、わたしも玄月さんに返す恩がありますよね。尤仁を救ってもらったときの、一生分の借りは先日帳消しにしてもらいましたが、ジンに殺されかけたところを助けてもらった恩は、まだ返してませんから」

自暴自棄にはなっていないと言いながら、そうした言葉を口にすることが、遊圭を不安にさせる。潜在的にそう思っているから、すぐに出てくるのではないか。何もかも自分のせいだと言い張り、怒りの矛先を天や自分に向けているから、無謀な作戦に志願するのではないか。

「女装は得意ですし、康宇語は玄月さんよりも話せます。朔露語だって、少しは聞き取れますしね。それに、わたしは、方術士の予言では、星家を再興するまで何があっても死なないことになっていますので、朔露兵に襲われても戦えませんが、お守り代わりに連れて行くと運が向いてきますよ」

強引すぎるとは思ったが、戦力にならない人間を、危地へ連れて行く理由を遊圭は他に思いつかなかった。

方術士の予言については、正直なところ遊圭自身は何も覚えていない。どんなことを言われたのか、正確な予言も知らない。家族が寄り集まると必ずその話題が出て、しかもそれぞれの言うことが違った。だから遊圭は、そんなことがあったのかと思ってきただけだ。だが族滅の憂き目に遭ってから、その自分のものではない記憶のお陰で天運を信じ、今日まで生き延びてきたようなものだ。

玄月は遊圭をじっと見つめてから、不意に手を伸ばした。手の甲で遊圭の頬を下から撫で上げる。

びっくりしてものも言えずにいる遊圭に、ひとこと「体調は」と訊ねた。

「あの、助言に従って、仕事を減らして、午後には帰って天狗たちと遊んでましたから、最近はかなりいいです」

遊圭が断言すると、玄月は「では、好きにしろ」とつぶやくように言って、出発の準備にとりかかった。

雑胡兵に見張られて退出しながら、遊圭は手を上げて自分のつるっとした頬に触った。さっきの玄月の妙な仕草は、髭の有無を確かめられたのだ。菜食に偏っているせいか、生えてきてもしょぼしょぼと頼りないので、まだ伸ばさずに剃っていたのが幸いした。

この作戦が終わったら、もっと肉をしっかり食べようと遊圭は思った。

着替えなどの荷を取りに宿舎へ戻る遊圭に、雑胡兵のひとりがついてきた。逃げたり蔡太守に密告したりするのを防ぐためならば、監視はふたりは必要だ。信用されているのかな、と遊圭は考えた。

ルーシャンの幕僚として出向することを聞いた竹生は、びっくりして引き留める。すでに決定事項なので、竹生が何を言ってもどうしようもないのだが。

「前線って、戦争しているんですよね。大家になんかあったら、星家はどうなるんですか。玲お嬢様や太子の後ろ盾がいなくなってしまうじゃありませんか」

「ルーシャン将軍の侍医代行をするだけだから、本陣から出ることはないよ。本陣が壊滅するようなことがあったら、朔露は慶城はもちろん、あっというまに都へ押し寄せるだろう。相手が朔露となれば、安全な場所なんてどこにもないんだ」

さすがに本当のことは言えず、遊圭は表向きの出向理由しか話さなかった。

遊圭本人が、星家の当主としての自覚のなさに我ながらあきれてもいた。もし潜入がばれて朔露に捕まったら絶対に殺されるし、見つかっただけでもその場で殺されるだろう。地位の高い武将であれば、捕虜交換のためにすぐには殺されずにすむことはあるが、間諜など論外である。そもそも身分のある者が、間諜などするはずもないのだから、何を言っても助からないだろう。

しかし、そうした役割を進んで引き受ける玄月の心理が不可解すぎて、遊圭はどうしても放っておけなかった。それに、人質を救出できなければ、ルーシャンを金椛側に繋ぎ止めておくことはできない。

ルーシャンの寝返りは、そのまま金椛帝国の終焉の始まりだ。

玲玉と従兄弟たち、明々や蔡才人、そして金椛の女性と子どもたちが、あの悲憤詩を残した女性と同じ残酷な運命に落とされてしまう。

楼門関を抜かれたにもかかわらず、ルーシャンが河西軍の兵権を没収されていないのは、河西軍の半分以上が胡人や雑胡の移民で、個人的な忠誠をルーシャンに捧げているからだ。楼門関の攻城戦における鬼神のごとき働きは、半ば伝説となって兵士らの間に膾炙されている。

沙洋王の軍は勇猛だが、地形に明るくなく、気候の違いに体調を崩しがちだ。ルーシャンが弾劾されれば全軍の士気にかかわるために、蔡太守は三軍の均衡を保つことに腐心している。

ルーシャンを背信者として告発することは、金椛帝国の片足を切り落とすことと同じであった。おそらくは玄月も同じ結論に達し、まして命の借りもあることから、人質の解放を引き受けたのだ。

人質解放作戦は、方盤城を占領した朔露軍の内情を捕虜から聞き出し、ルーシャンが息子から探り出した情報と裏を合わせるなど、慎重に時間をかけて立てられていた。解放した人質の逃走路なども検討しつくされており、遊圭も頭に叩き込んでおかなくてはならない。

遊圭が連れ帰るのはルーシャンの家族のみであり、覚えることはそれほど多くはなかった。ただ、朔露軍を避けて楼門関をめざし、厳冬期の荒野を何日もかけて往復する行程の足手まといになってはならない。

子どものときは、病弱な体質から十歳まで生きれば奇跡と家庭医に言われた遊圭だが、薬師の療母胡娘のおかげで十三歳を数えた。その年に鍼医の馬延と出会い、医学を本格的に学ぶ機会を得た。短い間ではあったが習得したところまでの、鍼や呼吸法を、それまでの薬食法に加えて体質の改善に努めた。そして十五で成人し、武人の達玖から護身術や杖術を習い、体を鍛えてきた。

　そうした日々の努力のすえ、人並みの旅をする体力はついた。砂漠越えなど、人並み以上の旅も経験した。命にかかわる喘息の発作は、もう長いこと起きていないが、用心に越したことはない。この用心が、いざというときに命を救うのだから。

　遊圭は旅用の薬箱と、薬籠の中身を確認した。怪我をするかもしれない。止血剤や化膿止めも必要だろうと中身を足す。明々が持たせてくれた菊花酒は荷物になりそうだが、厳冬期に野営をすることを思えば、体を温め喉を潤す風邪の予防薬になる。

　調製済みの生薬だけで背嚢の半分が埋まってしまった。

　表向き侍医代行として出向するのだから、本陣に置かせてもらう薬や道具も同行した兵士に持たせる。生還したらしたで、きっと必要になるからだ。

　そして暁闇をついて密かに出発した。

　太陽が昇り始めるころには、遊圭の別働隊は本軍から離れて北を指して進んでいた。

　厳冬期の死の砂漠は経験した遊圭だが、新春とは名ばかりの、河西郡北部の荒野の寒さはまた別の苦労があった。

楼門関の西、天鳳山脈から吹き下ろす風は湿りを含んだ雪まじりで、日中は申し訳程度に融ける氷雪が地面を濡らし、馬は蹄を取られてしまう。東には北稜山脈、北には朔露高原へ続く山岳地帯を、地平の彼方に仰ぐ広大な盆地でもあるせいか、絶えず風の向きが変わり、天気は不安定だ。

天鳳山脈の南麓は、死の砂漠へと続く砂漠気候だが、反対側の北麓には、その彼方に広大な湿原があるという。そのために、西沙州の北辺は雪が深いのだとも。

頭上を旋回するホルシードが、鋭く甲高い鳴き声を上げると、一同は進むのを止める。地平線に動く影があれば、斥候を出して安全を確認するまで動かず、視界の果てまで敵を見なければ、できる限りの速さで移動する。

金椛軍から三日離れたところで、一行は捕虜から鹵獲した朔露兵士の装備に着替える。みな金椛風の髷を解いて肩や背中に流し、東方人の容貌をした者は、黒髪を朔露風に三つ編みにして垂らす。

毛皮の裏打ちがされた丈長の外套は、非常に重い。風雪を避ける頭巾も、毛皮の縁取りが目の前まで下がる。外套の重さで肩が凝るのと、寒気のために肩が凝るのとでは、どっちがつらいだろうか、などと遊圭は考える。

甲冑を着けたら動けないのではと思った遊圭だが、そもそも体に合う甲冑がなかった。一番小さいのを用意したんですが、とラシードは恐縮する。

「朔露の軍にも、通事や軍吏はいる。いざとなれば、金椛人の捕虜だということにしておけば問題はない」

玄月に言われて、ラシードは「いい考えですね」とほっとする。遊圭は顔をしかめたが、兵士を装うよりは、捕虜を演じる方が易しいのは確かだと思った。

さらに、異民族を多く抱え込む朔露軍は、哨戒部隊が行き合ったときに合い言葉で敵味方を区別するという。ラクシュから聞き出した合い言葉を、遊圭も教えられた。

一年の半分が冬、という朔露高原の兵士が着る毛皮の外套をまとっても、温暖な地に育った遊圭には充分ではない。

ラシードらと比べ、筋肉の少なさで寒さに弱いところは、背中に金沙馬、懐に天伯を抱えて眠れば凍えることはない。通信使と空の見張りも兼ねるホルシードと仲良くできない天狗は、体が大きすぎることもあり、竹生とともに寂しがる芭楊に預けてきた。出会った頃の遊圭と似たような年頃でもあったせいか、仔天狗がすべて乳離れしてしまった天狗は、懐いてくる芭楊にすぐに馴れた。

荒野では見つかることを怖れて、焚き火はできない。天伯を連れてこなかったら、遊圭はこの寒さに耐えられただろうか。

「どうして天月も連れてこなかったんですか」

問われた玄月は、思いつきもしなかったと返答する。むしろ遊圭が天伯を連れてきたことが理解できない、とかぶりを振った。

「あったかいですし、あと、城内ではぐれたら、連絡係にどうかと思いまして」

天狗という獣は、飼い主や馴れた人間は、どこにいても、どれだけ離れていても、確実に見つけ出す能力を具えている。犬とは違って嗅覚で追跡するわけではないらしい。家族や友人、主従など、顔と名前が一致するほど馴染みのある人物の間でのみ、行ったり来たりできるようだ。

玄月は少し咳き込んでから応えた。

「まだ幼い。無理ではないか。それに、仔天狗が二匹もいたら、遊びだして手に負えなくなる」

遊圭は芭楊のところで天月と天伯がおおはしゃぎしていたのを思い出して、玄月の判断の正しさを認めた。

気温の低さと懐の暖かさでおとなしくしてくれている天伯だが、夜に設営を始めると、周囲を走り回るのに手を焼いた。鳴き声を上げないので助かっているが、野営地を離れすぎて、狩猟中の朔露側の部族民に見つかると都合が悪い。

天伯を遊ばせている間、遊圭は真鍮の懐炉から無煙炭を出して湯を沸かし、蜂蜜を入れた生姜湯を作って菊花酒を垂らし、みなに飲ませた。

懐炉に入れる無煙炭は冬場の隠密行動には欠かせない。発熱も高く、煙を立てずに茶や粥を作れるのは何よりだが、まったくの無臭ではないため、湯を沸かすときも風向きには慎重になる。

遊圭は生姜湯を少し残し、細かく砕いた銀茸や人蔘などの生薬を浸け、時間をかけて養分を抽出させた。煎じるよりは効果は落ちるが、疲れや寒さを耐えがたく感じるたびに、少しずつ口にすると体力が持続する。

河西郡の北辺をなぞるように、身を隠せる岩場づたいに西へと進路を変えること数日。やがて方盤城が見えてきた。この角度からは城の西側に聳える楼門関は見えない。

一年ぶりに見る方盤城はひどくよそよそしく、初めて見る異国の城塞のように遊圭には思われた。

「どうやって侵入するんですか」

遠目にも、城壁の上を巡回する朔露兵の豆粒のような動きは観察できた。これ以上近づけばすぐに見つかってしまうだろう。夜を待つにしても、ここ数夜は月が明るい。

ラシードが、北から流れて城壁をゆるりと迂回していく河を指さした。

「日が暮れてから、凍った河を渡って南の城壁側に出ます。南側には起伏の緩やかな丘が続いていて、陵墓がいくつか造られています。そこから地下の通路が城内に通じています」

「抜け道ですか！」

遊圭は思わず声が出た。ラシードは「はい」と屈託なく応じる。

「ここ三年で方盤城の人口が増えたので、新築や古い建物の建て替えで、城内から大量に土砂や土壁の廃棄物が出ましてね。外に捨てるだけなのも景観が良くないってんで、ルーシャン将軍を始め興胡の名士が、廃棄物を土台に土砂を盛って、一族の陵墓を造ろうということになったんです」

「はあ」

遊圭は驚きを露わにして口を開けた。自分が流刑の憂き目にあったり、星の唄を解読したりしていたときに、方盤城の周辺ではそんなことが進行していたのか。

「そこで、墓室は地下を掘って造るのが康宇風だとかで、ルーシャン将軍は丘の地下にけっこうな穴を掘らせたんですよ。それである日、将軍はそこから横穴を掘って城内につなげることを思いつかれました。城内の胡人移民は、葡萄酒を保存するために地下蔵を造っていましたから、地下道を造っておけば、朔露が攻めてきたら住民を逃がすことができるだろうと」

「劉太守は、その抜け道から逃げたんですか」

「いいえ、そこまで切羽詰まってなかったので、劉太守は南か東の門から脱出したはずです。抜け穴は封鎖して、楼門関奪還の切り札として残すことにしたそうです」

ルーシャンは、はじめから朔露に与する気はなかったということだろうか。楼門関の陥落を見過ごして脱出して以来、どんな葛藤がルーシャンのうちにあったのだろう。

月が昇るまでのわずかな時間に、ラシードは建造中に放棄された陵墓のひとつに、遊圭たちを案内した。

丘に掘られた横穴へ足を踏み入れ、油灯に火を入れる。壁に沿って築かれた階段を下り、半地下の空洞に造られた墓室に降り立つ。

「ルーシャン将軍は、ここに骨を埋めるつもりだったのでしょうか」

死者のための宮殿は、美しく積み重ねた石、その石に塗られた土壁に、漆喰をさらに上塗りして装飾を施していく過程が見て取れる。揺れる灯りが影を落とす墓室には、いくつもの拱を連ねた内壁と、拱に添って絡みつく、実り豊かな葡萄の浮き彫り。

彩色を終えたときには、どれだけ壮麗な陵墓となっていたことだろう。

「河西郡は葡萄がよく育ちます。俺たちの故郷と風土が似てますからね。あっちが滅ぼされてしまったんなら、こっち側で生きて死ぬのも悪くないですよ」

ラシードは快活に言って、墓室の中央にさらに深く掘られた縦穴へと飛び降りた。棺を安置する小部屋だ。盗掘を避けるために棺は二重の地下に隠す仕組みとなっていた。小部屋といっても、石棺を十は並べることができそうな広さがある。

ラシードは隠してあった梯子が腐っていないか叩いて確かめ、墓室の床に立てかけた。遊圭に降りてくるよう、声をかける。先に降りた遊圭は、続いて梯子を下る玄月の動きがぎこちないのを見て、首をかしげた。

飛び降りたり、梯子を使ったりして全員が縦穴に降りた。

ラシードと配下の兵士が、棺室の壁に削り出された祭壇を、斧でたたき壊す。浮き彫りの装飾を施されていた祭壇の壁は、脆くも崩れ落ちた。祭壇と見せかけた壁面は、木の格子に土を塗りつけただけの隠し戸であったらしい。

ラシードが作業している間に、遊圭は玄月に話しかけた。

「左腕の動きが良くないです。ラクシュに打たれたところが、悪化してませんか。左の肩が前に出て、背中も少し丸くなってます。痛みを庇ってるでしょう」

玄月ははっとした顔で遊圭を見返し、沈黙で応える。遊圭の追及を否定しない。

「ラクシュはあの大きな体で、方盤城の城壁を登り切ることができるそうですね。その膂力で突かれたら、拳なら肋骨が折れるでしょうし、掌底なら肺をやられても不思議じゃないです。変な咳も出てますし、本当に診なくていいんですか」

「診なくていい」

玄月は遊圭から一歩引きながら即座に答えた。

他人に触れられるのが苦手らしいのは、これまでのつき合いでわかっている。しかし、怪我をしたのならば治療はするべきだ。

「わたしが肋骨を折ったときは、肌着まで脱がして調べておきながら、自分は嫌だというわがままは、通りませんよ」

「おかげで肋骨の骨折がどういうものか、学ぶことができた。私の肋骨は折れていない。心配は無用だ」

「だったら、なおさら打撲傷の深さをよく診ないといけません。衝撃が肺に達していたら、任務どころじゃなくなりますよ。内臓の損傷はあとからじわじわ来るんです」

打撲が肺に及んでいた場合、咳や痛みが治まるまで安静にしていなくてはならないというのに、ラクシュに打たれた翌日には、厳寒の荒野へ馬を長駆させて、楼門関を目指したのだ。治るどころか悪化しているのではと、遊圭が考えるのも無理はない。険悪になってきたふたりの間に、ラシードが「まあまあ」と割って入る。

「玄月が口で症状や怪我の状態を説明すればいい。星公子なら、痣の色や腫れ具合を聞けばだいたいわかりますよね」

ラシードのとりなす口調に、遊圭は不承不承うなずいた。玄月は足下を見つめて考え込む。

「はじめは黒くなっていたが、色は薄れてきた。腫れはそれほどではない」

「息苦しさは、ありませんか。咳が出てますけど、風邪の症状はないですよね」

即座に問われて、玄月は遊圭をにらみつけた。

「乾いた冷気を吸えば、息苦しくもなり、咳も出る」

「呼吸するときの、胸の痛みはどうですか」

「それほどは、ない」

「少しはあるんですね」

遊圭は背嚢から薬籠を引っ張りだし、小さな容器を取り出した。ラシードが受け取り、蓋をとる。かすかに薄荷の香りがする。

「出発前に医官からもらってきた湿布薬です。とりあえず、これを患部に塗っておいてください」

そのあと、散薬の包みを渡した。

「痛み止めと、消炎の内服薬です。薬が効いて痛みが治まっても、無茶はしないでください。肺に傷がつくと、命にかかわりますから。こっちは鎮咳薬ですが、咳の原因が肺の損傷の場合、あまり効果はないです。ただ、咳は喉を傷つけます。この薬は気道を潤して痰を切ってくれるので、ないよりましというか、予防というか」

「礼を言う」

玄月は素直に薬を受け取って、水筒の水で飲み干した。ラシードはほっとして遊圭に無害な微笑を向けた。

「星公子、助かります」

ラシードが礼を言うのが不思議であった。玄月に怪我をさせたのは上司の息子である。とはいえ、玄月が欠けると作戦の成功率も下がってしまうことを思えば、ラシードが感謝するのはおかしなことでもない。

玄月がこちらに背中を向けて湿布薬を塗るのを待つ間、棺室の隅へとラシードが遊圭の袖を引っ張った。前屈みになり、小声で遊圭の耳にささやく。

「玄月に体を見せろというのは、禁句ですから」

どうしてか、と遊圭が声に出しそうになったのを察したラシードに、大判な掌で口を塞がれた。

兵士たちのはたらきで、祭壇に隠された隧道の出入り口がぽかりと開くと、ラシードは手燭に火を点けて中に入った。

馬の世話と作戦の成否を知らせるために、ひとりが陵墓に居残る。遊圭は籠に入れたホルシードと天伯をその荷馬兵に預けた。

「わたしが戻らなくても、このひとに籠から出してもらったら、ルーシャンのところへ飛ぶんだよ、ホルシード。わかったね」

遊圭はゆっくりとルーシャンの名を繰り返して、ホルシードに念を押す。

みな、息をひそめて隧道へと進む。厚い靴の底越しに、舗装されていない床の、湿った土と砂利の感触が伝わる。先頭のラシードの持つ、橙色のか細い灯火だけを頼りに進めば、己と仲間たちの影が、床と両側の壁に不気味に伸び縮みする。

二里近く歩いたことだろうか。隧道は煉瓦を積んだ壁に突き当たった。

ラシードは短剣を抜いて煉瓦の継ぎ目の土を払い落としてゆく。そして刃を煉瓦の境目に入れて、ぐっと押した。煉瓦がゴトリと動いて、ひとつ抜ける。あとは順番に煉瓦を抜き出し、腰の高さに向こう側の床が浮かび上がる。二、三人が一度に通り抜けられる穴が空くまで、足下に積んでいった。

真っ暗な闇の中へ、ラシードは手燭を持って這い上がった。やがて立ち上がる気配とともに、向こう側が明るくなる。一同は城内のどこかの地下室に入り込んだようだ。

ラシードが点火した燭台が照らし出したのは、ワイン壺の倉庫というよりはむしろ、先ほど目にした墓室を思わせた。円形の広間に、半球形の天井。壁画なのか浮き彫りなのか、壁にはさまざまな模様が描かれ、石畳の床中央に、石でできた大きな長方形の卓がある。自分が這い出してきた壁をふり返れば、それもまた祭壇の下部であった。煉瓦を引き出されて空洞になった壁と、祭壇との境目を、玄月が興味深げに指先でなぞっている。

「完全に煉瓦で閉ざされていたのか。これはわからない」

「この部屋、なんですか」

遊圭は声をひそめて、玄月に訊ねた。感心して思わずつぶやいた言葉が反響する。

「胡人の神を祀る、地下の神殿のようなものらしい」

ラシードたちが神殿の階段を駆け上ってゆく。飛天楼の住人を拘束しに行ったのだと玄月は説明した。ラクシュのもたらした情報によると、飛天楼は朔露軍将官の兵舎にあてられていた。朔露軍が出陣したいまは、留守番の奴婢や情婦ばかりであるはずだ。かれらを迅速に拘束したのちは、雑胡兵たちは人質の捕らえられている建物や、留守を守っている朔露兵の配置や見回りの時間を観察するために、街へ出て行った。

その間、玄月と遊圭は裾の長い女物の胡服に着替えた。季節柄、重ね着に厚手の上着と、着膨れているお陰で、体型はしっかりごまかせそうだ。

「玄月さんも、女装するんですか」

宦官として侵入するものだと思っていた遊圭は、驚いて訊ねる。

「朔露の宦官のほとんどは胡人の被征服民だ。東方人の宦官は数が少ないために、部外者はすぐに見つかってしまう。いっぽう、女官は入れ替わりが激しく、警戒されない」

男子はすべて兵士とする朔露人にとって、自国民を去勢することは無駄でしかない。遊圭はこの話題にはあまり立ち入らないほうがいいと考え、話を変えた。

「顔が金椛人なのに、服だけ胡服にして、欺されてくれますかね」

遊圭は少し不安になる。玄月は脂粉を化粧油で練りながら、平然と応じる。

「夏沙でもそうだったように、紅椛党は西方へ移ってからは胡人の風俗に倣った。朔露の連合軍においては、見た目や服装だけでは、どこの者かはわからないと、ラクシュも言っていた。特に、このあたりは紅椛朝の子孫が多く残っているという。訛りも金椛と判別が難しいそうだ」

西方へ流れていった紅椛党は、金椛の皇室が滅ぼした前王朝の生き残りだ。支配階級からして同じ椛族の流れなので、言葉も文化も同根である。

街角に一歩出たら、すぐに見つかり捕まってしまうのでは、という緊張が少し薄れた。

それから長いあいだ編まれていた髪を解くと、癖のついた黒く豊かな髪は、波を打って肩も背中も覆った。

通常、金椛人は人前で髪をおろすということはしない。遊圭はひどく落ちつかない気分になる。

「胡人は巻毛やうねり毛が多い。これで多少はごまかされるだろう」

そう言って櫛を通さず、さらに指でほぐしてふわりとしたふくらみを持たせると、玄月は化粧もしないうちから別人のように見える。遊圭は自分も真似をして解いた髪に、ばさばさと空気を入れた。

が、玄月のように髪が広がらない。うねりながらも房ごとに重たげに下がる。不思議そうに自分の髪を持ち上げる遊圭に、玄月は薄い笑みを口の端に乗せた。

「この作戦のために、ひと月前から酢とヘンナで髪を染めてきた。異国人に化けることは、一朝一夕にできることではない」

そこはかとなく自慢しているようだ。遊圭は、芭楊の部屋で再会したときに、すぐに玄月だとは気づかなかったことを思い出す。

「それで、久しぶりに会ったときに、すごく明るい感じがしたんですね。髪の色が変わったことには気づきませんでしたけど」

「光が当たらなければ、色の違いは浮き上がってこないようだ。だが、印象は明らかに変わる」

手鏡を見ながら脂粉を頬にのせていく玄月の手つきは、手慣れたものだ。遊圭は女装を愉しんだことは一度もなかったが、玄月はそうでもないのかもしれないとふと思った。

「もともと肌の白い胡人は、白粉は濃くせず、目の周りを黒や緑で縁取る化粧が好まれる。朔露人も肌を白く見せるより、血色を良く見せるために頬を赤く染めるらしい」

「戴雲国の女性もそうでしたよ。それでイルコジの軍に潜入したときは、母妃の弁柄も摺らないといけなくて、薬用の乳鉢が赤く染まって大変でした」

遊圭の話に、玄月は真面目な顔でうなずく。

「弁柄は手に入りやすいが、落ちやすい。口紅には向かないのが難だ。辰砂は唇にのせると鮮やかに映えるが、値が張る」

なぜ玄月を相手に化粧談義が弾むのか、遊圭は笑いが込み上げてくる。

「化粧、というか、変装にはこだわりがあるんですね。なんだか、楽しそうです」

玄月は弁柄粉の蓋を開けようとした手を止めた。少し考えて、低い声で応える。

「女装に限らず、自分でない誰かを演じるのは、悪くない。街を歩いていても、知った人間に声をかけられずにすむ。そなたには、見破られてしまったが」

年齢と地位が上がって、宮城から外出が許されるようになった玄月がもっとも怖れたのは、街角で旧知と顔を合わせることだったのだろう。かつてともに通った国士太学の学友に、宦官となった自分を見られる苦痛は、容易に想像できた。

状況は異なるが、真の自分を誰にも気づかれないことで得られる安息を、遊圭もまた知っている。玄月もそうだったのだと知っていれば、街中で声をかけたりはしなかったのだが。

「最初は郁金を見つけて、それでいっしょにいたのが玄月さんだと気がついたんです。玄月さんの女装は前にも何度か見てますし、あと、背の高い女性って、自然に目が行きますよ」

「胡人の女に化ける分には問題ない。シーリーンの背丈は、私とそれほど変わらない」

薄闇のせいか、自分以外の姿となったためか。想像もしなかった話題で玄月と話が弾むのが意外だ。

ラシードが戻ってきて、朔露軍の大半は慶城攻めに出陣して、残留している朔露兵は主に城壁を守っていること、城下は閑散として外出している者は稀であることを伝えた。ルーシャンが調略でこちらにつけた部族の居場所も、確認できたという。

「かれらの協力で、方盤城を制圧することはできないんですか」

遊圭が訊ねると、ラシードも玄月も難しげに首を振る。

「人質が解放されれば、こちらの味方になってくれますが、数で劣ります。朔露守備兵は城壁からぐるりと囲む形で内部を監視、外からの攻撃に備えていますので、城内から反旗を翻しても、包囲されておしまいです。こっそり抜け出すのが最適かと」

遊圭は納得してうなずいた。ラシードは後宮への経路を説明する。

「大可汗の後宮にあてられているのは、ラクシュの言っていた通り、玉髄楼です。もっとも古い妓館で規模も方盤城では最大ですが、城外への抜け穴は通じていません」

玉髄楼の警護は朔露兵であるという。

「わかった。ラシードは、ルーシャン将軍の父君の説得に向かってくれ」

ラシードは拳で胸を叩き、地下神殿の階段を駆け上がってゆく。玄月は立ち上がって、遊圭を見た。

「訊き忘れていたことがある。その手でひとを殺める覚悟は、できているのか」

遊圭は唾を呑み込み、こくりとうなずいた。

十一、乾坤一擲

方盤城はそれほど大きな都市ではないが、花街に出入りしたことのない遊圭には、自分たちの潜入した飛天楼が城のどこにあり、これから向かう玉髄楼がどれだけ離れているのかもわからない。朔露兵が守るという玉髄楼に、玄月はひとりで乗り込むつもりだったのかと、遊圭は身震いがした。

もちろん、玄月のことだから勝算があってのことであろうが、大可汗の後宮に単身で忍び込むなど、正気の沙汰ではない。遊圭に危ない真似はするなと言った玄月とルーシャンが、人質の奪還に加わりたいという遊圭の申し出を受け入れたのは、後宮に入れる人材が欲しかったのもあると思われる。

雑胡兵のひとりが玉髄楼までついてきてくれて、門のない東側の塀を乗り越える手伝いをしてくれた。

成長期の日々を、護身術を学び手足に錘を巻いて過ごしてきた甲斐があったようだ。脱走に必要な荷を背負っていても、兵士を手こずらせずに塀を越えられたことを、遊圭は自分で自分を誇らしく思った。

月明かりに、ぼんやりと木々の梢が浮かび上がる。

「遊圭、朔露兵に見つかったら、躊躇するな」

玉髄楼の広大な庭園を音を立てずに移動しつつ、玄月にふたたび念を押される。

心臓がどきりと跳ねたが、遊圭は「はい」とだけ低く答えて、帯に挟んだ短剣の鞘に触れた。できればひとりも殺したくないが、きれいごとでは今日まで生きてこられなかった玄月を助けるというのは、そういうことだ。それに、遊圭の過去にしても清らかなものではない。

ただ現実問題として、朔露兵と面と向かったところで、かすり傷ひとつ負わせる自信はまったくない。橘真人のように、卑怯な手段を使ってでも、生きることを選ばなくてはならないのだ。

玄月は迷うことなく、庭や回廊の闇を縫って移動する。

庭を抜けて建物に達すると、玄月は自分の背負っていた細長い荷をおろして、丁寧に包み直した。次に遊圭に持たせた包みを解いて、頭から全身を覆う絹織の上着を渡した。袖や裾に細かい唐草模様の刺繍が施してある。ルーシャンが調達したもので、西方の貴婦人の被り物であるという。後宮にまぎれ込んでこの上着をまとえば、低位の宦官や、裾の長い服を許されない女官に誰何されることがない。

渡された留め針で頭巾を髪に留め、裾を引くようにして廊下に踏み出す。

縁廊に上がって角を曲がった出会い頭に、胴鎧に毛皮の外套をまとった一対の朔露兵に遭遇した。がなるような低い声で、「おい」と呼び止められる。

遊圭は心臓が喉元まで飛び上がり、玄月の背後に隠れ、怯えた顔を被り布の下に隠してうつむく。裙の下に隠した短剣の柄に、いつでも手が届くようにひそかに身構えた。

玄月が優雅にほほ笑み、完璧な女声で挨拶の言葉をかけた。兵士は女官のふたり連れであると疑わず、警戒心の感じられない冷やかしを投げかけて行ってしまった。

遊圭はほぅと安堵の息を吐いた。全身にじわりと汗をかいたが、白粉がとれるのを怖れて頬には触れない。

人質から女官や宦官、奴隷にいたるまで、あまりに多様な民族から集められているので、意味の通る共通の胡語さえ話せれば、女官の顔立ちも訛りも、朔露人は気にかけることはないようだ。

玄月は細長い包みを抱えたまますっさと歩を速めたが、遊圭は緊張と恐怖で膝が笑ってしまい遅れがちになる。

身分の高い女性たちの部屋には、扉の前に宦官兵がふたりずつ立っているが、どれも退屈そうに半眼になっている。壁に寄りかかって、居眠りをしている者もいた。胡人の宦官兵の数は聞いていたほど多くはなく、大半は厳しい寒気を避けて、詰め所で飲み食いや博打をしていると思われた。

本軍が出兵したこともあり、気がゆるんでいるのだろう。彼らが警戒しているのは、女官に夜這いをかけてこようとする味方の朔露兵士であって、無謀にも人質を盗み出そうとする敵国の侵入者ではない。

大可汗の後宮には、大勢の女性が収められているはずだが、時間も遅いためか、多くは寝入っているらしい。どの部屋も静かであった。すれ違うのは下働きの女官ばかりで、堂々と廊下の中央をしずしずと歩く玄月と遊圭に、何歩も前から横に避けて膝を折り、頭（こうべ）を垂れて道を譲る。

それにしても、玄月は玉髄楼の内部を熟知しているかのようだ。

ルーシャンの異母妹が囚（とら）われているという、三階建ての楼閣のひとつに首尾良く忍び込んでひと息ついたとき、遊圭は小さく感想を漏らした。

「玉髄楼の造りに、ずいぶんと詳しいんですね」

「劉太守の接待で、玉髄楼には何度か招かれた。改装のために政庁に提出された図面も見たことがある。私から離れるなよ」

一分の隙もなく女官を演じきることができる上に、侵入先の構造を知り尽くしている。ルーシャンが玄月の協力に作戦を賭けた理由であった。玄月ひとりでも、本当に任務は遂行できたのかもしれない。知識と経験の差を、あらためて思い知る遊圭だ。

壁にかけられた灯火の間隔が広く、足下もはっきりとは見えない薄暗さの中、勝手知ったるという足取りで、堂々と階段をのぼっていく玄月の度胸に、遊圭は感心させられる。どうしてもおどおどとした空気になってしまう遊圭は、貴婦人に従う侍女という体で、それはそれで自然に見える。

目的の部屋にたどりつくと、扉の前に立つ見張りの宦官兵のひとりに誰何（すいか）された。玄月は西国風に会釈し、宦官兵に近づく。

「ナスリーン姫に、お母様からのお届け物があります」

細長い包みを捧げつつ、澄んだ声で部屋の住人の名を口にした。後宮の内情について ラクシュが知っていたことは少ない。わずかな情報を頼りに突き止めた部屋に、ルーシャンの異母妹がいることを、遊圭は息の下で祈った。

「こんな夜更けにか」

胡人の宦官兵は、胡乱げな目つきで玄月から包みへと視線を落とした。

「姫君の持病のお薬が切れたとの伝言が、母君に伝わったのがこの昼過ぎです。急いで手配させたものの、お持ちするのがこの時間になってしまいました」

そのような申し送りが、昼の警備兵からあったかと、ふたりの夜間警備兵は顔を見合わせた。聞いていないと追い返して、連絡漏れであれば、警備側の責任になってしまう。先に玄月に話しかけられた宦官兵が扉を少し押して開き、室内のようすを窺った。物音ひとつしない。

「ナスリーン姫は、もうおやすみになっている」

「では、預かっていただけますか」

玄月は誰何した宦官に近づいた。兵が手を伸ばして無防備になった隙に、差し出した包みを反転させ、すかさず後頭部を殴りつけた。

警告の声を上げようとした、もうひとりの宦官に背後からとびかかった遊圭は、首に腕を巻き付けて絞めあげ、失神させた。倒れ込む相手の体重を必死で支え、不審な物音を防ぐ。急いで意識を失った宦官たちを物陰に隠して縛り上げる。

遊圭は絞めて落とした宦官の鼻に手の甲をかざし、呼吸しているのを確かめて玄月にうなずきかけた。貴婦人が身近に使う宦官は、古くからの召使いかもしれないからだ。窒息死させてしまっては、恨まれてしまう。

扉を開けて踏み込む。中は妓楼の小広間を垂れ幕と衝立で仕切り、応接間と寝室に分けてあった。入ってすぐの応接間では、寝ずの番をしているはずの女官が、表の物音にも気づかず、長椅子を寝台代わりにぐっすりと眠っている。

遊圭は扉を閉じて、内側から閂をかけた。細長い包みを解いて、中からふた組の梢子棍を取り出した玄月は、短い方の梢子棍を遊圭に渡した。

梢子棍は、長い棍棒と短い棍棒を鎖で繋いだ武器だ。刃物の携帯を許されない庶民の無頼者が持ち歩く。殺傷力で劣るが、今夜のように敵か味方かわからない相手を殺さずに倒すには都合がいい。

遊圭に渡された梢子棍の長い方の持ち手は、堅い木の棒でできているが、武器となる短棍は鉄で作られている。玄月のは遊圭のそれよりも太くて、長短どちらの棒も鉄製だ。束ねた四本の棍棒で殴られた宦官は、気絶だけですむだろうか。

遊圭が不運な宦官兵のために祈っている間に、玄月は部屋の奥へと消え、使用人用の出入り口も封じて戻ってくる。

ようやく室内で動き回る人間の気配に起き上がったのは、居眠りの女官ではなく、寝台にかけられた帳（とばり）の奥に横たわっていた女性だ。

「誰」

鋭い誰何に、玄月はさっと膝を床についた。遊圭も倣う。

「ナスリーン姫。ルーシャン将軍の幕僚、陶玄月と申します。将軍に遣わされて、お迎えに上がりました」

素早く寝台の端に寄り、帳を上げて顔を出したルーシャンの異母妹は、玄月と遊圭をしげしげと見つめた。

二十代半ばの、赤みがかった栗色の髪が、波を打って寝台まで流れ落ちている。容貌（ようぼう）は胡人そのもの。目の周りに縁取りなどせずとも大きく、全体的に印象深い目鼻立ちであった。雰囲気はルーシャンよりもラクシュに近い。

「ルーシャンが？　金椛（ジンファ）と朔露の決着がついたの？」

「まだです。数日のうちに、あるいは今まさに、戦端が開かれていることでしょう」

じゃあ、どうして――という形に口を動かしたナスリーンだが、きゅっと唇を嚙（か）んで玄月をにらみつける。

「ルーシャンは、金椛についたのね？　お父様の命令は聞かないつもり？」

「金椛軍は盛り返しています。朔露の軍はまもなく天鳳（てんぽう）山脈へ押し戻されるでしょう。ルーシャン将軍は先を見越して、金椛につくことが得策と考えました。しかし、ご家族を見捨てることもありえません。どうか、我々についてきてください」

話し声に目を覚ました女官が、小さな悲鳴とともに飛び起きた。遊圭は女官を捕らえて、声を上げないようにとささやきかけ、ナスリーンの寝室に連れて行く。

ナスリーンは床に足を下ろして立ち上がった。腰に手をおいて、異母兄からの使者を眼光も強く見おろす。

「いきなり寝室に忍び込んできた、初対面の無礼な人間の言葉ひとつを信じて、言いなりにここから飛び出すと思うの？」

玄月は懐に手を入れ、ルーシャンから預かった手紙をとり出して、ナスリーンに渡した。ナスリーンは一読すると、ふんと鼻を鳴らす。

「私に、ここに残るという選択肢はないわけ？」

少し間を置いて、玄月は遊圭に目配せをした。ここから先は通訳をしろという意味だ。遊圭がついてこなければ、どうやって説得するつもりだったのだろう。もしかしたら、当て身を食わせて昏倒させ、担いで逃げるつもりだったのかもしれない。

遊圭は前に出て、説得を引き継ぐ。

「大可汗が撤退し、この城に戻れば、将軍のご家族は皆殺しになります。それでもよろしいのですか」

ナスリーンは顔を歪めて、かぶりを振った。泣き出すのではないかと、遊圭はひそかにうろたえる。

「一度は朔露大可汗の後宮に容れられた女が、また別の国へ連れて行かれて、どんな未来があるというのかしら」

遊圭は麗華公主を思い出して、ナスリーンの心境に通じるものを感じ取った。

「朔露を撃退すれば、ルーシャンは大将軍の位に進むことでしょう。軍人としては最高の地位です。その地位は金椛帝国の国公、郡王の地位に次ぎ、公侯たるルーシャンのお妹君の再婚先は、望みのままかと思われます。もちろん、再婚しない選択もあります。少なくとも、家族の命と引き換えに、望まぬ相手との結婚は強要されません。どのような未来をお望みになるとしても、生活に困ることはありません」

ナスリーンは、膝を突く遊圭と玄月の顔を交互に見て、顔をしかめた。

「ルーシャンやお父様が、勝手に私の相手や将来を決めてしまわないって保証は、どこにあるの？」

遊圭はゆっくりと立ち上がった。

「わたしは、金椛帝国の皇后、星玲玉の甥、姓名は星游、字を遊圭と申します。皇太子司馬翔の従兄にあたります。若年ゆえに無官ですが、皇帝陛下に直接口を利くことを許された身分です。臣下の直近親族の結婚には、陛下の許可が必要ですから、ナスリーン姫の望まぬ婚姻が持ち上がらないよう尽力することをお約束します」

黙っていれば女官にしか見えなかった若者が、いきなり大きな事を言い出したので、ナスリーンは胡散臭げに遊圭をにらみつける。

金椛皇室の紋章を見たことのないであろうナスリーンに、効き目があるかどうかわからないが、遊圭は懐から象牙の牌を出して、身分証として見せた。

ナスリーンの瞳に、少しだけほっとした色が浮かぶ。

「そっちの、あなた、宦官よね。金椛人でしょう？　この公子の誓約の証人になってくれるわね」

玄月もまたおもむろに立ち上がる。

「金椛帝国、皇帝陛下よりルーシャン将軍の幕僚を命じられた監軍使、姓名は陶紹。星公子の誓約を保証いたします」

「陶監軍は、金椛皇帝の側近でもあります。ルーシャン将軍やお父上が、ナスリーン姫の望まぬことを強要されるようなら、皇帝陛下に取りなしてもらえます」

ナスリーンは巴旦杏のような目を、さらに大きく瞠った。自分に遣わされたのが一般の雑胡将兵ではなく、金椛帝国の中枢にある要人であったことが、思いがけなかったようだ。

「わかったわ。着替えるから待って。侍女も連れて行っていいかしら。置いていったら拷問にかけられてしまうわ。ところで、表の宦官はどうしたの？」

「騒がないようにしてあります。連れて行きますか」

「あいつら朔露側の宦官だから、置いていきましょう」

人数が増えなくて助かった、と遊圭は胸を撫で下ろす。

た。

　玄月は入ってきた扉ではなく、奥の使用人たちの出入り口から脱出することを指示した。

「表から逃げると、見張りの交代と鉢合わせするかもしれない」

　最後に部屋を出た遊圭は、閂の棒を斜めに引っかけて、勢いをつけて扉を閉めた。カタン、と閂がおりて嵌まる音がする。

　この細工で、見張りが斃されたことを不審に思った警備兵が部屋に雪崩れ込んでも、こちら側の扉から逃走したとは思わないだろう。前後どちらの入り口にも閂がかけられた密室から、どのようにして脱出したのかと混乱して、室内を捜索してくれれば時間が稼げる。

　扉を押してみて、開かないことを確かめた遊圭は、先に進んでいた玄月とナスリーンを追う。狭い通路と階段をおりたところで、ナスリーンと侍女は抱き合うようにじっとしていた。焙り肉と薪の燃えるにおいが漂いくるところから、その先は厨房と知れる。先頭の玄月が中の気配を探っていた。

　厨房には夜通し火が灯り、竈の暖かさから、下働きや奴隷の姿が朝から夜中まで絶えることがない。玄月は指を四本立てて、遊圭に厨房内の人数を知らせた。遊圭は梢子棍を被り布の下に隠し、体の左脇に沿わせて構えた。

　玄月は扉を開けて進み出る。女官が湯か火種を取りに来たと思った奴婢のひとりが、灰に汚れた手を上着の裾で払いつつ、恭しい動作で近寄ってきた。熾火番の役得に、酒と肉をくすねて上機嫌のようすだ。

玄月は梢子棍をふるうまでもなく、手刀を熾火番の首に叩き込んで昏倒させた。

暖かな竈の側での、夜更けの小宴会を妨げられ、もうひとりの熾火番とふたりの朔露兵が、誰何の叫びとともに立ち上がった。手前の兵士が奇声を上げて玄月に躍りかかり、もうひとりが警告を上げるために出口へと駆け出す。

すでに出口に移動していた遊圭は、相対する兵士の首に短棍を打ち込んだつもりが、狙いがはずれて肩に当たった。兵士はよろめき肩を押さえつつ、罵声を上げて反対側の手で腰の短剣を抜いた。遊圭は短棍を捉えて長棍とともに握り直し、振り下ろして兵士の右手を打ち、短剣を叩き落とす。即座に長棍を持ち替えてこんどこそ確実に首の急所を打ちすえ、兵士を昏倒させた。

「ちゃんと鍛錬はしていたようだな」

すでにもうひとりの兵士と奴婢を斃した玄月が、満足げに言った。

「人間を相手にしたのは、初めてですけどもね」

いまさらながら両手が震えるのを抑えきれず、遊圭は梢子棍を置いた。三年の間、型のみを練習してきたにしては、上出来ではないだろうか。酔って油断していたとはいえ、相手は朔露兵だ。

手早く朔露兵と奴婢を縛り上げ、ナスリーンと侍女を連れて厨房を抜け出す。

楼閣の方でドーンドーンと扉を打ち壊す音がする。ナスリーンの部屋へ警備の交代にきた宦官兵が、異変に気づいたのだろう。あるいは、縛り上げられた宦官兵が、見つかったのかもしれない。庭へ逃げ込み、影から影へと移動していると、楼閣では灯りがいくつも灯り、怒声や悲鳴も聞こえた。

「厨房ではなく大広間の方へと、見当違いのところを捜している。遊圭、よくやった」

率直に褒められて、遊圭は悪い気はしない。

裏門へと続く裏庭へ出ると、門番は背伸びをして騒ぎの原因を噂し合っていた。まだ誰も、ここまで捜索には来ていないようだ。二人組のひとりが、ようすを見てくると声をかけ、楼閣の方へ走ってゆく。植え込みの向こうへ回りかけたところへ、玄月は刀子を投げつけた。遊圭が急いで見に行くと、門番はうつ伏せに倒れて息絶えていた。刀子は見事に喉を貫いて、頸動脈を断ち切っていた。

「こういうの、いつ練習してるんだろう」

三年も鍛錬を積んでいながら、女が相手と思い込んだ、油断と隙だらけの朔露兵を斃すのがやっとであった遊圭は、文官ながら剣術や杖術だけでなく、投擲まで習得ずみの玄月に敬服するばかりだ。

才能なのか訓練の賜かと考える暇もなく、遊圭は力任せに門番の死体を藪に引っ張り込み、玄月たちのあとを追う。玄月はすでにもうひとりの門番を始末して、塀に沿った植え込みの背後に押し込んでいた。

助けになろうと、扉の閂を必死で押し上げようとするナスリーンとその侍女に、遊圭はその必要はないと声をかける。

「妓楼の側門は、小さな掛け金で簡単に開きますから」

遊圭は門の横にある、小さな片開きの扉を指して言った。掛け金を留める輪を外して、扉をそっと開ける。往来にひとの気配がないかと顔をのぞかせたところへ、ひらりと頭上から人影がおりてきた。遊圭は思わず悲鳴を上げそうになって、両手で自分の口を押さえた。

脱出口として打ち合わせたこの門の屋根に張りついて、追っ手や往来に朔露兵が来ないよう、弓を構えて見張っていたラシード配下の雑胡兵だ。

「こっちです」

ずっと往来を監視し、朔露兵の巡邏時間を計っていた雑胡兵に導かれるままに、一行は飛天楼へと戻った。

飛天楼の地下神殿には、すでに説得に応じた人質が集められていた。赤毛の者もいれば、黒髪もいる。老若男女と三十人は数えた。これだけの親族を人質に取られたら、遊圭でも切り捨てることなど考えられなかっただろう。

「ナスリーン！」

ひとの壁を割って、年配の女性が駆け寄ってきた。

「お母様！」

ナスリーンも両手を広げて母親を抱きしめ、再会を喜び合う。白髪だが、顔を見ればまだ初老と思われる大柄な男性が、ゆっくりと遊圭たちへと歩を進めた。獅子のように立ち上がった白髪と、そっくりな顔立ちから、何も言われなくても、ルーシャンの父親とわかる。

「娘を連れ出してくれて、礼を言う。どちらが、星公子かな」

玄月に肩を押されて、遊圭は一歩前に出た。ラシードが予め伝えておいたらしく、黙っていれば、ナスリーンの脱出についてきた侍女と間違えられてしまいそうな遊圭に、丁寧な態度で敬意を表された。

「ルーシャン将軍の命に従ったまでです。脱出に同意してくださり、こちらこそどうもありがとうございます」

遊圭も丁寧な礼を返した。

「親の命に逆らう、親不孝者めが。一族の前で恥をかかせおって。しかし、ナスリーンを奪い返されては、大可汗は我らを許すまい。いまは急いで逃げる他はないな」

一族の長としての決定を覆され、息子の押した横車に乗せられた父親は、ひどく機嫌が悪い。

「とにかく、こちらへ」

ラシードが抜け道へと一同を案内する。狭い通路を大人数で抜け出し、城外の墓室に辿り着く。陵墓で馬と待機していた兵士に助けられ、一同は外へ出た。荒れ地の冷涼で新鮮な空気が清々しい。

一晩中籠に閉じこめられていた天伯とホルシードは、遊圭の姿に興奮して、騒々しく物音や鳴き声を上げる。

遊圭は即座に、作戦成功の印の赤い紐をホルシードの足に結わえて、空へと放した。

「ルーシャンのところだぞ。間違えるな」

そこへ、ラシードが話しかけてきた。

「星公子、長老とご一族を、来た道を通って連れて帰ってください」

「ラシードさんは、どうするんですか」

遊圭はびっくりして問い質した。ラシードは朗らかに答える。

「聞いていたよりご一族の人数が多くて、馬が足りないんですよ。俺たちの分は、朔露軍から失敬してこないとなりません」

だが、見れば十人近い雑胡兵が居残っている。馬の数を数えると、どう見てもはじめから足りない計算だ。

「どういうことですか」

いぶかしむ遊圭に、玄月が金沙を引いてきて手綱を手渡した。

「この作戦におけるそなたの役目は終わった。あとはラシードたちに任せて大丈夫だ。ナスリーン姫の救出が、この計画の要であった。姫が説得に応じなければ、気絶させて部屋から裏門まで、担いでいかねばならなかっただろう。私ひとりでは、厨房まで辿り着けなかったかもしれんな。そなたのお陰で、万事うまくいった。礼を言う」

左の胸を押さえて咳き込み、玄月は苦笑した。やはり、ずいぶんと痛かったのだ。

暁闇の時、月が沈んで暗くなった隙に、一同はできるだけ方盤城から遠ざからねばならない。護衛の雑胡兵はわずかに五人。先導の兵に急かされて鞍に飛び乗った遊圭は、少し走ってから嫌な予感がしてふり返った。

先導の兵に声をかける。

「玄月さんが来てませんけど」

遊圭の声が聞こえなかったのか、先導の兵はしばらく走ってから、二度目に問いかけられてようやくふり向いた。

「隊長と監軍は、我々が逃げ切るまで、朔露兵を引きつけておく作戦です」

遊圭に馬の手綱を渡したときの、痛みをこらえながら見せた、玄月の飾り気のない微笑が目の前に甦った。やたらと爽やかに礼を言うと思えば、こんな落とし穴がある。

遊圭は来た方角へふり返り、手綱を絞ろうとしたが、兵士は金沙馬の尻を鞭でしたたかに打った。驚いて疾走を始める愛馬の鬣に、遊圭は必死でしがみつく。

玄月は脱出の時も女装を解かなかった。荒野を渡るための防寒具を持ち合わせないナスリーンに、玄月は自分の外套と旅装、そして乗馬靴を譲らねばならなかったからだ。

予備の旅装は城外に残した馬に積んであるのだろうと思っていた遊圭は、かれらのやりとりを気に留めなかったが、まさか、玄月がナスリーンの上着と交換して、囮になるつもりであったとは。

「これじゃ、なんのためについてきたんだか！」

遊圭は手綱を握りしめて歯を食いしばった。

蔡才人の一件以来、玄月が厭世的な空気を漂わせていることが、遊圭はずっと気がかりであった。橘真人が紙片に書かれた詩の出典を教えてくれてから、ますますその思いは深くなっていた。

足手まといになるとわかっていて、強引に方盤城までついてきたのも、玄月がそのまま帰ってこないような気がしたからだ。

慶城戦へと全軍がすでに移動したためか、朔露軍の哨戒隊を見かけることはなかったが、念のために大軍の通れない山岳地に入り迂回路を通る。

夜を明かすために岩陰に止まり、野営の準備を始める一行をよそに、遊圭は後戻りを考えていた。

しかし、自分ひとりが戻っても、玄月とラシードがすでに城内に潜入していれば、遊圭には再会する手立てはない。それ以前に、自力で方盤城に辿り着けるとも思えなかった。

さすがにこれ以上の危険を冒すことは、都でかれを待つ人々を思えば無責任に過ぎる。

「陛下になんて言い訳をすれば……蔡才人にどう言えば」

いやいや、玄月に帰る気がないのではと疑っているのは、自分の思い込みに過ぎないかもしれない。あの玄月が簡単に人生をあきらめるとは、考えられなかった。詩文の筆跡も、玄月のものにしては勢いに欠けていた気がする。ラシードもついていることだ。任務完了して、何食わぬ顔で帰ってくるに違いない。

しかし、隧道を歩いて戻ったときの、玄月の呼吸の浅さを思い出して、ふたたび不安がぶり返す。

触れることを拒まれようと、無理にでも脈を診ておけば良かったと遊圭は後悔した。肺に傷ができていたら、脈診でわかったはずなのだ。いまはただ、ラクシュから受けた胸部の打撲傷が肺に達していないことを、祈ることしかできなかった。

渡しておいた消炎鎮痛薬は、三日分しかない。

肺を挫傷した場合の最悪の症状を思い起こしては、落ち着きなく金沙馬の手綱を握っては放す。苛立った金沙がカッカッと歯を鳴らした拍子に、遊圭ははっとして顔を上げた。

「天伯？」

荷馬役の兵士を捜したが、天伯の籠と同様に、その兵士も荷馬も見つからない。殿を務める兵士に訊ねると、その兵士はラシードとともに残ったという。

頭を抱え、足踏みをして自分の不用意にあきれたものの、天伯が玄月のもとに残ったことは、吉兆に思えてきた。

もし玄月がすぐに戻らなくても、蔡太守は必ず方盤城奪還の軍を出すであろうし、そうでなくても天狗と天月を連れてくれば、ラシード隊と玄月を見つけ出せるだろう。

＊　＊　＊

鷹のホルシードが広げた翼の下、地を覆う軍勢が西の地平から東へと進む。

中の一兵が空を見上げた。上空を舞う鷹へ向けて弓を引き絞ったが、東の空に輝く太陽光が目に入ったので、呪詛を吐いてあきらめた。

鷹の目は兵士の動きも、曙光を弾き返す鏃の輝きも逃さない。矢の届かない高みを目指して、朝日に暖められた気流を捉え、より高く舞い上がる。

丸く弧を描く東の地平には、太陽を覆う勢いで砂塵が巻き起こり、東から西へと向かう軍勢が大きく散開していた。

いっぽう、ホルシードが追い越そうとしている、西から東へ高速で進む軍勢は、雁の群れのように楔の形で進み、やがて紡錘形へと姿を変えてゆく。それを迎え撃つ東の軍勢は、獲物を狙う鷹のように翼を広げた形をしている。ただ、上空から見れば、東軍の北翼は陣が薄く、南翼に比べると進度が遅れている。

突如、大地の底からどろどろと太鼓の音が湧き起こり、大気を揺るがした。眼下の両軍が同時に動きを止め、平原を挟んで対峙する。

次の瞬間には轟音が響き渡り、双方の軍から黒い雲が湧き起こった。

無数の矢が、両軍の弓兵部隊から放たれたのだ。

しかし、ホルシードのいる高みまで飛んでくる矢はない。

標的は向かい合った遠くの敵であり、地上からは曙光を遮る真っ黒なふたつの暗雲にも見える矢の雨も、鷹のいる高みからは、地上を這う二頭の猛獣が互いに突進し、激突するさまを思わせる。

大気を揺るがす轟音と地を覆う黒雲は、何度か繰り返し湧き起こり、ぶつかり合った。

紡錘の戦端が崩れ、天鋸山脈の尾根のような、ぎざぎざした刃が突出し、東軍の南翼へと錐のように揉み込んでゆく。水面の水藻が乱暴にかき混ぜられる様に似て、南翼は紡錘の刃を呑み込み、バラバラに分解されていった。

東軍の後方から進んでいた、いくつもの人馬の塊が駆けつけ、南翼の後背を固めて崩壊を防ぐ。

上昇気流がおびただしい血の臭いを運んで、ホルシードのいる場所まで届いた。本能を刺激される臭いだが、屍喰いではないホルシードは、少し落ち着きを失うだけだ。

今朝の食事は少なかった。丸一日も籠に入れられて、やっと翼を広げることができたが、飛ぶ前はあまり食事をもらえない。高く速く飛ぶためには、胃が重くなってはいけないからだ。

遊圭は柔らかく噛み砕いた干し肉と水を少量ホルシードに与えて、空へ放した。

放す前に、別の誰かのもとへ行けば、食事の続きがもらえると言った。遊圭がいないときに餌をくれる、頭の黒いのっぽな人間ではない。

頭に赤い冠羽を生やした、雛のときにも餌をくれた大きな人間だ。

まだ柔らかかった雛の羽毛が震えるような、低い声で話しかけてきた人間。

東軍の南翼と、西軍の紡錘が互いを喰らい合っている間も、東軍の北翼は粛々と進んでいる。その中ほどに、ホルシードは赤い冠羽を見いだした。

朝食の続きを意味する、赤い頭の人間。

肩や背中に冠羽がはみ出しているのでなかったら、金銅に輝く冑のせいで見落とすところだった。いや、見逃さなかったのは、その人間の肩に、懐かしい気持ちにさせる同種の鷹が停まって、こちらを見上げていたからだ。その鷹は落ち着きなく羽をばたつかせ、人間に飛翔の許可を求めている。

ホルシードは旋回を始めた。高度を下げていくと、赤い冠羽は顔を上げてこちらに手を伸ばした。

翼をいっぱいに開いて風を抱き込み、降下しつつ両脚を突き出して減速する。ホルシードは長く湾曲した鉤爪を大きく開いて、突き出された腕をつかむ。人間の腕に巻き付けられた厚い革の籠手に、ホルシードの鉤爪がしっかり食い込む。人間の腕はわずかに前後に揺れただけで、ホルシードはルーシャンの腕に落ち着いた。

遊圭みたいに勢いに負けて倒れたり、後ろ向きにたたらを踏んだりしないので、ホルシードはこの人間の腕におりるのは好きだった。

反対側の肩に停まる母鷹のアスマンが甲高い鳴き声を上げ、ホルシードは少しだけ低い鳴き声で応じた。

ルーシャンはホルシードの脚に結ばれた赤い紐を一瞥して、満面の笑みを浮かべた。鞍に備え付けられた銅筒の蓋を開き、中から生の肉を出してホルシードの嘴に入れてくれる。

早朝の飛行のあとは、生肉がいい。今朝のように大量の血の臭いを嗅いだあとは、空腹を刺激されて、いくらでも食べられそうだ。

ホルシードはもっと肉を催促するために、首を伸ばして高く鳴いた。

「ご苦労。好きなだけ喰えばいい。だが、すぐにすむから、仕事をさせてくれ」

ルーシャンは、かたわらで馬を進めていた伝令使いに、進軍の速度を上げるよう命じた。ホルシードの飛ぶ航跡を見ていたルーシャンは、どこまで直進を続けて、どのあたりで左へ回転すれば、朔露軍を分断できる角度で楔を打ち込むことができるか、おおよその見当がついていた。

ホルシードが満足するまで餌をやり終えたルーシャンは、ホルシードの母鷹、アスマンを空に放した。

「遊圭を見つけてこい」

五十騎の隊に、アスマンを追うように命じる。逃走の経路はわかっていたが、遊圭たちがその通りに進んでいるとは限らない。迎えを送っておけばより安心だ。遊圭の身に万一のことがあったら、戦争に勝っても出世は望めなくなってしまう。

人質の救出についていくと遊圭が言い出したときは、どうしたものかとルーシャンは悩んだ。可能な限りの準備と検討を重ね、情報を収集して綿密な計画を立て、もっとも成功可能な時期を見計らっての決行ではあったが、やはり不測の事態は起きる。

だが、意外なことに玄月が反対しなかったために、ルーシャンには遊圭の意志を阻むことができなかった。ただでさえ、遊圭の強情さは枉(ま)げられないというのに、玄月まで援護するのだからどうしようもない。

遊圭に何かあれば、政治的に敗北するのは玄月も同じだ。何か考えがあってのことだろうと行かせてしまったが、ホルシードが帰還したこの瞬間まで、心が休まらなかった。

ルーシャンはホルシードの嘴を撫(な)でて、上機嫌で出撃の命令を下した。

朔露大可汗ユルクルカタンは、ルーシャンがやがて金椛軍の側面を突くことを期待している。だが、前の敵と戦っているときに、もっとも脆弱(ぜいじゃく)な脇腹を切り裂かれるのは、金椛軍ではない。

沙洋王とルーシャンが不仲であるとの噂を流し、ルーシャンが後発隊となって沙洋王の苦戦を傍観しているように見せかけて、朔露軍を縦深の陣に引き込む策は、蔡太守に採用されている。そろそろ出て行かないと、本当に噂通りに、ルーシャンが沙洋王を見殺しにして、朔露に寝返ってしまう展開になるところだったが、間に合った。

連絡がすれ違って人質の奪還に成功したことを知らず、朔露を勝たせていたら、ルーシャン自身が詰んでしまうところでもあった。

「危ない橋を渡ってしまったが、結果良ければそれで良し、と。康宇国を滅ぼしてくれた代償は、今日ここで払ってもらうぞ、朔露の大可汗よ」

ルーシャンの軍馬と四万の兵士は雄叫(おたけ)びを上げて、ところどころ雪に覆われた平原を、乱戦状態の戦場へと疾駆する。

終章

人質の脱出に気づいた方盤城の守備兵が、追っ手を城外に放つようであれば、玄月とラシードは囮(おとり)となって、遊圭らとは反対方向へ逃げる予定であった。逃亡した人数が合わないとしても、目を引く女姿の騎馬は捕獲も容易に思わせ、追っ手を引きつけるのに有効であろう。

遊圭には言わなかったが、かれらの馬はすでに調達してあった。朔露(さくろ)兵は予備の馬を城外に放牧させているので、見張りの目を盗んで拝借することは難しくない。

「城門が開かない」

陵墓の入り口から顔を出して、方盤城を見張っていたラシードがつぶやいた。後宮であれだけの騒ぎがあり、人質がいなくなったのに、追っ手を出さないのは解せない。

墓室で休んでいた玄月は、小さく咳(せき)をしてから、ラシードの背中に話しかける。

「どの城門からも逃走した形跡がないから、城内を捜索しているのではないか。飛天楼の抜け道も封鎖したのだろう？」

すでに城外に逃げられたとは、守備兵は考えつかないのかもしれない。

ラシードは城壁をにらみつけたまま、うなずいた。

「扉も封じて、祭壇の煉瓦も積み直した。よほど注意して見ないとわからないだろう。だが、飛天楼の住人が侵入者によって拘束されているのは、すぐに見つかる。地下神殿の壁という壁をたたき壊せば、抜け道は見つかってしまう」

その抜け道の、陵墓側の出入り口には土を被せてある。梯子も引き上げておいた。こちらの出口が見つかっても、敵には即座に打つ手はない。

城の近くまで偵察に行っていた雑胡兵が帰ってきて、玄月の推測が正しいことを伝える。城内は大騒ぎだが、建物から建物へと、人質を捜し回っているらしい。

「留守番の守備兵には、頭の使えるやつがいないってことだ」

ラシードは低く笑った。

「そうであれば、何よりだ。しばらく動きがなさそうなら、ラシードも少し眠れ」

墓室を跳ね回って遊ぶ天伯を呼び寄せ、玄月は餌の干し肉を与える。天伯は小さいが人間のような五本指で、肉片を受け取り口に入れた。堅くて呑み込めないので、何度も口から出しては嚙み続けるさまが可愛らしい。

部下と見張りを交代したラシードは、咳をこらえる玄月のそばに膝をついた。

「外は雪のにおいがする。湿った風が吹き始めた。嵐の予兆だ。追っ手の心配はしばらくはなさそうだが、胸の痛みはどうだ」

墓室の壁にもたれていた玄月は、胸に手を当てながら背を伸ばした。静かに息を吸い込む。

「薬は効いている。方盤城から追っ手が出てこなければ、ここで回復を待つのもいいかもしれん。食糧はどれほど残っている？」

「もって三日分だが、この寒さでは、冷え込みすぎて治るものも治らんのじゃないか。無煙炭もせいぜい五日分だ」

半地下の墓室には、寒風も雪も吹き込まない。しかし剝き出しの土や石畳は、体温を速やかに奪っていく。

懐炉に無煙炭を足して、玄月の背中にあてたラシードは、不安げに眉を寄せた。

「骨が折れてなくても、肺がやられたら命にかかわると星公子が言っていたが、医者に診せた方がいいんじゃないか。大可汗が戻ってきたら、まだひと仕事あるってのに、どうしたものかな」

「医者がいれば診せてもいいが。戦闘で胸部の打撲を負った兵士がどうなるか、ラシードは知っているか」

ラシードは首を横に振って肩をすくめた。胸甲がへこむほど打たれた兵士は、落馬してとどめを刺されるので、生還する例がないと苦笑した。

「槍や剣が胸甲を貫通すれば、それでおしまいだ。ただ、訓練中に落馬して胸をやられると、治療が長引くというのはあるらしい。ラクシュめ。ルーシャン将軍の息子でなかったら、あの場で殴り殺してやったのに」

毒づくラシードに、玄月は目を細めて苦笑する。顎を上げて首を伸ばし、深呼吸と痛みで打撲の深さを測りながら、寒さで強ばった体を少しずつほぐす。息苦しさは、なんともしがたい。

玄月は、遊圭の置いていった菊花酒の瓶を引き寄せた。酒はここへ来るまでになくなっていたが、遊圭は底に沈んだ菊花を無駄にせず、湯を注いで飲めば喉にいいと言って捨てずにいたものだ。

しかし、湯を沸かす燃料も惜しい。玄月は菊の花をひとつ、つまみ出して口に含んだ。沈澱した糖分の甘さと菊のかすかな香り、そして強い酒精が舌に沁みる。

華奢な遊圭が、肋骨が折れるほどジンに打たれたというのに、肺に損傷を残さず、骨が繋がればピンピンしていることを思い出して、玄月は思わず苦い笑いがこぼれた。

「まさに、あいつは天運の持ち主だ」

人質救出作戦についてくると言い出したときは、どう説得すればあきらめてくれるだろうと考えた。しかし、遊圭の主張する方術士とやらの予言に、玄月が遊圭に常に感じていた強運の正体を、見極めたい誘惑には勝てなかった。

事実、胸の打撲は後宮に忍び込むころには、計画を失敗に終わらせかねないほど悪化していた。遊圭がいなければ、どうなっていたことだろう。

だが、運試しも人質の救出に成功するのを見ただけで充分だ。天運は試したり、もてあそんだりしてよいものではない。ルーシャンの家族を救出し、ひいては金椛国の余命をつないだ遊圭は生還し、陽元の世を保つために尽力してもらいたい。

遊圭であれば、小月とその子の行く末を粗末には扱わないだろう。

金椛帝国を覆そうとした前王朝の生き残り、紅椛党と対決して以来、玄月は国はどうして滅びるのか、時間があれば史書を読み、考え続けてきた。

何代も暗愚な天子が続いても、持ちこたえる王朝もあれば、賢明な天子を戴いても滅びる王朝もある。紅椛王朝が滅んだときは、外戚にその罪を問う声が高かったために、外戚族滅法が生まれたが、すべての王朝がそうだったわけではない。宦官が宿痾と思われる事例もあるが、官僚の腐敗も劣らず国を滅亡に追いやる。

どうすれば、陽元の治世を平らかに長く保てるのか、いちどくらいは遊圭と議論してもよかったのかもしれない。

膝に温もりと重さを感じて見おろす。天伯が玄月の膝の上に乗っていた。遊び疲れて休みたくなったようだ。玄月は天伯の背中を撫でる。上を向いて目を細め、まぶたを閉じた。

親から離されたばかりの幼獣を置き忘れていく遊圭の不注意さには、開いた口が塞がらない。あのうっかり気質は、さまざまな困難を生き延び、成長しても直らないのだろうか。やはりあの迂闊な若者に、陽元と小月の未来を任せてはおけない、と玄月は考え直した。

とはいえ遊圭にしてみれば、天伯を置き去りにしてしまった迂闊さを責められるのは、酷な話だ。

ラシードら一部の雑胡兵が、囮部隊となって残ることを知らされていなかった遊圭が、ホルシードと天伯の世話を任されていた兵士が残留組であったことも、知るはずがなかったのだから。

＊　＊　＊

救出した人質を連れて慶城へ向かっていた遊圭は、四日後にアスマンに導かれた騎馬部隊に迎えられた。ルーシャンの一族は、難民が避難している胡部へ連れて行かれ、遊圭はルーシャン本陣の野営地へと案内された。

ルーシャンの天幕に招き入れられた遊圭は、昼時であったこともあり、玉葱（たまねぎ）の入った羊肉湯を勧められた。具のたっぷり入った温かな食事に、極寒の荒野を何日もかけて往復し、憔悴（しょうすい）しきった遊圭の身も心も甦る（よみがえる）心地だ。

朔露可汗国との決戦は、すでに雌雄が決していた。大可汗から見れば、ルーシャンの裏切りに遭ったようなものだ。軍を前後に分断された朔露軍は、あっさりと撤退を決めた。蔡（さい）太守は、深追いをさせずに、軍を立て直しているところだという。

「イルコジ小可汗も、退くと決めたら速かったそうです」

遊圭がそう言うと、ルーシャンは声を上げて笑った。

人質の救出は、公にできない極秘の作戦だった。今回の手柄も功績に数えられない遊圭であったが、それはさほど気にしてはいなかった。それよりも、方盤城に残ったラシードや玄月が心配だ。

「玄月さんとラシードがまだ方盤城に残っています。撤退する朔露軍と挟み撃ちになったら、万事休すです」

ルーシャンは重くうなずく。

「そのことは、充分に対策を立てているはずだが、これればかりは不測の事態も起きる」

「充分な対策とは、どのような」

遊圭は敵地の真っ只中に残って安全でいる方法など、思いつかない。遊圭がイルコジ小可汗の本陣に潜入できたのは、高貴な人質の付き人という隠れ蓑があったからだ。ラシードがついているとはいえ、いかにも金椛人の容貌に、朔露語はもちろん、胡語も片言しか話せない玄月が、安全に逃げおおせるとは思えなかった。

「城内に通じる地下道は他にもある。方盤城に入ってしまえば、あいつらには我が家の庭みたいなものだから、隠れる場所にはこと欠かん」

「それが、心配事はそれだけじゃないんです」

遊圭は、玄月がラクシュから受けた胸部の打撲で、肺を傷めている可能性を話した。

「患部を見せてくれないので、診断できなかったんですが、痛みを我慢しているようすや、気になる咳も出てますし、ふだんの玄月さんからはありえないほど、息もあがりやすくなっていて」

遊圭の報告に、ルーシャンは眉間に皺を寄せた。

「血は吐いたか」

「いえ」

拳に顎を載せて考え込んでいたルーシャンだが、その拳で膝を叩くと立ち上がった。

「楼門関奪還の進撃を、蔡太守に申し入れてくる」

大股で天幕を出て行くルーシャンのあとを、遊圭は慌てて追って行った。

外へ出ると、風が強くなっていた。大気が湿っている。雪の予兆かと空を見上げたが、冬の天はどこまでも青い。

休みなく方盤城への荒れた道のりを往復してきた金沙馬は、すでに鞍を下ろして休ませていたこともあり、とっさにルーシャンの幕僚から控えの馬を借りた。

天河羽林軍の中心に野営地を張った蔡太守は、戦勝後とは思えない険しい表情のルーシャンと、疲労困憊した顔色の遊圭の、突然の訪問に驚く。

「楼門関の奪還？　こちらの被害もまだ把握できていないのだ。補給が追いつく前に、負傷兵を置いて前進するのは、無謀ではないか」

「戦は時の勢いです。常勝のユルクルカタン大可汗が敗走しているこのときに追い打ちをかければ、こちらの士気は上がり、敵の士気はさらに落ちる。楼門関を捨てて史安城まで撤退することは必定。先鋒はこのルーシャンに御命じください」

朔露軍の逃げ足は速く、追いつくことは難しい。備蓄の補給を終えたという方盤城に立て籠もられては、朔露の軍を立て直す暇を与えてしまう。敵が回復すれば、ふたたび同じ戦を繰り返さなくてはならない。金椛軍の進軍速度を侮る朔露の隙を突き、足の速い部隊を編成して、楼門関に逃げ込まれる前に叩くべきだ。

蔡太守は一瞬だけ迷い、「それでは」とルーシャンに進撃の先鋒を命じた。

玄月が危地に陥っていることを知らせずとも、蔡太守が追撃を承諾してくれたことに、遊圭はほっとする。

ルーシャンのあとを追って天幕を出ようとした遊圭を、蔡太守が呼び止めた。

「遊圭は、ここにいなさい。先鋒に参加する必要はない。目の下に隈ができているぞ。休息が必要だ」

「あ、あの。大丈夫です。さきの戦いで負傷した兵士の手当てに薬の補充が必要なので、医官を手伝ってきます」

遊圭は蔡太守の返事を待たずに、天幕から走り出た。

それは蔡太守の前を辞するための単なる口実ではなかった。本陣の経験豊富な医官に会って、肺挫傷の症状と治療法を聞き出し、豊富な在庫から必要な薬をもらってくる目的もあったのだ。

遊圭が荷をまとめて積み込み、馬を引き出そうとしたとき、重たい雪が横殴りに降ってきた。視界は白い闇の帳に閉ざされ、みるみるうちに、大地が白く染まっていく。

遊圭を待っていたルーシャンは、すでに鞍を外していた。

「俺たちが出撃しなくても、この雪が朔露軍にとどめを刺してくれるかもしれんな」

ルーシャンは吐き捨てるように言った。

湿った雪の嵐は、厳冬の終わりを告げる春の尖兵だ。三日は吹き止まず、荒れ地に住む遊牧民でさえ、嵐が収まるまで穹廬から一歩も出ることはしない。数歩先の視界さえ失われ、元来た方向すらも、わからなくなるからだ。河西郡の民は、この季節は常に空を読み、嵐の兆候があれば家畜も家屋や穹廬に入れるという。

この地に生きるルーシャンでさえ、馬で一刻半の自陣へ帰ることを、あっさりとあきらめてしまうほど、危険な嵐であった。迷えば数刻のうちに凍死してしまう雪嵐は、春の砂嵐よりも危険で、朔露軍よりも恐ろしい天の災いなのだ。

「ラシードさんたち、大丈夫でしょうか」

遊圭は白と灰色の粒が狂ったように舞う、形をなくした世界を見つめてつぶやいた。

「楼門関のほうは、いまごろは嵐は過ぎたころだ。やり過ごせたなら、まだ生きているだろう」

ルーシャンは、祈るような口調で応える。

医官の話を思い出しながら、遊圭はただぼんやりと、白くうごめく闇を見つめる。急に脾胃がよじれるほど痛くなり、思わずしゃがみ込んで、昼に食べた羊肉湯を吐いた。

「肺挫傷は、安静にしていれば、自然に治ることの方が多いとも医師は言っていた。だから、嵐から隠れてじっとしていれば」

遊圭はつぶやきながら、苦い唾を手の甲で拭き取り、雪で汚れた手を洗った。

「大丈夫か、遊圭」

「はい。ちょっと気持ち悪くなっただけです」

「おまえさんにも休養が必要だ。馬から荷を降ろして、繋いでこい」

遊圭は言われたとおりに、旅装を解いた。

いくら気を揉んでも、互いが天のそれぞれの涯てに在る現実はどうしようもない。

「吐くほど心配か。おまえさんたちは、それほど仲が良いようには見えなかったが」

ルーシャンに促され、最寄りの幕舎へ避難して、そこにいた兵士に温かい茶を淹れてもらう。天幕の中央には、銅炉の中で炭が真っ赤に燃えている。炉にかけられた鉄瓶からは、白い湯気がしゅんしゅんと上がっていた。

「仲は、ぜんぜん良くないです。本音を言うとずっと嫌いでした。人使いは荒いし、やり方は陰険だし、隠しごとは多くて味方も欺すし、皮肉屋でひとの恋路は邪魔ばっかりするし」

遊圭の本音に、ルーシャンは笑いだした。

「まあ、あいつはねじくれ曲がっているからな」

熱すぎる茶の湯気を吹きつつ、ルーシャンは少しずつ口をつける合間に相づちを打つ。

「でも、玄月さんは、絶対に嘘をつかないんです。それに、わたしは何度も命を助けられているんですよ。玄月さんには何の利にもならないのに、親友の危機を救ってもらったこともあります。体を鍛えろ、って梢子棍も作ってくれました」

「確かにな、ひねくれているくせに、馬鹿みたいに義理堅いところがあるやつだ」

遊圭はうなずき、そのまま うな垂れた。

「何年も前ですけど、玄月さんに、『敵にだけはなるな』って言われたんです」

「そしたら、敵以外のものになるしかない」

ルーシャンの声は低く、押しつけがましさはない。

「ずっと、そう考えてきました。でも、玄月さんは味方もいらないんです。だから、どうすれば敵じゃないってことが伝わるのかと……」

ルーシャンは眉を上げてふたたび苦笑した。

「とっくの昔に、伝わっていると思うが」

「そうだと、いいんですが」

遊圭は鉄瓶から茶碗に二杯目の茶を注いだ。

「玄月は表向きはひねくれ者だが、芯は遊圭と同じで真っ直ぐだ。似たもの同士だから相性は良くないかもしれんが、だからといって敵対するとは限らん。玄月が生きて帰ったら、おまえさんがどんだけ心配していたか、俺から教えておいてやるさ」

遊圭は湯気のあたる額を赤くして、顔をしかめた。

「やめてください」

ルーシャンは肩を揺らして笑った。

「ラシードはこの地で育った。季節の空を読むこともできるし、荒野で雪嵐に遭ったときにはどうすれば生き延びることができるか知っている。だから作戦の指揮を執らせた。あいつらは大丈夫だ」

ルーシャンが断言すると、それを信じてもいい気がする。

天幕の外では、激しい風雪が囂々と吠え続け、辺境を雪で埋め尽くそうとしている。将は否応なく鞍を置き、鉾をおさめ、兵は寄り集まって、冬将軍が撤退を始めた厳冬の大地に体を休める。

遊圭もまた、薬の箱を抱えて横になり、嵐の止むのをただひたすらに待つ。

金椛帝国　武帝八年、楼門関・慶城の戦いは、まだ終わっていない。

あとがき

篠原（しのはら）悠希（ゆうき）

お読みいただき、どうもありがとうございました。

本書をお買い上げくださった読者の皆様、素敵な装画を描いてくださった丹地陽子（たんじようこ）様、本作のシリーズ化にご尽力いただいた担当編集者様に、心からの感謝を申し上げます。

金椛国（ジンファ）は架空の王朝です。行政や後宮のシステム、度量衡などは唐（とう）代のものを、風俗や文化は漢（かん）代のものを参考にしております。

なお、作中の薬膳（やくぜん）や漢方などは実在の名称を用いていますが、呪術（じゅじゅつ）と医学が密接な関係にあった、古代から近世という時代の中医学観に沿っていますので、必ずしも現代の東洋・西洋医学の解釈・処方とは一致しておりませんということを添えておきます。

本書は書き下ろしです。
この作品はフィクションです。実在の人物、団体等とは一切関係ありません。

鳳は北天に舞う

金椛国春秋

篠原悠希

令和2年 1月25日 初版発行
令和6年 12月5日 再版発行

発行者●山下直久

発行●株式会社KADOKAWA
〒102-8177 東京都千代田区富士見2-13-3
電話 0570-002-301(ナビダイヤル)

角川文庫 22000

印刷所●株式会社KADOKAWA
製本所●株式会社KADOKAWA

表紙画●和田三造

●お問い合わせ
https://www.kadokawa.co.jp/ (「お問い合わせ」へお進みください)
※内容によっては、お答えできない場合があります。
※サポートは日本国内のみとさせていただきます。
※Japanese text only

ISBN 978-4-04-107777-1 C0193

角川文庫発刊に際して

角　川　源　義

　第二次世界大戦の敗北は、軍事力の敗北であった以上に、私たちの若い文化力の敗退であった。私たちの文化が戦争に対して如何に無力であり、単なるあだ花に過ぎなかったかを、私たちは身を以て体験し痛感した。西洋近代文化の摂取にとって、明治以後八十年の歳月は決して短かすぎたとは言えない。にもかかわらず、近代文化の伝統を確立し、自由な批判と柔軟な良識に富む文化層として自らを形成することに私たちは失敗して来た。そしてこれは、各層への文化の普及滲透を任務とする出版人の責任でもあった。

　一九四五年以来、私たちは再び振出しに戻り、第一歩から踏み出すことを余儀なくされた。これは大きな不幸ではあるが、反面、これまでの混沌・未熟・歪曲の中にあった我が国の文化に秩序と確たる基礎を齎らすためには絶好の機会でもある。角川書店は、このような祖国の文化的危機にあたり、微力をも顧みず再建の礎石たるべき抱負と決意とをもって出発したが、ここに創立以来の念願を果すべく角川文庫を発刊する。これまで刊行されたあらゆる全集叢書文庫類の長所と短所とを検討し、古今東西の不朽の典籍を、良心的編集のもとに、廉価に、そして書架にふさわしい美本として、多くのひとびとに提供しようとする。しかし私たちは徒らに百科全書的な知識のジレッタントを作ることを目的とせず、あくまで祖国の文化に秩序と再建への道を示し、この文庫を角川書店の栄ある事業として、今後永久に継続発展せしめ、学芸と教養との殿堂として大成せんことを期したい。多くの読書子の愛情ある忠言と支持とによって、この希望と抱負とを完遂せしめられんことを願う。

一九四九年五月三日

宮廷神官物語 一

榎田ユウリ

何回読んでも面白い、極上アジアン・ファンタジー

聖なる白虎の伝説が残る麗虎国。美貌の宮廷神官・鶏冠は、王命を受け、次の大神官を決めるために必要な「奇蹟の少年」を探している。彼が持つ「慧眼」は、人の心の善悪を見抜く力があるという。しかし候補となったのは、山奥育ちのやんちゃな少年、天青。「この子にそんな力が？」と疑いつつ、天青と、彼を守る屈強な青年・曹鉄と共に、鶏冠は王都への帰還を目指すが……。心震える絆と冒険を描く、著者渾身のアジアン・ファンタジー！

角川文庫のキャラクター文芸

ISBN 978-4-04-106754-3